夜闻录 ②

天子书

高楼大厦　马翼文 ｜ 著

江苏凤凰文艺出版社
JIANGSU PHOENIX LITERATURE AND
ART PUBLISHING

图书在版编目（CIP）数据

夜闻录. 2, 天子书 / 高楼大厦, 马翼文著. —南京：江苏凤凰文艺出版社，2020.11
ISBN 978-7-5594-5203-0

Ⅰ.①夜… Ⅱ.①高… ②马… Ⅲ.①长篇小说 – 中国 – 当代 Ⅳ.①I247.5

中国版本图书馆CIP数据核字（2020）第178312号

夜闻录 2：天子书

高楼大厦　马翼文　著

责任编辑	李龙姣	
特约编辑	胡　进	
出版发行	江苏凤凰文艺出版社	
	南京市中央路165号，邮编：210009	
网　址	http://www.jswenyi.com	
印　刷	唐山富达印务有限公司	
开　本	880毫米×1230毫米　1/32	
字　数	237千字	
印　张	9.5	
版　次	2020年11月第1版	
印　次	2020年11月第1次印刷	
书　号	ISBN 978-7-5594-5203-0	
定　价	39.80元	

江苏凤凰文艺版图书凡印刷、装订错误，可向出版社调换，联系电话025-83280257

目录

楔子

我叫闻桑生，八岁时老家闹饥荒，饿瘫在地的我被同样饥饿的乌鸦啄伤了眼，后来若不是被师父浊眼龙救下，现在的我早已化为一堆枯骨。

我原本恨透了乌鸦，但师父活着时经常告诉我：本可以要你命的东西"放"了你一命，就等于让你涅槃，等于你的再生父母，你应该感谢。

后来我又从乌鸦那里得了个夜里用的名字，唤作"报丧鸟"。但不管我叫什么，都过着无黑无白的危险日子。这十几年来，如果没有师父浊眼龙的救命之恩和知音单飞燕的续命之惠，我在这乱世里不知死过多少回了。

现在的我虽还活着，却并不好过，因为我去年报恶人弑师之仇时惹怒了陆军部的吴总长，还招惹了鬼市里的夜天子。

吴总长，是北平城白天的王。

夜天子，乃北平城晚上的神。

惹了他们，我就成了游走在黑白之间的孤魂野鬼。作为一个孤魂野鬼，要么我杀神，要么我弑君，要么我死。但死又谈何容易呢？

第一章　天书

邹荣昌乃北洋陆军总医院一等的医正，曾给袁大总统、段大帅和吴总长诊过病，还给赫赫有名的梁公子切过肾。此人在陆军总医院声誉地位颇高，但他却有个毛病，让陆军总医院的同事十分费解。

原来，他虽供职于陆军总医院，却极少在陆军总医院那幢豪华的四层洋楼办公。纵然夜里值星时，他也是待在门房或太平间值班室的简易行军床上，绝不踏足自己那舒适的专属班房。邹荣昌被人发现这怪癖后，一时间在同事中引起了种种猜测。有人说他开了天眼，在病房里看见了太多的冤魂；有人说他本人对尸体有特殊癖好，喜欢随时研究观摩。

实际上，邹荣昌如此排斥那幢新楼，只因为那里住着的都是些军队和公府的达官显贵。在邹荣昌眼中，那些人满身的铜臭和自傲，丝毫不尊重他这个专业医师，甚至越俎代庖，干扰治疗。那些高官对现代技术和医学的漠视乃至不信任让他寒心，所以轮到自己值星时他就会吩咐医护，如住院楼没有大事不要来烦他，出了大事则要马上来报告。

今日夜里，当与他一同值星的小护士慌张地跑来太平间找他时，邹荣昌就知道病房肯定出大事了。

那小护士不等站定，就喘息着报告："邹医正，汪师长要出院，拦不住。"

"他？现在？"

听到"汪师长"这三个字，邹荣昌头脑里"嗡"的一响，脸上也浮现惊悸之色。他是想到出大事了，但是没想到会出这样天大的事情。一瞬的错愕后，邹荣昌质问护士："怎么不拦？你知不知道他的病有多重？出去了会感染多少人？又会有多少人因他而死？"

小护士怯声回答："他是少将师长，我不敢。"

邹荣昌没工夫听一个小护士诉苦，作为一个军医，他当机立断地问："他人现在在哪儿？"

"我出来时，他和手下还在病房。"小护士回答。

"随我去。"

说完，邹荣昌直奔北洋陆军总医院的高等住院处少将师长汪节的病房。

虽然行动迅速，但邹荣昌依旧扑了个空。两人来到汪节的病房时，只看见了空荡荡的病房和沾染着大片血迹的床单。盯着床单上丝丝点点还夹杂着黏液的暗红血迹，邹荣昌眼皮一阵跳，本能地捂住了口鼻。

这个时候，小护士往里挤了挤，失落地说："这么快就走了，我以为他们会……"

"别进去！"邹荣昌突然大声呵斥，并指着那床单，"马上消毒，他用过的东西不要直接接触，所有日用品烧掉，立办。"

吩咐完，他又问小护士："他说去哪儿了吗？"

"汪师长说要回师部。"小护士想了想，又补充，"他们028师的师部，好像在雁湖。"

"他的病会扩散到部队，必须把他带回来。"说罢，邹荣昌转身准备往医院司机的值班室走。但没走两步，他又回身指着那染血的床单，冲小护士严肃叮嘱，"记住，他的东西全烧，干活儿时要戴手套和口罩，手套口罩也要烧。"

说完，邹荣昌回值班室取了证件，叫了值班的救护车，出了陆军总医院。作为一个职业军医，邹荣昌算得上敬业。在他眼里，救死扶伤是医生的职责，更何况汪节的病是大疫，要是控制不好，会死数不清的人。

陆军总医院到雁湖的028师师部，有很长一段山路。在这段时而崎岖时而平整的山区公路上，邹荣昌倚靠着车门，凝神思索。他其实很费解，汪节大晚上还吐着血，回部队去干吗？有什么要紧事吗？还是说他和那些迷信的遗老一样，找到了什么邪门的治病偏方？

汽车在弯曲的盘山路间走了一个多钟头，邹荣昌终于看见了028师的驻地：暗夜下沉寂的雁湖。目标已近在眼前，不过邹荣昌的车在距离军队营区还有一公里的地方被028师的临时哨卡拦了下来。当他亮出证件，给哨所的值星官看过后，马上有两个手提"花机关"的马弁上车，贴身"护送"他去找这个精锐师的师长汪节。

进师部的路上，邹荣昌惊愕地发现028师的雁湖驻地竟进入了最高警戒状态，沿途士兵三岗五哨，手不离枪，身不离炮位，个个如临大敌。最高警戒的军营，如临大敌的士兵，再加上莫名其妙突然回到驻地的师长，这些都让邹荣昌产生了不好的预感。

"要打仗吗？"邹荣昌回身问"护送"自己的马弁。

马弁皮笑肉不笑地回答："不，只是今夜师座吩咐，要以防不测。"

"有人要偷袭？"邹荣昌追问。

"不只是人。"马弁回答并强调，"具体的，师座没有明示。"

邹荣昌知道不可能再问出更多，识趣地闭嘴。

汽车在雁湖营区里经过许多哨卡后，停在了一只雁湖中靠岸的画舫旁边。马弁先下了车，指着画舫对邹荣昌言说："师座正在里边治病，他吩咐医正来了可以进去。"

"呵，你们师长真是料事如神。"说完，邹荣昌想了想，戴上随身的口罩，之后才迈着军步走近那只灯火灿烂、丝绦装点、颇有暖意的苏式画舫。

汪节这只画舫是很阔气受用的，纵然是在这闷热天气里，邹荣昌一进入其中，却丝毫感觉不到舫外的那股灼浪，只觉身心为之一清。穿过舱门，跨进百十平方米的画舫后，他首先看见了一个女子。那女子妆艳明媚，身材高挑，穿着轻薄纱幔，正借皮鼓表演着一段《勤姑娘》。

而就在这女子正对面不到十米的地方，他的病人——028师师长汪节，正穿着医院的病号服，慵懒地倚靠在香木床上，边喝洋酒边听唱词。

女子的嗓音玉润腔圆，甚是轻柔，坐东的汪节也听得全神贯注，这让邹荣昌一时无可置喙，只能立在一旁干等。邹荣昌纳闷儿，这汪节大晚上跑出来，只为了会这女子？这女子又到底有何种的魅力，值得他冒着病死的风险幽会？

正在邹荣昌思考的时候，那女子手中的鼓点停了，口里的《勤姑娘》也唱完了最后一句："只要安稳别传狂，大大量量人人夸讲……"

佳人曲尽收声，倚靠在床上的汪节大喊了一声"好"，同时鼓起了掌。汪节精神不错，如果不是苍白的皮肤和时不时咳出的血丝，很难想象他身患重病。鼓完掌，他用疲惫的声音问一旁处境尴尬的邹荣昌："邹医正，这倌人唱得怎样？长得如何？"

邹荣昌却自顾自地回："你不能断药，不能喝酒。想保命，马上和我回医院。"

"哎哟，别这么扫兴！"汪节又问一遍，"先告诉我，这倌人怎样？"

邹荣昌斜眼看了看那女子的金勾眉毛和俏鼻魅眼，回答："好。"

"那敢情！今儿晚上这'兰艾艾'归你啦，带着她去营房，爱怎么折腾就怎么折腾，别妨碍我治病。"

说话间，汪节指了指自己："你放心，你说过，和别人说话保持两米就不传染。"

"不行！"邹荣昌严肃回道，"我不是来吃喝的，你得跟我回去治病。"

"治个屁！"汪节忽然愤怒，"治了四个月，我也在病床上窝了四个月。老子是师长，不是炕头上的汉子。"

"要我说几遍？"邹荣昌毫不妥协，"你得的是肺结核，是传染病！而且你现在都咳血了，只要你配合治疗，再讨六个月，我保证……"

"等不及了。"汪节打断邹荣昌的话，"知道吗？军公府马上要调兵打张松商了。如果我不能在三天之内归队带兵，就会被撤职，到时这028师就得改姓了。"

说完这话，他瞪着眼珠子质问邹荣昌："你有办法在三天内治疗好我，让我保住官位吗？"

肺结核是重病，治愈率本就低，保命尚且不易，又何谈三日康复，因此邹荣昌摇头。

"不能吧。"汪节瘫坐床上，笑着言，"既然这样，那就让我试试偏门的方法吧，说不定我今晚就能好。"

汪节的话里带着一种执拗和对权势的贪恋，让邹荣昌很是气愤。于是他回道："不管什么办法，想马上治好这病，无异于痴人说梦。"

面对讥讽，汪节却神秘地回答："我接下来用于治病的宝物，不是凡夫俗子能理解的。"

汪节不再多言，一动不动地望着画舫的舱门，满眼期待。显然，他在等什么不得了的东西送来。

邹荣昌不知道汪节在等待什么，但是他曾见识过许多达官显贵请和尚、道士用那些开过光的宝物、法器进行骇人听闻的"治疗"，结果大多以尴尬收场。因此，在邹荣昌眼里，这只不过是又一场闹剧而已。既然是闹剧，就总有戳破的时候，无须他说。

不知过了多久，画舫的门再次开了，一个马弁走进来向汪节行军礼："报告师座，迎宝的回来了。"

汪节从床上站起来，二话不说便向画舫门口走去，神情颇为激动。看"闹剧"的邹荣昌也跟了过去。

画舫外，邹荣昌看见一支规模不小的汽车队正向画舫这边缓缓驶来。这队伍有五辆军车，排头是架着机枪、挂着装甲的俄国怀特，中间则是一辆外挂防弹钢板的帕卡德防弹车。而在防弹车的两边，还有骑着蒙古马斜挎"自来德"驳壳枪的轻骑马队。

这一队人马守卫森严，特别是那辆防弹车，更是引起了邹荣昌的特别注意。防弹车可是稀罕东西，只有最要紧的人和物品才会用它押送。而眼下，他汪节的车队不但用了最稳妥的防弹车，还安排了如此多的士兵护卫，这葫芦里到底卖的什么药？

正在邹荣昌猜测时，武装车队停在了画舫的正对面。防弹车停稳后，先从里边走出了四个士兵，而后这四个士兵又在领头军官的命令下，从防弹车的后坐拿出了一只乌黑的木盒。那盒子不大，却由四个士兵一同提着，他们小心翼翼的样子像是捧着一颗炸弹。

"师座，"领头的军官向汪节敬礼报告，"宝货就在其中，中途没发生任何状况。"

汪节点头，阴阴地回了一句："我量那夜天子也不敢。"

说完这句模棱两可的话，汪节回身进画舫，那四个提着木盒的士兵也紧随其后，邹荣昌则目瞪口呆地看着这些人，完全不知所以。片刻后，这位军医还是选择跟着这些人再次回到画舫，像个观众一样去看028师今夜上演的这出荒诞大戏。

邹荣昌回到画舫时，唱曲的女子已经走了，汪节坐在床上一动不动地盯着那木盒。那木盒于煤油灯光中反射出深深的紫红色，像是鲜血凝结后的样子。盒子怪异而不自然的颜色让邹荣昌感到不安，甚至他感觉汪节也颇为犹豫，似乎吃不准到底应不应该打开这木盒。不过，汪节在盯着那木盒好久之后，终究还是说了一句"打开"。

拱卫木盒的马弁得到上司的命令之后，没有立刻动手，而是在邹荣昌费解的目光中，先从衣兜里拿出一块辟邪的红布，将眼睛蒙了起来，而后才摸索着去打开红木盒的锁头。

因为蒙着眼睛的缘故，他们动作很慢。在这期间，汪节问邹荣昌："邹医正，您要不要也把眼睛遮起来，或者回避一下。传闻这木盒里的东西，命不硬的人看了是会出事的。"

邹荣昌听得出，这木盒里边似乎是什么极度危险，看一眼都会要人命的东西，而这样的东西汪节却要拿来治疗肺结核？太荒诞了！作为一个医生，邹荣昌不能看着自己的病人如此胡闹。出于责任感，他严肃地对汪节道："汪师长，以前有病人用人血馒头治肺结核，结果病没好，又得了血吸虫。"

汪节挥手："别拿那些蠢材和我比，我只警告你最后一遍，看这里边的东西有风险，你要是不想死，就把眼睛闭上，或者出去。"

邹荣昌也怒道："看一眼就死人的东西，我没见过，也不信。"

说来也巧，就在邹荣昌话音刚落的瞬间，那只红木盒发出了"啪"的一声脆响。木盒被汪节的士兵打开了，响动传到邹荣昌和汪节的耳朵里，让他俩同时一颤。两个人瞬间停止了争论，全部扭头往盒子里看去。

盒子里有金光射出，而金光的源头，则是一本书。一本金丝装裱、堪称华贵、刻着盘龙图文的金册，在金册的封面上，赫然用颜体字烫着书的名字——天书！

"天书。"邹荣昌诧异地念出了书的名字。

"天书！"汪节捧起书，激动且自顾自地笑着道，"清宫流出的奇宝，上刻天机，下应神力。读懂者长命百岁、福寿安康，甚至称王称帝。"

汪节激动得咳嗽连连，但就是没有立刻翻看。邹荣昌望着汪节那失心疯一般的样子，颇为讽刺地说："打开吧，你不是说这东西能立刻治好你的肺结核吗？让我见识见识。"

不知为何，听到邹荣昌的催促，汪节反而踌躇起来。他把那本宝册拿在手里翻来覆去，就是不打开。

望着汪节踌躇的样子，邹荣昌知道此人心里还有别的担忧顾忌，似乎他颇为忌惮书中的内容。这仅仅是一本书而已，不管里边记载着什么，按照常理也无须如此兴师动众地弄来，又如此辗转反侧地思虑吧。邹荣昌并不知道汪节在踌躇什么，但作为一个负责的医生，他还是规劝道："汪师长，你也是留洋受过教育的，这神神鬼鬼的东西能治病，你信？"

"我不信，军权就没了。这世道，没了权和死没有区别。"汪节给了一个颇为无奈的回答，而后，他又冲邹荣昌挥手，"邹医正，最近你为了我的病累得不轻，下去吧，好好休息，别打扰我治病。"

说完，汪节把画舫外的警卫叫了进来。邹荣昌欲张嘴说话，不过在看见身后马弁手里的机关枪后，他妥协了，知道再待下去也没有任何意义。

他最后道："好自为之。"

邹荣昌在马弁的"护送"下很快出了画舫，紧跟着又被"护送"进一处营房。在营房宽大但简单的床铺上，他看见了几样菜肴、烟枪、扑克，还有刚才在画舫上给汪节唱曲的兰艾艾。

"老总，我叫兰艾艾，是玉香亭的厨娘。"那女子见邹荣昌进门，先自我介绍，接着起身鞠躬，"师长让我为你做几样拿手小菜，可惜这营房的食材不够，你别嫌弃就成。"

兰艾艾，人如其名，面如兰艾，惹人垂涎。但邹荣昌不熟悉这样的阵仗，故而有些尴尬地左右张望。恰在这时，他发现透过营房的窗户，能望见几百米外那只灯火通明的湖中画舫。

此时，画舫四周开始清场戒严，士兵们拉起了铁丝网，穿着病号服的汪节从画舫内探出头来看了一眼，而后又迅速缩了回去。显然，这位汪师长不想让任何人打扰他"参悟天机"。

望着眼前的场景，邹荣昌心中困惑至极。028师把整个雁湖都围了起来，炮楼、机关枪交叉拱卫着汪节，在画舫边又安排了三道拒马和六支马克沁，画舫里还有六七个马弁贴身护卫，每个马弁都有"花机关"和镜面匣子枪。为了一本破书，他汪节有必要如此兴师动众吗？

邹荣昌诧异思考的时候，那粉香扑鼻的兰艾艾悄悄走过来，主动揽住他胳膊。或许是为了化解眼前的尴尬，或许是对他有些好感，兰艾艾主动向邹荣昌找话："感觉汪节有古怪？"

"嗯。"邹荣昌点头。

兰艾艾告诉他："我知道些内情哦，老总你要不要听？"

邹荣昌一愣，旋即道："你讲讲。"

"我也是听旁人说的。"兰艾艾回答，"师长说，他得的宝书只有命硬的人才能看，命不硬的看了，会有不好的事情发生。"

女子的这些话让邹荣昌心里产生一丝非常不好的预感，但就在他准备细问时，忽然发现那窗外的湖中画舫，毫无征兆地起了诡异的变化。几乎在瞬间，画舫上的灯光闪烁了起来，没多久那上面的灯笼竟然同时灭了。灯一灭，画舫与浓浓夜色里的湖水便融为一体，再也看不见。

"不对。"望着这危险的动向，邹荣昌没了与兰艾艾腻歪的心情，转身冲出营房门。

营房外，整个028师乱成了一锅粥，士兵们端着枪，拿着手电、火把，发疯一般跑向画舫。士兵们绕过封锁跑到湖边，拿手电和火把在原本泊船的地方不停瞭望。但都看不见画舫和汪节的踪迹。雁湖上只有打着旋儿的漆黑湖水，翻着白沫。

整整一夜，028师将雁湖从上到下翻了个遍，都没能找到那只巨大的画舫。不过在第二天早晨，一个通信兵从营外急匆匆回来，一见面就告诉028师师副和陪同的邹荣昌："我发现船了。"

"在哪儿？"邹荣昌忍不住问。

通信兵回身指着营区外绚丽的山脉回答："在二十里外的山顶上，我亲眼看见的。"

"啥？"所有高级军官，如看怪物一般看着这个通信兵。

虽然被上峰打了耳光，但那通信兵一口咬定画舫就在山上，是一个砍柴的老汉最先发现的。老汉还说他发现画舫的时候，听见那山上有鬼哭声。

面对通信兵信誓旦旦的言辞，028师的军官从一开始的不信转而变得将信将疑。没多久，师副和邹荣昌带着十几个兵，驱车直奔山区。二十里路不是很远，因此一个钟头之后，他们便在通信兵的带领下，赶到了那只画舫前。他们看见了令人震撼的景象：汪节的画舫就停在山脊的一大片平石上，除了有些磕碰磨损的痕迹，基本完好如初。

来不及多想，邹荣昌跟着士兵匆忙走近画舫，打开舱门。第一眼，他便看见了江节和他手下的尸体。在死人堆里，汪节的死相最怪。尸体横躺，双眼圆睁，双手紧抱，皮肤惨白，似乎在临死时看见了什么特别震撼的东西，又似乎是临死时还护着他顶重要的《天书》，那书却已经不翼而飞。

夏日的尸体臭得很快，邹荣昌只能捂着鼻子和028师的师副走到离汪节尸体两米远的地方观察。须臾，邹荣昌指着汪节的脖子和手，问那些士兵："你们看见他皮肤上的红斑了吗？"

"看见了。"师副回答后又问，"这说明什么？"

邹荣昌用一种不可置信的语气道："那种尸斑只有冻死的人身上才会出现。"

师副和马弁后退一步，愕然道："师长是被冻死的？在七月里冻死？"

邹荣昌点头。

第二章　马牙子

一个月前，北平出了件天大的事，差一点就让闻桑生栖身的这座城市生灵涂炭。说起来让人唏嘘的是，事情的导火索据说仅仅是一只本该穿在女人脚上的金丝船鞋。

月初时，外省督办——"狗肉将军"张松商进京，向陆军府述职兼催饷。这位张督办虽说是官差，但在军政界声名很差，败坏地方民生不说，还收编土匪流寇为己所用，可以说是无恶不作。

属刺头的人走哪儿都扎眼，到了陆军府后张松商不知收敛，依旧到处厮混，花天酒地。有一天张松商和姘头喝高了，不知怎地把烟花女子的一只鞋甩进了放重要文件的公文包。不凑巧的是，这份沉甸甸的公文第二天就被他的部下送进了陆军部，并很快被陆军部的总长官吴光真发现了。

公文内出现烟花女子贴身之物乃是对上司的大不敬，就这样，张松商彻底惹怒了陆军部的总长官吴光真。为了弹压张松商，吴光真玩了个心眼，虽然面上笑意接待，但就是不批军饷，还派特别科的侦缉软禁监视，策划釜底抽薪，收了他张松商的军权。

吴光真这一手又软又狠，若真能成功消灭这恶霸军阀，也不失为一件德政。可惜他如意算盘打得好，却独独低估了这位"狗肉将军"的能量和算计。

张松商看出吴光真要对自己动手后，通过秘密手段向他在外省的部下发了密电安排"救驾"。而他那些土匪出身的部下也爱讲义气，接到密电后迅速集结，打着"请愿"的旗号，沿铁路逼进北平。

面对匪军犯逆，陆军总长吴光真也不是吃素的，立刻派遣自己麾下最精锐的028师集结，不日就要和张松商所部决战。这一仗，张军远来，吴光真又占据着地利，原本颇有胜算。可谁曾想那028师师长汪节在节骨眼儿上忽然暴病而毙，让吴光真瞬间失去了肱骨之臣，让张松商更加志得意满，叫嚣着要炮轰北平城，来个玉石俱焚。

事已至此，为了保住自己的地位，也为了北平城的安危，吴光真只能委曲求全，把那匪首张松商放掉以求息事宁人。

吴光真计策破产，自然气得要死。但作为一个政客，他戏演得够好，也会"擦屁股"。礼送张大督办的时候，他依旧笑盈盈的，既批了军饷，还颇为客气地在北平广和楼摆局，请他听了梅兰芳的《玉堂春》、杨小楼的《挑滑车》和孟小冬的《武家坡》。

吴光真请张松商赏雅乐，自然也不能让他的兵匪手下闲着，于是乎以"慰问"的名义从陆军部拨公帑，给张督办的亲兵每人发了十块大洋，让他们自己去找乐呵。局势紧迫时，讲究个"及时行乐"。这百十号匪兵得钱后一窝蜂全去了三四等烟花巷里耍牌放炮

016

摆快局，让沉寂许久的八大胡同着实热闹了一把。

八大胡同热闹了，按理说正在八大胡同里当差，给大院姑娘和客人们做"听打鼓"的乌师闻桑生也应该忙活起来，多挣些钱。但可惜下等官兵不比那些斯文的富商、学生和公务员，没有听曲的雅兴。一伙匪兵进大院只一刻不到，就抱着各自对眼的姑娘进房了。

正经的营生没了钱赚，闻桑生本还能化名"报丧鸟"，去他熟悉的北平鬼市做些贱入高卖的灰色买卖赚嚼咕。但遗憾的是，这几日北平鬼市里正赶上新上任的巡警总长张树庭烧"三把火"搞严打，也没什么客流、好货和人气，还多了被"灰大褂"勒索乃至关监狱的风险。

两头夹击下，日子不好混。闻桑生当晚二更天都没过，便背着三弦揣着空空的钱袋子往住处走。归途上他感觉周遭气氛压抑得紧。听着街道上巡警的呵斥和一队队士兵的军步，他更感觉这黑云压城的北平，恐又要出什么大事了。

当闻桑生走到家前，摸索着找到房屋门锁，打开正要走进去时，本就压抑的心又骤然紧张了起来。他听见屋院的角落里，一个本不应该有人的地方，竟然有人的呼吸声。那呼吸声很粗，很不正常，冷不丁听在耳朵里，像极了戏文里漂泊无依的幽魂正嘤嘤泣泣。

作为一个眼差的，闻桑生虽然目不能视物，但耳力极佳，警惕心极强。听见身侧那不正常的动静后，他下意识地伸手摸索自己兜里防身用的手雷，冲那有人的方向问："谁？出来，甭装神弄鬼！"

几乎在他发出质问的同时，角落里的人回道："我。"

虽然只有一个字，但那独一无二的语调，还是让闻桑生立刻记忆起了那人的身份。她是闻桑生在北平城西郊乱坟岗认识的知音、北平城西郊山林里的女猎户——单飞燕。作为猎户，单飞燕身手很好，以前也干过翻墙进屋的事，像今日这般翻进闻桑生的房子，又躲在墙角里哭哭啼啼，却是他闻桑生第一回遇见。

闻桑生急问："燕子，今儿不是你进城甩皮货的日子啊。这么晚翻墙找我，是不是遇到了什么难事？"

单飞燕口吻惆怅地回道："哥，我就是想你了，来瞅瞅你。"

说话间，单飞燕靠近闻桑生，伸手抚摩了一下他背后的三弦："哥，能给我拉个好听的曲儿吗？"

闻桑生与单飞燕是知音，今日单飞燕心中郁闷，他弹琴为其解忧，责无旁贷。闻桑生忙把三弦从背上解下来，笑问："燕子，想听什么？《小行舟》《悲欢令》还是《口花六板》？"

可谁知，原本天性快乐烂漫的单飞燕却告诉他："我想听《阳关三叠》。"

听到曲名，闻桑生大惊。这《阳关三叠》不同于别的曲目，乃是一首"离人悲"，出自唐人王维"西出阳关无故人"的离别曲。

听到单飞燕要听《阳关三叠》，闻桑生本能地问："燕子，你要离开北平？"

"是。"

"走多久？"

"再不会回来。"

"你这是最后一次来见我？"

"嗯。"单飞燕语气无奈道，"我，要嫁了。"

"嫁人？"闻桑生心中猛沉，胸口一阵撕心裂肺地痛。

但他没有挽留，只是平静地说："好事。嫁什么地儿啊？人家怎样？"

"很远很远，听说离北平八百里。"单飞燕回答。

"那么远。"闻桑生抿嘴，有些不放心地问，"燕子，如没记错的话，你爹就你一个孩子吧。嫁那么远，他舍得？"

"他，"燕子颇为委屈失望地说，"舍得。把我嫁过去，他能得五十块银圆的聘礼。"

闻桑生愤怒道："你爹把你卖了，当牲口卖的？"

"算是吧。"燕子酸着鼻子道，"说得好听点，是做妾。"

"妾？"闻桑生愤而怒吼，"你怎么能当妾，你怎么能当妾呢？"

"这就是命。"燕子痛苦而讽刺地说，"纳妾的是个马牙子头，进城甩皮货时曾见过我，夸我能生儿子，还说我身子壮，赶马时能挡狼。"

"他是纳妾还是找长工？"闻桑生重重地拍打了一下墙壁，咬牙切齿道，"燕子，你不能去，去了你这一辈子就毁了。"

单飞燕沉默了一会儿，回道："我爹已收了聘礼，明天就要把我送走。"

说完，她突然用滚烫的手摸了摸闻桑生冰冷的面颊："哥，我是偷跑出来的，因为……"

单飞燕收回手，轻轻地请求："《阳关三叠》，我想听。"

闻桑生木然点头，带着绝望的心境，弹奏起单飞燕要听的离别调。名曲在极端低沉压抑的前奏中缓缓展开……《阳关三叠》是离别曲，自然声调悲凉，乐韵惆怅，但不知为何，闻桑生弹奏出来的乐曲中还带着愤慨不甘。

闻桑生头脑里不断闪过与单飞燕的相知相识，想起自己与她品乐逗趣的日子。突然间，他意识到了一个问题：燕子似乎是他身体的一部分，缺了这一部分，他是不完整的。

随着他的思索，《阳关三叠》越发亢奋。闻桑生的手心出了汗，手指也渐渐沉重。到最后，他竟将手里的三弦弹断了。

"砰"一声乱音，闻桑生的曲子戛然而止。

"哥，你断的是琴，乱的是心。"

"是。"闻桑生轻轻放下手里的三弦，走到单飞燕身前道，"燕子，我不想让你走，我想娶你。"

单飞燕痛苦地说："不可能的。我多拿了人家的钱，按照聘行和马牙子的规矩，除非三倍还了，否则……"

听了单飞燕的话，闻桑生没有再说什么，只是放下三弦，在房间里来回踱步。他走到窗根下，突然停住并用脚狠踏地面砖头。当他听见了一种明显不同于实地的声音时，停下了动作。稍后，闻桑生伸手指着自己踩着的砖头，告诉单飞燕："燕子，帮个忙，把这地上的砖头掀起来。"

"啊？哦。"困惑满满地应答后，单飞燕照办。

弯下腰，单飞燕用随身的刀子按照闻桑生的叙述，把那砖头掀起来，紧跟着她发出了"咦"的一声，呼吸也乱了。她语气讶异而惶恐地问："哥，你家这砖下有个盒子，盒子咋好像还往外渗血呢？"

惊诧间，单飞燕继续道："哥，你盒子里边装的是啥，咋这么邪性。那盒子的缝隙间又是什么东西的血？"

"别怕，但也尽量别碰那盒子上的血。"闻桑生含笑回答，"那盒子边缝的红色是用软胶调和的刺猬血，里边有一百三十块银圆。"

"一百三！"单飞燕的声音重新变得活泼，她似乎又看到了自由的希望。

想想也是，只要再加个二三十块，闻桑生就能去和那些马牙子"抢"媳妇了。但是，闻桑生偏偏不随她意地摇头："燕子，这一百三十块银圆不是给你的。"

说完，他弯腰摸索起来。他把手伸向地坑藏盒的地方，却并没有碰那盒子，而是把刚刚单飞燕从地面撬起来的砖头高举过头，猛地向地面一摔。

"啪"的一声脆响，砖碎了一地，闻桑生紧跟着听见单飞燕的惊呼："大鱼！"

大鱼，这是个足够让任何北平人兴奋的词。

"鱼"者喻为"财"也，所以在北平的江湖和鬼市上，"鱼"字专指金条。金条又分大小，而闻桑生从他家地砖里摔打出来的，正是一根成色十分、足重足量的"大鱼"。

全北平的人都知道，吴光真正和张松商在城外备战，那巡警总长张树庭又在城里严打黑市买卖。内外吃紧下，金价水涨船高，这一根大金条，眼下已抵得上三四百银圆了。闻桑生拿它出来，足够赎回单飞燕乃至兼做聘礼。

闻桑生摔出金条后，单飞燕的反应自然是震惊的。她忙问："哥，你哪来这么多钱？为什么金条会嵌在砖头里？"

闻桑生坦然回答："我夜里化身'报丧鸟'时在鬼市赚下一部分，加上平时省吃俭用积攒的。至于砖头，大柳树鬼市有一个叫'裱泥王'的鬼手，专门帮人干这种砖头藏金、泥盆蕴银的暗买卖。"

"鬼市里还有这种人。"单飞燕感叹，同时又困惑，"你不怕他坑你吗？毕竟你什么都看不见，要是他铸砖的时候做手脚……"

"鬼市有规矩，他不敢。况且……"闻桑生弯腰摸索着将地上的金条拾起来，讲，"大黑天里谁又会想到，我报丧鸟是个眼差的呢。"

"以夜做衣，你心机真深。"单飞燕恍然，又问闻桑生，"可你为什么不把银圆也铸进砖头，独留一百多埋在地里，还放上刺猬血，这是什么讲究？"

"防贼的。"闻桑生指着自己的眼睛说道，"我毕竟是个眼差的，东西藏得再精明也有露马脚的时候。与其精心掩饰，不如藏巧于拙。"

"哦，懂了。"单飞燕恍然，"刺猬血传说'扎人'，人接触之后十天半个月洗不掉。如果有贼人盯上你，找到那些银圆后自会满意而去，一般不会想到那覆盖银圆的砖头才是真的宝贝。而他手上沾染上刺猬血，则方便你日后报官检举取证。"

"对。"闻桑生捧起手中的金条，激动地告诉单飞燕，"这钱原本是师父让我攒下来治眼睛的本钱，把你赎回来，应该足够。"

单飞燕难为情道："可把这些钱都拿来赎我了，你怎么办？万一以后你有治眼睛的机会却拿不出钱来，会悔恨终身的。"

"不会。"闻桑生用一种恍然的语气道，"因为我想明白了一件事。"

"什么？"

"你就是我的眼睛。"他激动道，"我下半辈子，就用你的眼睛看这世界，行吗燕子？"

闻桑生深情的话，说得单飞燕呼吸急促。她忽然一把抱住了闻桑生："哥，我跟你，当你一辈子眼睛！"

只几个字，顿时就让闻桑生如浸了蜜汁。品着单飞燕头发上的皂角香味，闻桑生迫切地说："燕子，事不宜迟，今晚和我去趟鬼市，找死人王和王花子他们准备一下，打听打听那些牙子的底细。明天就去见你爹，我提亲，娶你！"

　　西山单老汉最头痛、最担忧的事情发生了。

　　在这简陋的石头房里，同时来了两支提出要娶他闺女单飞燕的队伍。一支是马帮头周老魁和手下五个贩马的牙子。这六位个个五大三粗，虎背熊腰，腰里的尖刀和盒子炮更是明晃晃的，光看着就让人心惊肉跳。另一支，则是北平城里弹琴拉曲的盲鸟师——闻桑生。这盲鸟师势单力薄，除了肩膀上的一条大褡裢、手里头的一根导盲棍，再无它物。

　　两拨人提亲，一对六，孰强孰弱，单老汉用脚后跟想想就知道。可偏偏就是这样简单的选择，他却举棋不定。因为此时，闺女就站在单老汉身边。虽然这丫头此刻低眉顺目的，像个顺从爹意的乖乖女，但她的小心思、真秉性，单老汉明白得很。

　　单飞燕是中意那盲鸟师的，从六岁起她娘上坟时，偶听见闻桑生和他师父在坟地中练曲就中意。昨天下午这丫头破窗而出，偷偷去寻闻桑生的时候就注定要把他引来。

　　老爹懂闺女的心意，可是那闻桑生……毕竟是个眼差的呀！在单老汉看来，这闻桑生保不了他闺女下半生的安稳，也不能给自己带来什么进项，更别说这眼睛的疾病传不传后代，会不会一个个都如他那样……

　　单老汉烦闻桑生，但他以前感觉闻桑生占不了自己闺女什么便宜，故而也没多想。可近几个月，单老汉看见自己闺女和闻桑生共骑一头驴逛街赶集，才惊了，想着赶紧把闺女嫁出去。哪怕嫁得远些，也好过让她下半辈子守着个残疾人，过凄苦惨淡的日子……

此时，单老汉很后悔，后悔不该教导这丫头八步赶蝉的功夫，后悔虽然关这丫头的时候落了锁，却忘了在窗户上多钉几条木板，结果把闻桑生引了来。单老汉烦闻桑生，但他真来"抢亲"，自己反而不知道该怎么办了。或许出于怜悯，面对着闻桑生的执着，他没有动强，而是在两支剑拔弩张的讨亲队伍间尽量周旋。

他对那牙子头周老魁道："老魁，你先消消气，这姑娘的事情讲究个水到渠成。"

"必须成！"周老魁摔手枪道，"收钱定事是我们牙子行的规矩，由不得反悔！"

周老魁说话气壮如牛，让人畏惧三分。可偏偏在这时候，那坐在对面椅子里的闻桑生却针锋相对地开了口："你那是买卖牲口的规矩，你们家婆媳妇是相牲口吗？"

"找死！"说话间，周老魁举起枪，同时拉了枪栓。

"逞什么强！"闻桑生冷笑，"杀了我，你们也得死，懂吗？"

对方同样一声鄙夷冷笑："呵！你个眼差的长得'球迷杏眼'，说话也臭。我咋个会死，说来听听？"

闻桑生皱了皱眉头，似是想了须臾，回答："想知道为什么？你过来，我告诉你。"

"切！"周老魁收了手枪，走到闻桑生面前弯下腰，"说吧。"

"再近些……"

周老魁又弯腰，近到裤绳都已到了闻桑生的胸口。这时候，闻桑生才趴在他耳朵边，轻声道："小子，你其实是……"

之后的话，单老汉没听清楚，但他看见那周老魁面色越变越紫，头上的汗水越流越多。到最后，他更是"咚咚咚"连着后退了几步，如丢了魂一般惊愕地质问闻桑生："你他妈是人是鬼？"

"人又如何，鬼又如何？"闻桑生笑答，"或许我是比鬼还可怕的东西。"

周老魁甩了一把冷汗。紧跟着，让单老汉目瞪口呆的事情发生了。那牙子头竟然冲身边人道："扯呼，回口外！"

"啊？"单老汉听傻了。原本，他以为剑拔弩张之下，必然有一番龙虎之斗。但他不曾想这群牙子竟然认栽了，而且快到让人匪夷所思，快到单老汉都没有反应过来到底发生了什么。等他反应过来的时候，那群贩马的牙子已经离开了他家。

在马牙子们走后，闻桑生从凳子中缓缓站了起来。而后，他点着导盲棍走近一脸惊愕的单老汉："老爹，您差点儿把燕子害了啊！"

好好的亲事被闻桑生搅黄了，单老汉是又惊又气。他冲闻桑生怒吼："我闺女嫁到口外去，也好过跟你讨饭！"

"爹，他是琴师，靠本事吃饭的。"单飞燕极端不满地嗔了一句。

"这儿没你说话的份！"

单老汉发泄之后，本以为那闻桑生会讨好自己几句，可没曾想此人只是平静地告诉他："老爹，您讲错了一件事，这几个牙子来，并不是为了娶燕子。"

单老汉费解："咋着？"

闻桑生提醒："您忘了他们是干什么的了？"

"咋会忘！"单老汉困惑地回答，"不就是贩马的牙子吗？"

闻桑生苦笑一声，把"马牙子"这三个字重新解释给单老汉听："老爹，这些牙子倒卖的马，是'胭脂马'。"

"啥？"听了闻桑生的话，单老汉一个惊愣，"他们是拐带人口的？"

闻桑生点头，思索片刻后才接着说："您不感觉奇怪吗？这六个男人既然是贩牲口的牙子，身上怎么没有牛羊马粪的气味，而且带头的身上还有股药味。"

"这我懂！"单老汉回答，"马帮跑的地方多，怕水土不服，常带止泻药和代赭石。"

"那不是止泻药，"闻桑生道，"那种气味应该是麻沸散。"

"有吗？"单老汉挠头，"我什么都没闻到。"

"没闻到不要紧。"闻桑生又提醒单老汉，"老爹，周老魁的裤绳又黑又亮，您看见了吧？"

"嗯？"单老汉惊奇于眼前的闻桑生是怎么"观察"到那些有眼人都不太注意的细节的。不过经闻桑生一提醒，他还真想起那牙子头的腰上除了盒子炮，确实有一捆纯黑色、极光洁的裤绳，而且不光他，另外几个牙子腰里也都有。

这时候，闻桑生又问："您知道那绳的来路吗？"

"不清楚。"单老汉摇头。

"那物件叫'青魂绕'，是用妙龄少女夭折后的头发编的绳子。"闻桑生挑明，又一五一十地讲，"那样的绳，是烟花小院里的'爪子'用来捆不听话的'新雏'。因为头发与皮肤亲和，捆绑过后皮肤淤血少还不留伤疤，所以成了口外湘贵等地人贩子的标配。"

"啊！"单老汉一脸惊慌，如看怪物一般看着闻桑生。他突然发现，闻桑生的感知力和阅历都远远超过自己的认知，甚至他都产生了一种错觉，仿佛有一双犀利的眼睛正望着自己，洞穿一切。

闻桑生的话在理，但出于一个正常人的本能，单老汉还是连连摇头："不，不对！人家给了五十块的聘礼呢。哪个人贩子买姑娘，会出这么多的光洋啊？"

"这才是最麻烦的事情。老爹你想想，他们给了五十块的巨款，刚才走的时候却没提要回聘礼的事情，这正常吗？"

单老汉被闻桑生一点拨，立刻恍然："难道他们贼心不死……"

闻桑生冷着脸告诉单老汉："这些人贩子横惯了，我抢了他们到口的肉，他们定然会起歹心，此刻不来要聘钱，是因为他们会连本带利抢回去。估计今儿晚上，他们就要杀回马枪。"

"这……这如何是好？"单老汉急得团团转。

"不怕，那六个废物身手都不如我！"单飞燕气鼓鼓地说。

"身手顶个屁用，人家有枪！"说话间，单老汉拍拍自己的腿，"我也有身手，当年还不是被'掌心雷'打残疾了。"

单飞燕依旧不服气："手枪我也有，还是花口撸子呢。"

"你没打过枪架，不懂其中的利害。"单老汉几乎是跺着脚说，"他们的镜面匣子是二十响连发，而且人家至少五把，以一对五，咱必死无疑。"

正在单老汉绝望时，一旁的闻桑生开口："那个……二位可否听我一句？"

"讲！"单老汉道。

"我有一个计划，能把这些人除掉，但是需要二位的配合。"

"你又有什么鬼主意？"单老汉问。

闻桑生没有立刻回答，而是悄悄走到单老汉身边，将自己身上的大褡裢拿起来，又从里面取出了几个瓷坛子放在桌上。他将其中一个坛子打开，推给单老汉："您瞅瞅里边的东西，用它治坏人万无一失。"

听了闻桑生的话，单老汉往坛子里看去。须臾，他猛地盖住那坛子，用颤抖的声音冲闻桑生道："这么狠的办法，你也太毒了。"

"为了燕子，我敢干敢做，怎么是毒呢？"闻桑生面带笑容地说。大敌当前还能笑得出来，在那一瞬间，单老汉竟有点怕他这个准女婿了。

人贩周老魁从单猎户家出来后，越想越觉得不对。虽然那个和自己叫板的闻桑生意外而准确地说出了他的真实身份，虽然那家伙还说自己是巡警衙门的"特殊顾问"，有巡警总长张树庭这棵大树罩着，但他就是感觉不对。

最后，周老魁一拍大腿，冲自己手下大喝一声："娘的，上当了！"

"啥当？"周老魁的手下问。

周老魁咬牙："那个眼差的连走路都是问题，怎能当巡警的顾问？八成是哄咱的。而且咱五十块大洋投进去，连个水花都没看见，这不成。"

听着老大的叫嚣，有手下附和："对，咱打回去，把那水灵娘儿们'把'了。"

除了赞同，也有些手下担忧："大哥，那单老汉家是硬石头房，又在个陡山坡子上，易守难攻，咱还是从长计议……"

周老魁横惯了，自然咽不下这口气。但他也并不是一个莽撞人，知道贸然杀回去，肯定吃亏。思考再三后，他咧嘴冲手下道："这么着，今儿咱就在那老东西家附近盯梢，等入了夜再潜进屋把他们弄死。"

这时，又有手下担忧："可是大哥，这夜黑风高的，咱也容易中圈套，万一他们唱出'火烧新野'……"

"怕个球！他们若真的下套，我还有另一个撒手锏……"周老魁一拍胸脯，给众人打气，"你等放心，这一趟'拜椿'必然万无一失！"

"老大英明！"众人齐声附和。

周老魁从腰间拿出块黑布蒙在脸上，发令道："回，给单老汉拜个椿去。"

他蒙面的这个举动非比寻常。因为按照江湖道上的规矩，人贩子一旦蒙了脸，便不再是贩人的商，而是抢人的鬼，这抢人的行径，黑话就称为"拜椿"。

在刀刃上行走的人，虽说有横有乖，不一而足，但一定都知道江湖险恶。所以这一趟"拜椿"，周老魁并没有因为对方眼差而轻视，反而是带着一堆手下，身披野草，穿林缓行至距单猎户家百十米外的地上凹处，耐心地趴着等。

他们等到夜里三更，单家熄灯，万籁俱寂的时候，才又打着赤脚，掏出盒子枪继续摸向单家的石屋。到达窗口后，周老魁捅破了单家的窗户纸，借月色观察，看见单老汉一家正躺在床上，盖被而眠。

夜里光线差，故而周老魁不敢贸然行动，又耐着性子观察了一阵，直到看见那床铺上的被子有起伏后，方才确定活人就在其中，而非稻草假人冒充使诈。

搞清状况后，他立马回身向手下使眼色，手下会意，以尖刀撬门闩进屋，周老魁自己则立在屋外窗口观察接应，以防不测。

周老魁五个手下进屋后，龟身狼步缓缓而行。到了单家人的土炕前，他们互使眼色，同时猛地把床上被褥掀起来，眼瞅就要上演一出《捉放曹》的大戏。但也在刹那之间，事情突然发生了急变。被褥掀开后，躲在窗口观察的周老魁并没有听见他意料之中的惨叫和求饶，反而看见自己手下如着魔般手舞足蹈，并接连不断地发出惨叫声。惨叫的动静堪比杀猪，没过多久，屋子里又响起了撞门跺脚、枪击乱射之声。

房间里的突变太过蹊跷，周老魁本想探头看个仔细，但又怕到处乱飞的子弹伤到自己，故而不辨状况的他选择持枪猫腰躲在窗下伺机观察。过了片刻，屋子里的枪声停了，他这才壮着胆子往里偷偷瞄了一眼，并终于看清了里面的状况。

此刻，自己的手下一个个倒在地上，抖如筛糠，口吐白沫，眼瞅着就要完蛋。除此之外，周老魁还发现他们周身的皮肉甚至头发眼眶中，爬满了许多中指长短、又肉又黏、暗黑发紫、似蛇似蛆的玩意儿。

起初，周老魁并没看出那些粘在人身上的是什么怪物。但过了须臾，早已惊得目瞪口呆的他终于看清，原来那些爬在活人身上、疯狂蠕动啃咬的，是水中恶魔样的毒虫——蚂蟥。

蚂蟥，周老魁太知道这是何种恶毒恶心的玩意了。此物以食人血肉为生，而且和咬一口就放嘴逃跑的毒蛇虫蝎不同，蚂蟥这玩意儿极嗜人血，只要闻到人汗人血的腥味，便会穷追猛咬，见缝就钻，还专挑人的眼睛、耳鼻、腰窝等软肉薄弱处下口，且极难拔出，端的是让人无计可施。

如此恶心惊险的生物，却爬得手下人满身满脸，周老魁在惊愕发麻之余，也彻底明白自己上当了。显然，那屋子里并没有单老汉和他闺女，只有一屋子的蚂蟥和别的什么触发机关。刚才他观察到的在被褥下蠕动的恐不是人，八成就是这些如蛇似蛆的恶心生物。

如此骇人听闻的诡异陷阱，连周老魁这样的老江湖都闻所未闻。刺激惊恐间，他没了胆气，拔腿便跑，只希望离那些恶虫远远的。就在他刚刚回头，将要开溜时，却发现自己背后不知何时立了一个窈窕且快速的黑影。

那影子在周老魁转身的瞬间来到其跟前，一只手抓住了他的头，另一只手则将一把明晃晃的刀"送"进了他的嘴里，又顺带往上满力一挑！当刀刃贯穿周老魁的鼻腔时，他竟然从刀子和那人的手上闻到了一股皂角的清香味。

周老魁明白了，杀他的是个女人……

周老魁倒在地上时，闻桑生听见了他喉咙喷血的声音，感觉那声音和北平猪市上屠户杀猪放血的动静差不多。听见这动静，闻桑生皱眉摇头，冲单飞燕讲："是不是用招太狠了，溅你一身血多不好？"

"哦。"单飞燕答，"我这是杀野兽的刀法，狠惯了。"

在单飞燕说完话后，闻桑生身侧又响起单老汉的声音："我说眼差的，你带来的这是什么蚂蟥，为啥那些被咬的人像是醉了酒，一般的蚂蟥没这么大毒啊？"

"这种蚂蟥不寻常，本是南洋的稀罕药材，是被人拿乌头草喂养的'毒蛭'，故而被咬的人会被麻翻。不过这玩意儿毒性毕竟不大，远比蛇蝎之类的剧毒之物好控制，所以我才用它对付这些人贩。"

单老汉好奇："这么怪的东西，你从哪儿得到的？"

"几个混鬼市的熟人处。"闻桑生囫囵回答，又道，"老爹，赶紧把这些人埋了吧。"

单老汉犹豫了一下，对闺女说："燕子，跟我走，把屋里那些人搬出来埋了。"

"哦。"单飞燕应答，临进门前，还不忘拉着闻桑生的导盲棍一起走。

三个人缓慢进屋后，闻桑生先是拿出一根养蝗者附赠他的驱虫香药，将满地的毒蚂蟥驱散，而后单飞燕和她老爹才动手，把那些哼唧等死的人一一抬出去。

这种埋人的技术活，闻桑生是帮不上什么忙的，故而全程他只是握着香药，倚靠在门框边，听着他们进进出出。过程间，闻桑生起初沉默不语，但就在单家人把最后一个家伙从门里运出时，他忽然开口："不对！"

听着闻桑生喊"不对"，单老汉和单飞燕同时停止了动作。

闻桑生问："抬出来几个人？"

"我数了，五个。"

"对啊。刚才进来的是五个，加上周老魁正好六个。"

"不对，还有一个人！"闻桑生忽然汗流浃背。

"你数错了，他们就来了六个。"单老汉笑。

"肯定还有一个人。"闻桑生坚定道，"因为房子里除了咱们三个，还有第四个人的呼吸。"

说话间，闻桑生紧握导盲棍从门框处站直做戒备状。与此同时，他听见单老汉大喊一声："燕子，你头顶……"

单老汉的话还没喊完，闻桑生便听见房顶上有什么很重的东西连着几片瓦掉落下来，紧跟着那东西又把单飞燕重重压住。

"放我走！"在原本站着单飞燕的方向，一个惊慌的声音大吼。

"你先放开我闺女！"单老汉惊恐，"你放人我就让你走，你放人我就不开枪。"

"少来！"那人大吼，"刚才你们怎么对付老大的我都看见了。好毒的手段，还活埋。要是放开这女人，我这根暗桩子命就没了。"

"暗桩子……"听到对方的话，闻桑生明白这突然出现的第七个人是什么来路了。原来，这从未露面的第七个人乃是人贩周老魁设下的最后一张底牌，俗称"暗桩子"。

所谓"暗桩子"，是指某些极有心计的江湖老大在带队伍闯荡的时候，于队伍之外暗中安排的一个本事高强、低调妥帖之人。这个人会在正队之外一路暗随，往往除了老大自己，没有任何队员知道他的存在。除非队伍里出了倾覆之祸，否则此人绝不出手，为的就是在关键时刻做些局外施救之类的急切事。可以说，他是周老魁最后的一根救命稻草。

这个暗桩子趴在房梁上，显然是想暗中配合周老魁"拜椿"的，但因为闻桑生他们的杀人手段过分残忍迅速，他没能也不敢出手救驾，只想着在房梁上躲过一劫，再做打算。

这人很机灵，可他显然不曾想到自己的呼吸会被耳尖的闻桑生听个正着，顿时现了原形。万般无奈下，他这才拼死一搏，拿出突袭的手段，擒获了单飞燕。暗桩子一招得手，自然不会轻易就范，他劫着单飞燕一步步走到门口，而后猛然推了她一把，自己则趁着空隙往反方向逃命而去，这暗桩子的本事和脑子都不差。

闻桑生晓得，暗桩子这一招"推跑"乃是混混儿常用的伎俩，既可以借人质为"肉弹"迟滞对手挡住枪口，也可以借机逃遁，可谓一举两得。但可惜的是，单飞燕不是一般的"肉弹"，她脚底下"八步赶蝉"的轻功，也不是说名听响的。

单飞燕被对方大力推出后，闻桑生听见她猛地踏脚，之后"啪"的一声上了房梁。紧跟着，闻桑生也不知道单飞燕使了什么身段手法，她又从房梁上反弹出去，和那暗桩子重重地撞在了一起，接着扭打起来。之后，闻桑生听见一串激烈翻滚的声响，便听不见单飞燕和那暗桩的呼吸喊叫了。

闻桑生眼睛不可视物，便只能问一边的单老汉："人，人呢？"

单老汉惊恐地回答："丫头劲儿太大，和那人滑下山坡了！"

"啊！"闻桑生头脑里浮现出单飞燕抓着歹人从屋门口滚下山坡的情景，顿时惊慌不已。

"救人！"说话间，闻桑生和单老汉前后出了房门，同时向坡下寻去，但因为眼差的缘故，他的速度远比单老汉慢。没多久，闻桑生便听不见单老汉的呼吸了，又过了不久，就连单老汉的脚步声他也听不清楚了。

起初，闻桑生只一心想将自己未来的媳妇救回来，所以并没有在乎这些。但当他跑得气喘吁吁，再走不动路时，立刻意识到了一个可怕的问题：他似乎在这偌大的西山中迷路了。

迷路是很可怕的事情，特别是对一个眼差之人而言。闻桑生辨认路途方位，多半靠对过往环境的熟悉以及太阳光照射在皮肤上的热度。而在这高山寒夜，他一不熟悉环境，二无炽阳做标，俨然只剩下胡乱摸索。迷茫中，闻桑生喊了几声单老汉以及单飞燕的名字，但回答他的只有回音松涛和冷风阴啸。在各种声音的刺激下，一种只有盲人才能理解的无助和恐惧迅速袭上了他的心头。

恐惧中的闻桑生异常脆弱敏感，他走走停停，提心吊胆，生怕在野地里遇到吃人的豺狼虎豹或者游魂野鬼。但人这东西，偏偏怕什么就来什么。正当闻桑生迷茫地走到一处山林空地时，他听见自己背后响起了一串脚步声。那脚步虽轻，却向闻桑生透露了很多足以让他惶恐困惑的信息。

在闻桑生的听辨里，那脚步极轻柔，每踩一下，都只发出枯叶碎裂的细小沙沙声，明显像是猞猁金猫类野兽的步伐。但和一般野兽不一样的是，这脚步频率很低，明显不是四足，而是两足动物的响动。

野兽的身形，却两腿走动？这样亦兽亦人的怪物闻桑生闻所未闻，他也实在想不出那到底是个什么。

古怪的脚步声让闻桑生紧张。听出身后的威胁后，他立刻扭头，紧紧握住自己手中的导盲棍，拿出防身的手雷。如果他得死在这里，那也必须是鱼死网破的死法。

"谁？"闻桑生质问。这时候，对方的脚步停了下来。

而后，竟然是单飞燕的声音冲他道："哥，是我。"单飞燕的声音平静悦耳，没有丝毫紧张和疲惫的感觉，也不像是刚经过一场恶斗之人的气息，这让闻桑生非常意外。

"燕子？"闻桑生诧异，"你，你走路的声音怎么不对劲？"

"我打赤脚。"燕子解释，"刚才和那恶人斗的时候我掉进了枯草堆，人没事，就是鞋丢了。"

"哦。"闻桑生点了点头，心中的一块石头这才落了地。与闻桑生说完眼前的情况后，单飞燕将他手里的导盲棍捞了起来，又讲："咱回去吧，夜里风大……"完话，没等闻桑生同意，她便拉着棍子，带着他往回走。

一路上，单飞燕的话不多，而且随着路途的延伸，闻桑生越来越觉得面前的单飞燕很不对劲。虽然明明是自己熟悉的单飞燕的声音，闻桑生却感觉这个拉着他走向未知的女人似乎少点什么。

闻桑生是个脑子极好使的人，怀着困惑仔细听了没多久后，他终于品味出前边带路的单飞燕缺少了什么。自始至终，闻桑生好像都没有听见她的呼吸声。正常人怎么可能长时间不呼吸？意外的发现让闻桑生彻底陷入了一种歇斯底里的状态。

为什么燕子没有呼吸声？难道说她已经死了吗？

闻桑生听人说过，有些人死的时候因为心里的执着和特殊的体质，不会立刻发现自己死了，还能在很长一段时间内如正常人一样吃喝拉撒做事情。甚至他以前还听人信誓旦旦地讲过，有一户人家遭了劫匪，只有女主人抱着未足月的女儿跑了出来。但在见到官差时，官差却惊愕地发现那女人早被一把尖刀从背后刺透了心肺。而当官差说破了这点后，那女子自己方才反应过来，旋即倒地口吐鲜血而亡。难道说燕子就是那种没有意识到自己死亡的"活死人"吗？难道说燕子在滚下山坡的时候，就已经和那暗桩子同归于尽而不自知？

种种可怕的猜测如鲠在喉，闻桑生想叫不敢叫，想吼不敢吼，想直接问单飞燕为啥没呼吸，却又怕惊了她的魂，连这最后几刻的见面也烟消云散。思来想去，闻桑生最后竟想了个不是办法的办法去测试单飞燕是否还活着，他决定轻轻掐一下单飞燕的后背。

因为在传闻里，这种已没了呼吸的活死人是感觉不到痛的，否则那个抱着婴儿的女人也不会背插刀子跑了老远。所以，闻桑生只要伸出手掐一下单飞燕的后背，便能够确认她的生死。如果单飞燕没反应，闻桑生的猜测便坐实了；如果单飞燕有反应，那就说明她没死或者没死透，没呼吸可能是因为别的什么原因。

怀揣着忐忑复杂的想法，闻桑生悄然出手，往单飞燕的后背上摸去。很快他的手就触碰到了单飞燕的后背，还很凑巧地摸索到了她的脖颈。只是和他想象中完全不一样的是，单飞燕的后背上竟然没有他记忆中的衣服，更没有皮肉，只有种硬邦邦的独特质感。

那质感竟然和木头一模一样！单飞燕的背，乃至整个脖颈，竟然是一块人轮廓的木头？这古怪的触觉让闻桑生意识到，那根本就不是单飞燕，而是一个会走路、会说话、会前进的"木头精"。

突然的刺激，让闻桑生心中瞬间没了章法。忍不住"哇"地鬼叫一声后，他猛然丢掉导盲棍，一边蜷缩着身体向后退，一边质问："你不是燕子！你是什么东西？你把燕子怎么样了？"

"嘿嘿！"那木头人停止了步伐，笑了。那笑声不是单飞燕的，而且极端不正常，像是夜猫子在晚上的狞叫，又像是老树遇风时发出的怪响。在这恐怖的笑声之后，那木头人用单飞燕的声音回答闻桑生："现在才发现我不是你媳妇……报丧鸟比我想的差很多呢。"

"报丧鸟，我在鬼市里的化名。"闻桑生闻言一愣，旋即质问对方，"这名字没几个人能对上我真身的号，你既然知道，那你就一定和北平的鬼市有关系。"

听完他的话，那木头人继续用单飞燕的声音回答："这还有点报丧鸟的意思。"

闻桑生壮着胆子又问："你到底是鬼市里的谁？"

那木头人只回答了二个字："夜天了。"

夜天子！一个让闻桑生不得不怕，不敢不怕的名字。那是闻桑生久违的名号，是逼死师父浊眼龙的元凶，是北平城鬼市的化身、庇佑乃至神。

传闻里，夜天子就潜伏在北平的鬼市和暗夜之中，让人捉摸不透，偶尔他会毫无理由地帮人，也会毫无理由地害人，被他帮的人不知道他图什么，被害的人与他也没有仇怨。没人知道他到底是什么，也没人知道他为何这样做，大家只知道他是北平鬼市的"神"，能让被指点者飞黄腾达，也能让被坑害者死无全尸。而今，这神鬼般存在的夜天子正以诡异的木头人傀儡为身，站立在闻桑生的面前。他到底是想让自己飞黄腾达呢，还是让他死无全尸？

闻桑生无从琢磨夜天子的想法，但他清楚自己的想法。自从这夜天子出毒计让巡警衙门的曹发达杀掉自己的师父，夺了他珍藏的名琴"首阳采薇"后，闻桑生便无比记恨这个家伙。

面对着出毒计、夺宝琴、害师父的仇人，闻桑生气上心头，竟不顾一切地大吼："你个王八蛋，要杀要剐痛快点，我不怕！"

对面的傀儡继续用单飞燕的声音道："你我无冤无仇，我为什么要向你索命？"

"你干了什么心里清楚，你设计害了我师父，现在又来装神弄鬼地祸害我和我媳妇，你我早就不共戴天了。"闻桑生不怕把话挑明，因为他感觉夜天子绝对什么都明了。在他面前掩饰，没有意义。

"冲动！"那木头人"咯噔噔"地摇头，回答闻桑生，"你如此鲁莽暴躁，真不像只会吃人的报丧鸟。"

"少废话，也少装神弄鬼的，我不吃这套。你到底来干什么？"

木头人化身的夜天子没有磨叽，立刻告诉他："送你份礼，一份你绝不会拒绝的礼。"

"礼？给我？"闻桑生闻言惊愕。他实在想不出夜天子会送什么东西给自己，也想不出他为什么绝不会拒绝。

在闻桑生诧异时，夜天子继续道："先与你说件事。刚才我在山脚下碰见你的女人了。她和那暗桩子双双掉下了堕马崖，摔断了手骨和肋骨，还吐了不少血。"

"这，这……"闻桑生急得说不出话来。

"别急，那女人现在没事了。"夜天子话头一转，安慰闻桑生，"我现在已让我的手下给她做了急救，用了我的神药，还把她送回了家。她的伤虽重，但不出一个月准能康复。"

品着夜天子的话，闻桑生旋即问："如没猜错，这就是你送我的礼吧？"

"没错。听弦知音，这才有点报丧鸟的样子！"夜天子夸赞了一句，又道，"报丧鸟，我出计害了你师父没错，但现在我救了你女人的命。这一欠一还，按照鬼市的规矩，两清了。"

夜天子的话让闻桑生无言以对。

夜天子又问道："你说呢？"

闻桑生沉默了须臾，旋即回答："好，报丧鸟和你两清了。"

"痛快。"夜天子笑着又讲，"现在回去吧。沿着刚才我带你的方向一直走，走到能听见山流水的地方就是你熟悉的路了。"

"山流水，那是回北平的路。"闻桑生凭借回忆讲。

"当然。"夜天子回答，"既然是你女人，自然得在你家里。"

闻桑生不可思议地说："不，不可能。从这里到我家有三十里

039

山路，而且晚上城门关着，近日又因为打仗而全城戒严……你怎么可能把个重伤的人送进去？而且你把她送我那里干吗？"

面对闻桑生的连串质问，夜天子只答："我乃夜天子，夜色之下，皆为我土。"

这话之后，那木头人的方向再没了动静。虽然看不见，可闻桑生知道他走了，如传闻中那样，来去无踪，捉摸不透，也无从捉摸。面对这样的"未知"，闻桑生却在心中念叨：你杀的是闻桑生的师父，不是报丧鸟的，终有一天我还是要替师报仇。

那日夜里，闻桑生按照夜天子的指点，找到了山流水，回了北平城。当他进到自己家时，果然在床上听见了单飞燕那熟悉而平缓的呼吸声。闻桑生激动地坐在床边叫她的名字，缓缓醒来的单飞燕小声道："哥，我做了个梦，梦见自己会飞了，有个老神仙带着我腾云驾雾。"

闻桑生让她不要多想，而后立马去外边请了一个郎中回来。郎中告诉闻桑生，说单飞燕明显刚受过很重的外伤，但身子已经进行了缝合与固定，且伤口都处理得很好。而且，单飞燕的恢复速度让人咋舌，好像真吃了什么能让身体快速恢复的神药一样。对于这一切，闻桑生默然不语。

只有他知道，这一切都是夜天子的手笔。通过这些神乎其神的事情，他也见识了夜天子的能力。能驱使木偶做替身，能让将死的人起死回生，这一切的一切，似乎只能用"神力"来解释。可夜天子有如此的神通，又何必屈居在鬼市中，干些旁人不知所以的古怪事情？

闻桑生猜不透夜天子的所作所为，但是事情的发展全如他所预言的那样。一个多月后，单飞燕痊愈了。也在一个月之后，闻桑生便将单飞燕娶进了门。

第三章 大婚

其实有关这婚礼，闻桑生想等个半年多，过了师父的丧期再办。不过单老汉怕周老魁的手下再来找他们的霉头，便催促俩人早点完婚，自己也好尽快随姑爷搬进城里居住，图个安稳。如此一来，他与单飞燕的婚事也就只好从速从快了。虽然婚期很赶，但是这婚事和排场，闻桑生却一丁点儿都不含糊。

闻桑生因为有那根金条做后盾，故而三媒六聘，每一道程序都运作得很得当。为了让单家体面，他还给单老汉在东城租了房子，只为到时候能让单飞燕的花轿跨过半个城，风光半个城。

新媳妇过门那一日，闻桑生兴奋极了。虽然看不见，但是他知道今日的单飞燕注定好看极了，因为他给她请了八大胡同有名的"修脸六婆"做绞面，还托了陕西巷有名的白旗奶奶和巧手三姑，用瑞蚨祥最好的红缎细绸连夜赶制了礼服。闻桑生把积攒的金银都用在了媳妇和排场上，只为让媳妇过门时面上有光，让他丈人看着放心。

那日，闻桑生笑着和单飞燕拜了天地，拽着红绸送进洞房，又回到席间，在几个力巴和同行乐师的催促下，与前来道贺的梨园故人、瞎行长辈、烟花巷王八们一一过了酒。推杯换盏间，他的心中无比顺畅。他以后有燕子这双眼睛，便是个完整的人了，一个眼差之人能把日子过成这样，真的是别无所求了。

不过即便如此，闻桑生的心里还是有一片唤作"夜天子"的阴霾，让他在这大喜之日也隐隐不安。自山谷那日后，"夜天子"这个名号就像魔咒一般缠着闻桑生，让他提心吊胆，让他想起旧日的师仇和怨气。哪怕是在大喜之日，闻桑生也放不下心，生怕这家伙突然从什么地方杀出来，做些不可理喻的事情，而夜天子似乎也总是能以闻桑生意想不到的方式来"搅局"。

礼成之后，闻桑生便陪着宾客喝酒，一巡过后，忽然听见自家的院门外冷不丁响起一阵汽车的轰鸣。紧跟着，一个穿着大头军靴的家伙从门口跑进来，吊着嗓子冲院里喊了一声："巡警总长张树庭到！"

这八个字一出，闻桑生原本舒展的眉头立刻皱起，院里原本热闹至极的婚宴也顿时安静下来。闻桑生虽看不见，但是理解大家的心情。

这位年轻的巡警总长张树庭和闻桑生算是一对损友。他自从去年借着闻桑生制造的契机上任巡警总长以来，仿佛换了魂一般，精明干练，到处打击非法交易，几个月不到，就让北平的治安为之一新。但同时，他也成了烟花巷、烟馆、鬼市等地头一号的"灾星"。

闻桑生因为人脉的关系，婚礼上有一多半的人都是靠下九流混生活的人。在这些人眼里，他张树庭自然是个黑面阎罗，一出现准没好事。闻桑生和巡警总长张树庭之间那剪不断，理还乱的特殊关系，在座的宾客中没几个人知道，因而当张少爷踩着高档皮鞋，走进这下等人物会集的院子里时，没人敢上来搭话，气氛一时间有些诡异。张树庭站定后主动对人们说："诸位，吃喝如故，我张某人今天不公干，也是来给我朋友祝贺的！"

"对，我们今天不抓人。"张树庭的一个手下强调，闻桑生听那人的语气，知道是张树庭的老部下江九一。

虽然巡警总长极力安慰，但依旧没有人说话，也没有人动弹。在小鬼见阎王一般的气氛里，闻桑生叹了口气，不得不站了出来。他先是冲在座的亲朋拱手，让他们该干吗干吗，然后又冲张树庭说客套话："张总长亲自登门，鄙人受宠若惊。"

"不够朋友啊。"张树庭拍了拍闻桑生的肩膀，嗔怪道，"结婚这么大的事情为什么不早通知我？憋这小院子里办事多寒碜。你早告诉我，我在六国饭店或者保德宫给你定个大局，多有面子。"

闻桑生摇了摇头，委婉地回道："听闻您最近忙着严打立功，就没敢打扰。话说您最近又抓了八个'燕子李三'？"

"别提了，"张树庭拉着闻桑生边往席面走，边告诉他，"都是假的。墙都爬不利索就敢叫燕子李三，真给这名字丢人。"

张树庭把闻桑生引导到一处刚被他手下清出的桌子旁，坐下后又愧疚地讲："闻先生，我今天来得匆忙，没给你带什么值钱的玩意儿，只有大洋五百、苏绸两匹，你别嫌少，另外……"张树庭打了一个响指，而后他的部下将一样东西放在了桌上，碰上桌面发出"咕咚"的声响。

"我先卖个关子。闻先生能听出我拿上桌的是什么吗？"

闻桑生品着那声响动，道："大瓷器的响动，里边有水碰回音，是没开封的好酒。酒水竟用细瓷瓶封存，怕是宫酿吧。"

"哈哈，耳朵一如既往地好使，这我就放心了。"夸赞完，张树庭又介绍，"这酒叫'松龄太平春'，当年乾隆喝的玩意儿，补气生精，多余的我不说，你晚上就全懂了。"

介绍完酒，张树庭又吩咐部下："九一，把这坛子给我弄开，我要和闻先生一醉方休。"

闻桑生拱手："奉陪到底。"

之后的时间，闻桑生完全是陪着张树庭度过的，也因为这位巡警总长的存在，其他人全都如躲瘟神般早早离了席位。到最后，这院子里的客只剩下了张树庭和他的部下江九一。

院子里的其他人都走后，闻桑生原本笑着的脸忽然僵了。他放下酒杯，冲满嘴大话一直憨笑的张树庭直言："张总长，我的亲朋都被您一人吓跑啦。您找我有什么事情，现在直说吧？"

"呃……"张树庭否认："没什么事，我就是恭……"

"甭装了。"闻桑生一句话戳穿，"您先前都说了，'耳朵一如既往地好使，这我就放心了'，言外之意就是想借我的耳朵办事，不放心故而试探下，对吧？"

张树庭带着苦笑道："我是有点小事想和你说，不过主要目的还是恭贺。"

"哎，我看您是有大事才来找我的。"闻桑生摇头，"您现在是公府的红人，到处严打，没时间胡乱应酬。就算有点时间，也应该是去南边看看白姑娘吧？"

张树庭的呼吸变得沉重："闻先生，你的心比你的耳朵好使。"

沉默了须臾，张树庭支开手下，对闻桑生挑明："闻先生，我需要你的耳朵和在鬼市的人脉帮我查个案子。一个很棘手的案子，一个如果弄不好，我怕得掉脑袋的案子。"

"至于吗？"闻桑生道，"先说说状况。"

张树庭则先问闻桑生："你知道最近北平城里沸沸扬扬的'飞尸案'吗？"

闻桑生摇了摇头："不知道。"

最近这一个多月，闻桑生都在为单飞燕的伤和两人的婚事忙乎，顾不上打听市井和鬼市上的事。

"不知道？"张树庭又问，"那鬼市上的夜天子，你知道吗？"

"夜天子！"听到这三个字，闻桑生瞬间惊了。

闻桑生当然知道夜天子，但不知道什么飞尸案，在听见这两个看似毫无关联的名字后，他慎重地问张树庭："飞尸案和夜天子有什么关系？"

"唉。"张树庭无奈地叹了口气，然后说，"都是些光怪陆离的事情，真真假假的很难判定。"

张树庭告诉闻桑生，自他上任巡警总长以来，一直奉行以"整治"和"守法"为核心的严打，企图以雷霆手段为全国树立一个治安"标杆"，也好在公府那里捞政绩。为了立竿见影，北平城最藏污纳垢的鬼市就成了他刷政绩的首要目标。像过去在鬼市上经常能看见的烟土、军火买卖等暴利行当，通通受到他严厉的整治和调查。

在整治过程中，张树庭发现了一些特殊的情况。那就是在军火鸦片以及古董权色等许多大宗暴利的非法暗买卖背后，有一个无论如何也绕不开更拿不下的"影子"在阻挠他，这个影子仿佛是北平所有鬼市的总后台。而这个看不见、摸不着，但又让张树庭切实感觉得到存在的"影子"，就是他说的夜天子。

"我抓了七八个倒卖军火和鸦片的国贼，顺着他们查到最后，都查到了一个自称'夜天子'的家伙头上，但他只查到这三个字。"张树庭敲击桌面，带着挫败感又讲，"若再想深了解点什么，不是我的部下丢命，就是重要的文件和证据失毁，总之追不下去。"

听着张树庭的诉说，闻桑生有些胆寒道："您手里握着全北平的巡警，这都查不下去，夜天子看来很厉害。"

"是啊。我没想到鬼市的水这么深，也没想到北平的夜色里还有这样呼风唤雨的人物。"张树庭感叹了一句，忽然话锋一转，"不过再厉害的老马也有失前蹄的时候，再狡猾的狐狸，也有露尾巴的时候。"

"哦？"闻桑生兴奋，"这么说，你已经抓住他的狐狸尾巴了，就是你说的飞尸案？"

"嗯。"张树庭肯定又颇为意外地告诉闻桑生，"不过说来惭愧，这尾巴不是我抓的，而是他自己露出来的。而且这尾巴抓住了能灭贼，抓不住我还会被它反咬丢命。"

听着这矛盾的形容，闻桑生有些迫不及待："到底什么情况？我听糊涂了。"

"听我细讲。"之后张树庭又向闻桑生讲述了更多最近发生在鬼市的荒谬事情。

上个月张树庭布置在鬼市里盯梢的线人、侦缉陆续告诉他，说鬼市上多了很多收买古董图书，以及各种废旧纸张的人，这些人打着夜天子的名号买卖，而且都是用现洋交易，大有将北平鬼市以及废品摊所有故纸画卷都收买干净的趋势。

这些反常状况，引起了张树庭的注意，后来他深入了解后又发现，那些收买故纸和古董书的人果然是有组织的。而且最关键的是，他们买卖纸品所用的银圆都是从汇业银行一个共有账户中统一支出的，而那个账户是张树庭能够确认的，属于夜天子的匿名账户之一。

感觉到夜天子不寻常的举动后，张树庭立刻抓了几个买旧纸的家伙进行审问，不过审问结果很不乐观。这些在鬼市上收购古籍的人互不认识，他们收购故纸的起因则非常简单荒谬，只是在夜半睡醒后，忽然发现自家桌子上多了十几块大洋和一张字条，上面则写着"夜天子失其《天书》，邀君找回。若得书，切莫翻看，焚香三日以告之，到时飞梦来取，还有重谢"的字样。

"扯淡。"闻桑生摇头，"烧香告书，这夜天子还真当自己是神。"

话说一半，他忽然说不下去了，因为他想起单飞燕被"显灵"的夜天子救回了一条命。能神不知鬼不觉地进入几十个人的家里"散财"找什么书，还能进入别人的梦里来取，这些虽听上去荒谬至极，从单飞燕的情况来看，却又不太像假的。闻桑生琢磨着这些怪事，感觉吊诡无比，却又异常真实。

张树庭继续说："我也感觉扯淡，一开始并没有放在心上，可谁知道前几天，那个夜天子所丢的《天书》，竟真让人找到了。"

"找到了？在谁手里？"闻桑生忙问。

"得书的人叫李宏吉，是个前朝的遗老，翰林出身，早年入过宗社党，到现在还在国会里挂着议员，吃着干饷。"

言至此，张树庭又说这个李宏吉拿到夜天子的书时，他曾顺消息登门，看见过那书的封皮，上边是鎏金包龙纹绸的，印刻着"天书""御制""覆育列国英明汗"等大小文字。像是清朝宫廷里金册之类的古董，看上去神秘又厚重。李宏吉竟然找到了原本属于夜天子的《天书》，这自然让张树庭意外欣喜。就在他想带走这本书，详细调查一下此书与夜天子之间的关联时，却遭到了李宏吉的断然拒绝。

吃闭门羹的感觉是不好的，因此在被拒绝之后，张树庭阴着脸问那遗老："您该不会想学鬼市的那些市井无赖，把这书交给夜天子换钱吧？"

"非也。"李宏吉捋着胡子道，"传闻这书是天赐神物，我怎么能还给妖人，助纣为虐。"

"那……"张树庭又问，"您是想自己留着品古参悟喽？"

"非也。"李宏吉又告诉张树庭，"市井传言，此书是神仙之书，上刻天机无数，只有真命天子看之方才得体，我一个粗鄙小人，怎敢偷窥天机。"

张树庭困惑："您自己不留着，又不还夜天子，要它干吗？"

原本，张树庭以为这李宏吉会说出上交国家，或者送博物馆之类的高尚话。可没曾想那老家伙竟然双手朝天一拱，颇为激动地告诉张树庭："《天书》降世，落于我手，乃是我大清光复的吉兆呀。我当然是要在沐浴焚香之后，交给真龙天子，然后仰仗这书里的天机复辟朝廷。张总长，你有没有兴趣共举大事，到时候封疆拜侯不在话下啊。"

李宏吉这一番话，当时就把张树庭说无奈了。

"利用一本破书的力量搞复辟，我也真佩服这位遗老的脑袋。"张树庭感慨了一句。

感叹完，他又告诉闻桑生，虽然当时他很想打李宏吉一顿，但无奈此人是公府的议员，在遗老中地位又颇高，所以他不好明着把他怎么样，也没法儿再硬讨要那本书。不过临走前，张树庭还是发出请求，问对方可不可以让自己的技术员过来给书的内容拍摄几张照片，以方便自己查案。

张树庭本以为这是一个两全其美的办法，可没曾想那遗老李宏吉在听过之后，眼神却忽然变得阴狠决绝。那眼神，张树庭至今想起来都发怵。盯了他几眼后，李宏吉竟然告诉张树庭："张总长，我告诉你，这书有天机神力，里边的东西只有真命天子才看得懂，悟得透。平常人看了，非但不能得到什么，还会……"

"会什么？"张树庭心里发毛地问。

"会死！"李宏吉最后说，"很离奇、很惨地死。"

"所以，我就没看那书里的东西。"张树庭颇为尴尬地说，又补充，"不过幸亏我没看，要不然这'飞尸案'里的死人，说不定就有我了。"

"死了人？"

"李宏吉是第一个……"

张树庭告诉闻桑生，李宏吉得到《天书》后非常张扬，他一面宣称要在焚香沐浴三日之后，将《天书》觐见呈交给宫里的废帝，一面又在家里大摆宴席，联络清朝旧贵，真好像复辟成功就在眼前一般。李宏吉树大招风，张树庭已经感觉他要出事，可没曾想他事出得那么快，仅仅在他得到《天书》的第三天晚上，就完了。

"当天晚上，李宏吉坐着轿车，带着《天书》去找礼亲王，然后人就没了。"

"就这么死了？"

"是没了。"张树庭强调，"连轿车带司机带书带他自己，一起在北平城蒸发了。"

听到"蒸发"两个字，闻桑生本能地摇头："没了不代表死，而且北平这么大……"

"没说完呢。"张树庭继续讲，"第二天，我收到保定的电报，那里的巡警说他们在保定白洋淀的湖水里发现了李宏吉的尸体、汽车和司机，只有《天书》不翼而飞！而且李宏吉被发现时，浑身上下的骨头碎成一段一段的，五脏也被弄碎，好像被什么巨大的力量从里边蹂躏过一般。"

张树庭最后告诉闻桑生："最邪乎的是从北平到白洋淀得有三百多里，李宏吉和他的汽车是一夜飞过去的。"

"飞尸？"闻桑生嘀咕，而后说，"但我听说汽车开起来比马还快，一夜过去也不是不可能吧？"

"我问了那晚守城门的部下和宪兵，那天晚上北平各城门都没有汽车过往的记录。而且汽车是快，但是得走公路。白洋淀是湖区，没公路，甚至没有路。可他的车掉进湖心，距离岸边一里多地，汽车总不能潜水过去吧？"

闻桑生听着这些，沉默了很久，终于吐出来两个字："邪门。"

"是邪，但这还没完呢。"张树庭仰头喝了一口酒，又讲，"因为那《天书》，还死了一位大人物，也正是那位爷的死，才把这飞尸案推到了风口浪尖。"

"又是谁？"闻桑生好奇地问。

这时，张树庭说出了一串让闻桑生惊愕的头衔："028师少将师长，咱国舅爷吴光真的骨干，汪节。"

听到"汪节"这个名字后，闻桑生问张树庭："汪节的死我有所耳闻，可在公府的通告上，他不是得了肺痨被个姓邹的军医误诊成了梅毒弄死的吗？"

"那是为了维稳对外的说法。汪节真正的死因也和那催命的书有关，只是他比飞尸而死的李宏吉更离奇，牵扯更多。"

飞尸的案子和上个月夜天子救治单飞燕时耍的手段非常像，一看便是夜天子所为，所以闻桑生很感兴趣，也想多知道些其中的内幕。可是，张树庭一说起那位028师师长的死，就谨慎了起来。

他告诉闻桑生："在确定你帮我之前，汪节之死我不敢细讲。因为这涉及'尊者讳'。"

关于汪节的死，张树庭只是说，这位汪师长和挂议员闲职的李宏吉不一样，他有兵有权，是段大帅和吴总长在军队里的肱骨，他的死已然让军界炸了锅。

眼下，全北平都对这两个案子报以极高的关注。段大帅和吴光真责令限期破案，就连议院的议长、北平的市长以及交通、研究等派系的在野官僚，也专门派人过问飞尸案的进展内幕。

而这么一闹，有关夜天子和那本《天书》的各种传言，也开始甚嚣尘上。坊间传得有板有眼，说这《天书》乃是一本从古流传至今，记录种种天机秘术的宝书，只有真命天选之人方才能解其中文字，且不可随意翻看。但凡看懂《天书》的，都能够像夜天子那般叱咤暗夜，飞梦瞬移，杀人于千里之外，救命于股掌之间。但如不是天命，看不懂书，则会在观书三日之内，因为胡乱泄露天机而遭受"天谴"，那宗社党的李宏吉、安福系的汪节，就是因为"德行"不够，还忍不住胡乱窥探天机而死。

坊间的传闻和公府的关切都是压力，这压力经过层层传递，最终落到了作为巡警总长，维持北平治安的张树庭身上，这让他很不好过。就在张树庭来给闻桑生送贺礼的这天上午，他刚在公府里开了个有关治安教化的军政联席会议。会上，他的总上司吴光真黑着脸让张树庭务必在十五天之内破飞尸案，找到《天书》，把暗杀汪节、李宏吉的真凶绳之以法。

"这明显是挖坑让我跳。"张树庭愤怒抱怨，"安福系里我早就失宠了，吴光真去年提拔我，纯粹是迫于舆论压力。眼下他的主将死了，面子上挂不住，就又把我拉出来当背锅的替罪羊。唔……刚才的话我喝多了胡说的，你别放心上啊。"

"您放心，我也喝多了。"闻桑生喝干了杯子里最后的酒，推诿道，"我只是个盲鸟师，'巡警十六衙门'都搞不定的事情，我个眼差的更帮不了你们啊。"

张树庭却回："别装了。你是一般的眼差之人吗？你是鬼市里的报丧鸟，唯一能让我怕的夜么虎子。"

恭维完闻桑生，张树庭又说出了他另外的想法："还有，主要是我感觉这书既然是从鬼市的夜天子身上流传出来的，那么就应该从源头上去调查。可鬼市我不懂，而且我越查越感觉这鬼市泥浑水深摸不透。"

闻桑生接着："所以您就想找个懂鬼市的帮您，比如我？"

"没错。"张树庭呵呵笑着拍打了一下闻桑生的肩膀，"当然，我不会让你白帮。巡警部还缺个咨询顾问的名额，我帮你弄。到时候你就是半个公务员了，坐家里也能吃干饷，多好。"

说完，张树庭又语重心长地说："闻先生，你是明白人。去年你犯的事情，吴总长可都记着呢。他不是没机会，或者没能力对付你这只'报丧鸟'，只因张松商和汪节的一连串事情顾不上。要是不趁着这段时间赶紧挽回，您和嫂子以后的日子恐不好过。"

张树庭伸出手紧紧握了握闻桑生的手："鬼市不是能抄一辈子的地方，你有家室了，更不能久待。"

"这……"听着他的话，闻桑生有些犹豫了。这时候，张树庭起身道："好啦。兄弟点到为止，你要是想帮我破这悬案，随时来巡警总局找我，我一定随时恭候。还有……"

他凑近闻桑生的耳朵，悄声说："赶紧洞房吧，回头药劲上来该憋不住了。"说完最后的荤话，他出了闻桑生的小院，顺手带上了门。

当张树庭汽车的轰鸣渐渐远去之时，闻桑生还在思考着此人对自己的忠告。是的，在鬼市那大凶大险的地方刨食，终究不是长远之计，和"报丧鸟"三个字越远，他闻桑生和单飞燕的下半辈子就越安全。更难得的是，如果他这次和张树庭合作，还可以借助巡警衙门的力量去查那个夜天子，揭开自己师父当年死亡的真相以及夜天子的真面目。这，似乎也是他对付夜天子的绝好机会。

心中乱糟糟的想法难免让人踌躇，闻桑生想了好半天，忽然记起今天是自己成亲的大好日子。这种日子里，就算是天塌下来，他也顾不得顶，而且自己和张树庭周旋了这么久，那刚过门的新媳妇恐怕也等急了。

大喜的日子本就高兴，加之闻桑生又喝了补酒，此时一想到"洞房"二字，他便感觉浑身上下燥热难耐。于是，在反锁好院门后，闻桑生划拉着导盲棍急匆匆往洞房里去。

终于，他要和单飞燕行夫妻之礼了。闻桑生是在烟花巷里做工的，纵然看不见，这么多年下来也对男女之事有所了解，故而今晚洞房夜就算不是驾轻就熟，也算得上有章可循。推开喜房的门后，闻桑生走近他新添的水曲柳双人床铺，轻轻靠床沿坐下。他感觉得到，单飞燕已经躺在床上了，还听见了她沉重颤抖的呼吸。

"燕子。"闻桑生唤了一声，单飞燕没有答应，这个平日里爱横冲直撞的丫头，此刻似乎格外娇羞。单飞燕的沉默，应该是这种时候的正常反应，他感觉自己应该更主动一些才行。

深吸一口气，闻桑生伸出有些哆嗦的手，向单飞燕的脸上摸去。他想亲亲她，更想摸摸她那双让自己魂牵梦绕的眼睛，从伸手到摸到单飞燕的双眼，闻桑生并没有用多长时间，但摸到之后，他愣了。

因为他发现单飞燕的脸竟又是木头的！

闻桑生能听见呼吸，能感觉到身体的温度，却只能摸索到木头的人头形雕像或者面具。

意外中，闻桑生大叫了一声，紧跟着向床边滚去。但在下一秒，他就对着床铺失声大喊："夜天子！"

"咯咯咯……"一阵机械的滑动声从床的方向传来，就像是某个人的阴森笑意，又像是对闻桑生的某种讥讽。随着那声响，惊恐的闻桑生听出那床铺上的木头人正一点点直立起来，下地，又一步步走向自己。随后，它出声冲闻桑生吐人言："报丧鸟，别来无恙。"

"你，你，你……"面对惊变，闻桑生失了章法，他蜷缩在墙角，哆哆嗦嗦说不出完整的话来。

"别慌。"那木头人在闻桑生身前立定，冲他伸出一只手，"起来，咱们细细谈谈。"

说话间，那木头人伸手抓住了闻桑生的手腕。闻桑生感觉着那只手，确认那手臂也同样是木头，且有巨大的力道。在巨大力道的作用下，闻桑生被拉了起来，拽到他家的饭桌前坐定。

"我媳妇呢？"自知逃不了的闻桑生质问。

夜天子则继续用单飞燕的声音回答："你媳妇好得很，只是这里多个人，我没法儿与你推心置腹地聊，也没法儿给你送礼——你不能拒绝的礼。"

"又送礼？"闻桑生诧异，"什么礼？"

"自然是你大喜的贺礼。"

贺礼原本应该是让人感觉温馨的东西，但是这个词从夜天子的口中说出来，却只让闻桑生感觉到了忐忑，更是让他嗅到了一股"黄鼠狼给鸡拜年"的味道。

所以，闻桑生回应："可以不要吗？"

夜天子则回："我说了，你不能拒绝。"

说完这句让闻桑生感到绝望的话，那木头人伸出手臂，敲击了几下桌子，好像释放了什么讯号。紧跟着，闻桑生背后的方向传来一串细碎的脚步声，那脚步特别轻，突然出现且毫无征兆，而且闻桑生听不见走路人的呼吸，就仿佛那是个没有呼吸的死人，是个与面前的这个木头傀儡一般被夜天子以"妖术"所控制的空壳。

闻桑生立刻嗅到其身上有一股奇怪的、淡淡的腥味，那不是人该有的味道，反倒像是某种动物的腥味，但不是任何闻桑生熟悉的生物。

在闻桑生细品这人身上的蛛丝马迹时，那敲击桌子的木头人再次开口："报丧鸟，你先前喝酒多，菜没吃几口。所以，我今日送你道佳肴，让你肚子里有点底。"

夜天子又对那后来的人讲："柔蛟，给报丧鸟准备的礼呢？"

那个被称作"柔蛟"的家伙没有回答，只是将一个水盆放在闻桑生家的桌上。待那水盆放好后，闻桑生感觉到那水盆里有东西爬动，期间还有水的晃荡与回响。闻桑生在那盆子里找到了先前所闻见的腥味的源头。

不喘气、不说话的人将水盆放在桌上后，夜天子饶有兴趣地问闻桑生："我素来听说你耳朵灵，这盆子里的食材你可听出是个什么？"

对此，闻桑生摇了摇头："盆里是盐水，泡着的活物无头无脚，应该不是鱼，具体是什么，我品不出。"

"不怪你。"夜天子告诉闻桑生，"因为这盆里的是只活海参。"

闻桑生一听，登时愣了。海参他知道，偶尔和班子姑娘出堂差时也去名楼大店吃过几回。但活海参，他闻所未闻。毕竟，北平地处北方内陆，纵然交通方便，又有运河辅助，但对于那些出水即死，又产于国之东南的娇贵水产，是无论如何也不可能保活运到的。所以，全北平城所有的饭店都是用水发的干海参来制备宴席，纵然是当年的慈禧老佛爷，以及现今坐天下的段大帅、吴总长等顶级权贵，也绝无可能在北平吃到鲜活的海参。

因此，这盆中的活海参，其珍贵程度已然不能用金银来衡量。只这一道菜，便让闻桑生窥探到了夜天子的些许手段和能力，用"神鬼莫测"来形容也丝毫不为过。

在挑明了送给闻桑生的菜后，那木头人挥了一下手臂，告诉闻桑生："我手下这女子名唤'柔蛟'，颇会做菜。让她借用你家的锅灶，为你做一道扒海参，解酒压惊如何？"

闻桑生点头，伸出右手，指了指自家左侧的小门："厨房刀具不全，恐人耻笑。"

"无碍。"木头人回答。随着木头人的话，那个被称作"柔蛟"的女人端着盛放海参的盆走了。之后厨房就响起了一连串叮叮当当的切菜剁肉之音。

在柔蛟做菜的时候，闻桑生对面的夜天子又发声，冲他道："我送你的贺礼是一套，共有四件，喻'四喜临门'，而'四'又有'司命'之意，司命主寿，也就是祝愿你们这对新人白头偕老，多子多寿。"

闻桑生微微颔首："多谢。"

说完其中的用意，夜天子紧接着又开口，冲闻桑生身侧喊："宝蟾，把你带给报丧鸟的礼物拿上来。"

"宝蟾。"闻桑生重复这个怪异的名号。随着夜天子的这句话，闻桑生家箱柜的方向，又响起了一阵十分机械的脚步声。和上一次的柔蛟一样，被夜天子唤作"宝蟾"的手下闻桑生也品不出其呼吸。他将一件容器放在闻桑生的面前后便转身离去，没有多余的动作。

那容器和闻桑生家的木桌发生了碰触，随即发出"哐当"的清脆响动。听着那动静，闻桑生眉头微皱。

闻桑生忽然听出来，那容器所发出的清脆响动他听过，似乎他曾靠那响声翻过局。也因为那种熟悉感，一种不祥的预想笼罩在他的心头。

但是抱着最后一丝侥幸，闻桑生还是伸出手，向那容器摸索。很快，他摸索到了夜天子送给自己的第二份"礼"。那是一只镶了金的铜夜壶，夜壶巧夺天工，造型匪夷，上边竟然阳刻着四只金子的、面色狰狞、獠牙外露的骷髅，每一只骷髅的眼睛还用宝石之类的东西装饰着。显然，这是只镶金的金夜壶。能持有这只怪异夜壶的人，据闻桑生所知，只有一个——在北平城夜壶楼鬼市中坐镇的"死人王"。

死人王是报丧鸟相当熟悉的人物。此人乃叱咤北平鬼市的主宰之一，手眼通天，号称"鬼市之目"，而且以前有好几回，闻桑生差点儿栽在那让人胆寒、比鬼还阴的对手手里。现在，死人王的这只金夜壶却到了夜天子的手中，夜天子又让他手下的宝蟾将此物转送给闻桑生，这自然是个可怕至极的信号。

"夜壶楼，死人王！"闻桑生如被蛇咬到一般快速收回手来，并问那化身木头人的夜天子："你夺了死人王的宝贝？他被你杀了？"

"他给你下过阴绊子，还企图让你也得麻风病，这样的人活着对你有害。不过他不是我杀的，是自杀。心甘情愿地把他的至宝奉献出来，然后自杀，一如你师父。"夜天子冷冷地回答。

"我师父，难道他曾经也是你夜天子的手下？"闻桑生从他的话中推断出这个重要的信息。

"他不是我的手下。"夜天子的声音小了很多，须臾，又补充，"他是我的知音，他手里的宝贝'首阳采薇'，既是他的，也是我的。"

"什么？"闻桑生呆愣，旋即愤怒。他不顾一切地伸出手去抓向那木头人，同时大吼，"我师父那么看重与你的情意，他为了那把琴宁愿自焚。你呢？王八蛋！"

闻桑生的动作在眼差的人里算是迅疾，但是他并没有碰触到那木头人分毫。因为就在闻桑生行动的时候，夜天子身边"突然"又出现了两个人，他们用冰冷的手将他牢牢地摁在了桌面上。这两个人，一如先前出现的柔蛟和宝蟾，在动手之前，闻桑生没听见他们的呼吸，也丝毫没有察觉他们的存在。显然，这些人要么都是死人傀儡，要么就是牢牢掌握着闻桑生的弱点，将他反制得死死的高人。

在闻桑生愤怒的叫骂中，夜天子挥手，用毫无感情的声音冲手下命令："刀鳅、飞鹰，放开报丧鸟，今夜他是新郎官，要喜庆，要客气，要送礼。"

随着夜天子的话，摁着闻桑生的两个人先后松开了他，而后又将两样东西放在了闻桑生的面前。

"咣当、咣当！"那两个东西都发出了清脆的响音，但是声音稀罕，闻桑生头一次听见，和平日里那些常见的玩意儿丝毫联系不起来。在这样的响动中，夜天子继续道："摸摸吧，看看你喜不喜欢。"闻桑生略微踌躇，而后伸出手，向声源的地方摸去。

首先，他的手碰触到了一支金属拐杖。那金属拐杖与众不同，它圆头尖底，做工精良，特别轻盈，又特别结实。品着这金属拐杖的质感，闻桑生非常诧异地发现铸成此物的物料是金属，但并不是铸铁或者市面上流行的响黄，而是一种他过去从没接触过的新料材。

"司的克（洋拐杖）……"闻桑生佩服道，"这么轻盈结实的东西，可比我用的那根枣木棍子好多了。"

"嗯。这拐杖是我的手下飞鹰特意给你做的，它材质轻盈却又结实无比，正适合你夜里导盲防身之用。而且……"略微停顿，木头人伸出手拍打了几下拐杖，"对你这个眼差之人来讲，这拐杖就是你的眼睛、你的武器、你的生命。"

闻桑生没有回答，握着那支拐杖的手却越发吃紧。如果不是条件不允许，他真想用这拐杖戳破夜天子的脑袋。须臾，他又伸出手，在桌子上摸索着第四件礼物。

闻桑生的手所触到的是一只木盒，略微摸索了几番后，他确定这盒子比香烟盒略大，特别沉，上边有盖子可以拉开。当闻桑生拉开盖子后，立刻感觉到盒子中有许多凹凸小点样的东西整齐排列，密密麻麻，刺激着他的掌心。那触感很陌生，起初闻桑生没有摸索出那些手生的小东西是什么。但没过多久，他原本狐疑的脸便被一种骇然的惊恐所覆盖。因为，他品出自己手掌之下的是些什么了。

在这四件礼物中，这个最小。但是闻桑生感觉此物最致命，也最贵重。因为那是一盒子弹。从重量和独特的触感来判断，还是用纯金制作弹头的特殊子弹。

闻桑生的媳妇有一把从恶霸处顺来的防身手枪，借此机缘他曾经摸过子弹，知道那玩意儿的形状大小。但是像今日这般，一发发子弹如军阵队列一般，密密麻麻排列在盒中，等待人的"检阅"，闻桑生是从来没有碰见过的。

虽然只是方寸之地的方寸之物，却带给了他不一样的震撼。子弹！一颗足以要人命。不管金子弹还是铜子弹，都一样。这些排列在小盒子里的金子弹，只要再配合一把枪，便足够杀几十上百条人命了。简而言之，在闻桑生手掌的方寸之间，已然握着百十人的性命。

"可怕。"闻桑生感触着弹头传递来的寒意，忍不住开口，"方寸之中，杀人之物。"

"不，不，不！"夜天子否认道，"你说的'杀人'只是此物最小的用途，若只看见这些算不得高明。"

闻桑生闻言不敢多评，只是问："怎么讲？"

夜天子缓缓开口："由来万夫勇，挟此生雄风。托交从剧孟，买醉入新丰。笑尽一杯酒，杀人都市中。羞道易水寒，从令日贯虹。燕丹事不立，虚没秦帝宫。舞阳死灰人，安可与成功。"

夜天子向闻桑生背了一首诗，似乎并不算回答他。闻桑生虽也知道那诗文乃是李太白的《结客少年场行》，但丝毫听不懂夜天子此时拽文的用意，但他还是点了下头。而后，这房间迅速变得诡异的静默。

在静默中，闻桑生听不见一丁点儿人的呼吸和响动，就仿佛房间里除去他自己，只有无尽的黑暗和死寂。这种可怕的感觉如一双无形、佝偻、扭曲的手，扼着他的喉咙，让他逐渐窒息，让他极度不安。

在这种可怕的静默中不知道过去了多久，直到一串碎碎的脚步声打破了这一切。那脚步带着特有的频率，闻桑生从方向得知，应该是夜天子的手下，那个叫"柔蛟"的女子去而复返了。

柔蛟推门而入的同时，闻桑生家冰冷的房间内也飘入了一股浓浓的食物的香味。那气味如一只手般，轻轻划过闻桑生的面颊和口鼻。只是这手不阴森，而是如美人那种勾魂的玉手，顺着他的鼻子，在轻轻抚摩挑逗着他的肠胃。

坐在闻桑生对面的夜天子开了口："尝尝，这是柔蛟最拿手的菜肴'扒海参'，此菜我品过，论味称绝，可媲美潘炳年的鱼、韩朴存的肘，以及东南江树昀的八绝豆腐菜。"

夜天子提及的人物和菜品闻桑生知道，因为他们是前朝时京城里最著名的厨师和他们最拿手的菜品，都是号称"庖刀之鬼，出神入化"的神厨。夜天子拿柔蛟和这些个物比，闻桑生感觉有些言过其实。不过人家话都发了，闻桑生也不好驳斥什么，故而在那柔蛟放下食盘，递过勺子喂他的时候，他还是硬着头皮品尝了一口。而在品尝过柔蛟的拿手菜肴后，闻桑生原本生出异议的心，立刻沉寂了下来。

虽然此刻他心情忐忑，战战兢兢，无心品箸，但是当那块海参被放进口中，他还是感觉到舌尖一震。

那活海参制作的菜品外壳酥脆颇有嚼头，而内部的肉质又油滑糯口，回味无穷。内外两种截然不同的口味混合在一条海参中，再加葱姜蒜末从中调和辅佐，味道确实是与众不同且独一无二的。至少在闻桑生的记忆里，他吃过的海参菜能与之媲美的，绝无仅有。这也就意味着，只以这道海参菜论，北平城里那些数得着的、以海鲜出名的名厨饭店，如保德宫、十二春、米市罩等，恐怕都是比不上的。

闻桑生算不得美食家，但他知道一道菜能在此时这种高度紧张的状态之下让他分神品尝，且还印象深刻，便足够说明一切了。

"好菜！"闻桑生食罢夸赞，言简意赅。

"好就尽量少吃些。"夜天子提醒闻桑生。

好菜反而让人少吃，闻桑生实在不理解这夜天子言辞间的用意和想法。因此他问："为什么好菜，反而要少吃？"那夜天子回答："你若真懂了我送你这四件礼物的用意，以后便能得一条富贵大道，到时候这菜恐怕你反而会吃腻，吃腻了人活着就没滋味了。"

夜天子话中有话，闻桑生绝顶聪明，一听便知。因而他回："活海参、宝夜壶、文明杖、金子弹……这四样礼送的是人，买的是心，如无猜错……你是想收买我的耳朵，让我为你做事。"

"聪明些了……"夜天子听着闻桑生的揣测，竟坦然承认道，

"我这番找你，确实是有事相托。"

闻桑生大概猜到了什么，却没有开口，也不敢开口。那夜天子直言道："我想让你帮我一次，把我的《天书》找回来。"

"《天书》，又是《天书》。"闻桑生忍不住问，"为什么你和公府的人都在找那东西，那上面到底写了些什么？为什么你们如此着迷此物，看过的人又都横死飞尸。"

面对他的连串质问，那夜天子没有回答，而是反问："你是否愿意帮我找？"

闻桑生摇头："我没能力。"

闻桑生说自己没能力并不是谦虚，而是事实。毕竟，他是个眼差之人，是个什么都看不见的残疾人，就算是有人把那本《天书》明摆在他眼前，他也不一定摸索得到，就算是摸索到了也认不出。况且那本人看人死的书，还是被张树庭和其他公府要员盯着的，闻桑生帮夜天子夺书，就等于和公府对抗。这种事情做下来的难度，堪比登天。

闻桑生因为犯难而没有多言。此时，那夜天子却主动讲述："你不想帮我，我懂。你的难处我也懂。但是我仔细想了想，这北平城里能找到这部神书的人，恐怕只你一人。"

"何以见得？"

"因为你眼睛有残疾。"夜天子回答，后又细讲，"只有眼差之人不会被那书里的东西所蛊惑，也只有眼差之人绝不会窥探那书上的天机，从而遭《天书》反噬而死。"夜天子的理由闻桑生无从反驳。

在夜天子说完让闻桑生帮自己寻书的理由后，又主动告诉他："《天书》源自前朝大内，上载天地造化、吉凶祸福。我平生的种种本事和所得，都来自此书，更深知此书那些命不硬的人看过，会是什么悲惨的下场。"

略微停顿，他又说："所以，从某种程度上来说，你帮我把那书找回来，也是救了那些人，救了北平城。虽然他们利欲熏心，并不值得救。"

"我不想蹚这浑水。"闻桑生战战兢兢地说，"如果我不掺和呢？"

"由不得你。"那夜天子毫无商量的余地。

"你给我多久？"闻桑生退而求其次。

"你不是和大院告了十天的婚假吗？我给你十天。"夜天子划定了时限，并进一步威胁，"十天后的此时，你如果不能把那书找到，你媳妇恐怕就看不见那夜过后的太阳了。"

"燕子？"闻桑生攥紧了拳头，"你想做什么？"

"已经做过了。"夜天子用极其轻描淡写的语气回答，"我给她治伤的时候，用了一味叫'刀血药'的稀罕药材。正是那虎狼之药让你媳妇的身体好起来的，但是如果那药不及时清除出去的话，也会产生一些不好的副作用。"

闻桑生不知道什么是刀血药，但只听这名字便知那玩意儿绝非善物。因而他颤抖着质问："副作用是什么？"

"你不会想知道的，我也希望你永远不知道。"夜天子没有直面闻桑生这个问题，却给了他比答案还让人心惊的回答。听了那回答，闻桑生心里被气愤和担忧塞满。许久许久后，他用近乎哀求的口吻道："我只想和媳妇好好过日子。"

夜天子闻言沉默了须臾，又回："清净行者不涅槃，破戒比丘无地狱。"

"求而，不得。"闻桑生这回听懂了。

"牢记吧。"木头人忽然"咯噔噔"地起身，"虽然他们说我是北平的夜，是夜里的神，但我也做不出违背鬼市规矩的事情来。所以十天之后，咱们再会。到时候我还要送你一份大礼，我希望你当得起这份礼。"

说完最后的话，夜天子那里再没有了一丝一毫的动静，而与此同时，闻桑生在他家的床铺上听见了一个正常人的熟悉而深沉的呼吸声——他真正媳妇的声音。闻桑生在听见那呼吸的一瞬，就顺着呼吸声急忙跑过去摸索。单飞燕果然回来了，毫发无损。而与此同时，闻桑生感觉得到，那夜天子和他的手下走了，他们的脚步声到了自己家院子便消失无踪，一如他们来时那般，无从查找，无可奈何。若不是桌子上那四件诡异而奢华的礼物还待在那里，这一切仿佛一场梦。但这毕竟不是梦。这是比梦还可怕，还冰冷的夜。

第四章　赖王城

　　闻桑生不知道夜天子给自己媳妇用了什么迷魂药，直到第二日早晨，单飞燕始终昏昏沉沉地睡着，叫也叫不醒。在这种煎熬的等待中，闻桑生也没有闲着。冷静下来后，他先将夜天子送的礼物仔细收纳，然后抱着昏睡的媳妇，把昨天晚上发生的种种离奇过心思考，一丝不漏。但遗憾的是，无论他怎么揣测，也找不到能窥探夜天子真实身份的蛛丝马迹——除了此人曾经是自己师父的知音。

　　毕竟昨天晚上，夜天子和他手下所做的一切都太绝了。他用木头人，用拟声，用各种匪夷的手段牢牢掩盖着自己和手下的真身，让人捉摸不定。"隐藏真身，面皮而行"是北平鬼市和夜色下行动的最根本规矩，但一个夜么虎子能把真身隐藏到如此地步，不是"神"又是什么？

　　面对捏着自己七寸的夜天子，闻桑生自知现在没有办法反抗，只能按照人家的话，去寻那《天书》。但单凭自己的能力，是不可能找到那神乎其神且被无数人盯着的宝物。所以思索后，闻桑生先定了一个相对简单但又风险十足的计划——他先帮助张树庭，利用公府的力量和人脉去寻找那《天书》。等东西到手，他再想办法偷过来交给夜天子，换自己和媳妇的命，然后再利用夜天子的势力和垂怜，摆脱公府的纠缠和嫌疑。最后的最后，如果还有一丝机会，闻桑生绝不会放弃杀掉夜天子，让他为背叛自己知音的行径，付出足够的代价。

就在闻桑生眉头紧皱，想着自己暗淡至极的前程时，他忽然感觉到自己怀抱中的单飞燕微微动了下，呼吸也变得急促。闻桑生听着媳妇的呼吸变了，便知道她临醒，因而急忙说了一句："燕子，醒了？"

单飞燕打了个哈欠，以微带惬意的声音回答："不知道为啥，你出去喝酒时我闻到一股怪味，之后就困得不行。"

单飞燕声音又小了一圈，怯怯地问："天亮了，我是不是耽误洞房了？"

"咱们以后有的是时间，不急。"说话间，闻桑生将燕子轻轻放下，而后摸索着去找自己的褡裢和导盲棍。

"要出门？"单飞燕的语气颇为费解。

"我要去警察局找张树庭。"闻桑生满含歉意地解释，"昨天张树庭来找我帮他办个案子，说要是办成了能给咱捞个吃干饷的编制。"

"可咱俩新婚啊！"单飞燕起身，"咱今儿得往我爹那里'回二'的。"

闻桑生停下手上的动作，略微思考，艰难取舍。而后，他将自家衣柜掀起，一边将里面的一百块银圆交给单飞燕，一边告诉她：

"燕子，张树庭的案子我得赶紧办。你先回娘家躲十天，等事了了，我去接你。"

"到底咋了，"单飞燕拉着闻桑生问，"那案子是不是扎手？"

"是。"闻桑生伸手抚摩着媳妇的脸，无奈地说，"你忘了吗？去年我给师父报仇的时候，他张树庭惹了上司。现在他的报应来了，我如果不帮他办这件案子，他会死的。"

闻桑生骗了媳妇，但他知道如果自己不骗她，这丫头定然会跟着去。他接这活是为了让媳妇活，而不是让她去找死的。

单飞燕是好心的人，在听到事情紧急后，果然松开了挽留的手："如果事关生死，那去吧。别惦记我，要不然分心。"

闻桑生虽然是个眼差之人，但更是个汉子。怀着对单飞燕十二分的愧疚和责任感，他送单飞燕回了娘家，然后心思沉重地叫了人力车，直奔北平的巡警总衙门。闻桑生心中有火，速度很快。故而当他气喘吁吁，在衙门门房的引领下进到张树庭的总长办公厅时，那位张总长惊了一跳。

"这么早就来？"张树庭愕然，"我还想着最快也得明天。"

"哪儿那么多废话。"闻桑生打断他，"我还等着靠'飞尸案'捞公职呢。"

"我就喜欢你这不拿搪的劲儿！"张树庭抖擞一下精神，屏退了左右，而后从桌子上拿起一个本子。他边翻页边告诉闻桑生，"既然你肯帮我，那我就先把和028师师长汪节的死和你详细说一下，你心里好有个底。"

"嗯。"闻桑生点头。

之后，张树庭用了将近一个钟头，把上个月发生在雁湖里，那

028师长汪节为了治疗肺结核而取得《天书》，又因《天书》飞尸而死的事情与闻桑生说了。说完案情，张树庭又重点描绘了一遍汪节死前乘坐的画舫被神秘的"力量"搬到山上，以及他和他手下在画舫中被活活冻死的种种匪夷。

"火伞高张的天气人怎么能活活冻死？"听完张树庭的描述，闻桑生诧异地问。

"我也纳闷儿，但警法厅的检验吏和邹荣昌都是这么说的。"

"邹荣昌？"闻桑生敏锐地捕捉到了张树庭提到的这个名字，追问，"他是什么人？为什么单独提出来？"

"一陆军部的军医，负责给汪节治疗病的。"张树庭回答，"邹荣昌和一个叫兰艾艾的厨娘都是这次飞尸案的人证和嫌犯，现在正拘着呢。我说的案发经过，其实就是他俩的供述。"

说完案情，张树庭扔下手里的本子，嘱咐闻桑生道："兄弟，你眼不好，我本也不指望你能帮我找到破案的线索，那侦缉案件的技术活你甭操心，你只需要先帮我办好一件事情就行。"

闻桑生困惑于张树庭这突然的安排，问："让我干吗？"

面对问询，张树庭没有立刻回答，而是走到窗前拉好纱帘，又匆忙把自己房间的门反锁。随后他才神秘兮兮地对闻桑生讲："我想让你帮我刨个棺材。"

"刨棺材？"闻桑生闻言脑仁一震，惊问，"什，什么木头？"

"瓢把子。"

"瓢把子，夜里的货？"

"对，而且是撒尿的地儿。"

"赖王城？多大的瓜，要生要熟。"

"鬼八爪，必须生。"

闻桑生听见"鬼八爪"三字时，心脏猛跳，呼吸也不很利索了。因为他全然没想到，这张树庭要自己干的第一件事情，竟比夜天子的安排还棘手。

通过这几句简单但外行人不知所云的话，闻桑生听出张树庭对于北平夜幕下的另一个世界是下过一番功夫研究的。至少他已经知晓了许多鬼市上常用的黑话，知道什么是"刨棺材"，更知道了鬼市上人人听而生畏的瓢把子鬼八爪。

作为一个蹚鬼市的夜么虎子，闻桑生深知"棺材"在黑话里指代"死鬼"，死鬼者，也就是鬼市里的参与人，而"刨棺材"便是在鬼市中"刨某人真身"或者"抓住某人"的意思。这个词一懂，张树庭所有的暗指便都明了。

这位张总长是想让闻桑生带着他去北平鬼市里最见不得人，最无法无天的"撒尿之地"赖王城，寻找一个夜么虎子，并把此人抓住。而这个夜么虎子还很不一般，是盘踞在赖王城鬼市之中，一个花名叫"鬼八爪"的带头瓢把子。

听到此人的名号，闻桑生倒吸一口凉气："赖王城是北平最大的鬼市，鬼八爪又是赖王城鬼市的盘主。他手段又黑又绝，号称'鬼夜赖王，八路抓财'，这样的怪物你惹他干吗？他和飞尸案有牵扯？"

"大牵扯！我从头和你说。"张树庭先给这鬼八爪定了性，之后又告诉闻桑生，"据我侦查，李宏吉和汪节死前看过的《天书》，都是从别人手里买来的，他们俩为了买这东西，一个花了十万光洋，一个花了十二万光洋，走的还都是实银买卖。"

张树庭从政前是晋商票号的少爷，从小在钱堆里长大，故而对金融和白银有天生敏锐的嗅觉，更明白十几万光洋的现银可不是小数目，北平城再富裕的人家，也不会"家囤"十几万的银山以备现用。所以这两笔巨款交易，大头的部分一定是从银行出，到银行取的。他又告诉闻桑生："自清末以来，连年战祸导致现洋吃紧，不管对公对私，从银行支取现洋都有复杂的程序和存根。套现更需要预约，核实，筹备，交接等层层手续，且一定会留下痕迹，形成可以查找的'资金流'……"

闻桑生点头："所以你通过账目手段，便能够大概查到这巨款的去向和《天书》的卖家。"

"查钱是我打娘胎学会的手段。"张树庭自夸了一句，又告诉闻桑生，"后来我带着手下顺着李宏吉留在银行的线索去抓人，抓了三个接触过这笔钱的夜么虎子，你猜怎么着？"

闻桑生接茬："按鬼市的规矩，我猜这三个人统称自己是鬼八爪的手下，只负责为他收存黑钱，其他的一概不知，更不知道鬼八爪的真身是谁。"

"所以，我要查鬼八爪。"张树庭一拍大腿。

闻桑生疑惑："可这是交割完的买卖，就算我带你抓到了鬼八爪，《天书》也不在他手里了。"

"我懂。"张树庭颇为无奈地回答，"但至少那人接触买卖过真正的《天书》，若还活着，或能告诉我《天书》和夜天子到底是个什么东西。"说着，他拍了拍闻桑生的肩膀，"兄弟，你这只报丧鸟能啄过那只八爪鱼吗？"

张树庭想打听的东西，基本上与闻桑生一致，所以听了他的话后，闻桑生暗暗佩服这位巡警总长的侦缉手段，也庆幸自己第一步棋走对了。

时间不等人，明白张树庭的思路后，闻桑生立刻告诉他："得赶紧行动，今天晚上我就带你去赖王城会鬼八爪。你准备准备。"

"需要备什么？"张树庭追问。"围脖、毡帽、布鞋。哦，还有一件事要记住，你出门的时候千万不要……"正当闻桑生提及今夜蹚鬼市最重要的安排时，张树庭办公室的门忽然响起了一阵猛烈的敲击声。

"砰、砰、砰！"一阵极不寻常的敲门声打断了他与张树庭的谈话。听着那声音，闻桑生面色一变，告诉张树庭："您的对头来了，这个人有官衔，官还不小。"

"三声敲门声，你能听出门外的是官？"张树庭愕然。

'多新鲜呢，"闻桑生坚定，"这里是巡警衙门总长厅，官不大的闯不到这儿。"

"万一我手下有急事禀告……"张树庭假设道。

"不可能。"闻桑生摇头，"要是手下有急事禀告，敲门声一定是又急又重的，这人敲门重却不快，分明是想故意吓你一跳，给你个下马威，乱你心思。"闻桑生正在说话，那敲击声又响了一遍，依旧是慢而重。

"我大概知道是谁了。"张树庭将闻桑生拽进了一间侧室隔间。松开手，他特别吩咐，"我去应酬，你回避下。"说完，他便离开了房间，径直走向总长办公室。

"吱呀"一声，闻桑生听见张树庭冲门外道："青东洋，我就知道是你。不通报就闯总长厅是妨碍公务，你懂的吧。"门口那个叫青东洋的男子，用吊儿郎当的语气回敬："哎哟，我有点好奇二哥你大白天紧关着门干吗，该不会是正在密会某位名角？"

"哪儿有时间。"张树庭走回自己的办公桌，拍了拍桌案上的卷宗，"正研究飞尸案呢，头大没听见。"

"呵呵。"那个青东洋迈步走进屋子，自夸，"我早和吴总长说过，这案子要是交给我'特别科'专办，恐怕现在嫌疑犯都进'鬼打颤'公审了。可总长不听，非要交给民科的侦缉走程序，唉……"

"少说风凉话吧。"张树庭回敬，"'鬼打颤'那帮狗我还不了解吗？他们除了抓学生、毙政治犯，什么都不会，怎么可能破案？"

"那是您当科长的年月。"青东洋龇牙带笑地回答，"我接手'鬼打颤'这一年，人手和地皮都扩了两倍。新建的牢房马上就好，有时间二哥你回去看看，早变模样了。"

"那种地方，回去了我嫌折寿。你也别总在我公干的时候喊我二哥，别人听了容易说咱结党营私。"张树庭软刀子般回道。

说完那些明枪暗箭的话，张树庭又不耐烦地质问青东洋："我说，你来我这儿到底干吗？别告诉我你大姨妈又关局子里了，来捞人的。"

"哪儿能啊，我大姨妈上个月咽气了，狂犬病。不过我今儿是来捞人的不假。"说话间，青东洋从怀里拽出一张纸来，拍在桌上，"特赦令。"

"嗯？"张树庭抓起纸，看了看，然后念："飞尸案嫌疑犯兰艾艾，经查无罪，建议释放，咨以平北平妇女界之议论？"

"啪！"张树庭将那张纸重重地甩回桌子上，大吼："什么东西！兰艾艾不就一玉香亭的厨娘吗？还妇女界，我呸！"

"人家是北平头一等的厨娘，找汪节是出外例，玉香亭做保人，况且……"青东洋冷笑着问张树庭，"二哥，你知不知道兰艾艾是什么来路？"

张树庭不耐烦："关我甚事，管她什么来路！"

"不知道？我告诉你，知道了对你仕途没坏处。兰艾艾是京西沙城人，食通天门下齐二姐的高徒。她会做菜，人又极水灵，那前清的刘状元还专门给她写过诗，夸曰'青丝娥眉水晶眼，兰魂水魄冰糖手'。"说完状元的夸赞，青东洋又举例，"传闻她十三岁那年给醇王府送外例时，亲王偶见其一面，你猜怎么着？一眼就被宣统他爹看上了。后来要不是清朝倒了，她就成了溥仪小娘。现在就更是立了万字开设玉香亭，那是头一等的'高枝'。而且其人有三绝招，招招名冠京华。"

"哪三绝？"张树庭好奇追问。

"嘿嘿。"青东洋咧嘴贱笑，回答，"交际的本事绝！弹唱的本事绝！做菜的本事最绝！"

"你这么了解，"张树庭冷哼，"她该不会是你为吴总长物色的新人选吧？"

"哪儿有的事。"青东洋否认，"我干娘是自己凭本事和吴总长他们攀上交情的，和我没有关系。"

"干娘？"张树庭愕然，"你堂堂特别科的科长，比兰艾艾大十几岁一男人，竟认一姑娘当干娘？"

"你这人说话怎么总不中听呢，再讲一遍，我干娘是玉香亭的厨娘，论老理算上九流。"青东洋恬不知耻地强调，还为自己辩护，"况且和她唱《游龙戏凤》，吃蓬莱宴的男人可不止咱吴总长，还有公府里许多的总长、部长、次长什么的，甚至还有张松商这样的实权派呢。"

接着，青东洋又小声冲张树庭讲："她给吴总长做席菜，比你我在外边杀几十个人还管用，把她巴结好了没坏处，所以还是放吧。"

"咣！"张树庭的拳头重重地砸在了自己的办公桌上。砸完，他随口问："那个军医邹荣昌呢？关还是放，上边怎么说？"

"一个庸医，又没背景，继续关着不死就行。"青东洋随口说了一句，又告诉张树庭，"吴总长有暗示，要是汪节那事实在找不到嫌疑犯，就拿他的人头顶罪，也算对社会有个交代。"紧跟着，房间里没了说话声，只剩下张树庭来回踱步的响动。须臾之后，青东洋打破沉默，并说出了一句让侧室隔间里听声的闻桑生极其震惊的话。

"我说，盖个戳的事你能不能麻利点，吴总长今儿晚上还等着吃我干娘的海参宴呢。她做的海参虽是京城第一绝，但费时费工。要是人回晚了做不出菜来，惹吴总长上火，咱俩可就得兜着啦！"

"海参"两个字深深地刺激着闻桑生的神经，他忽然想起昨天夜里，那夜天子的手下柔蛟所制作的扒海参，想起那菜在北平城里绝对冠绝的口味。闻桑生忍不住想，难道说这个兰艾艾就是柔蛟的真身？可她昨天是被张树庭关在班房里的，又怎么可能跑出来帮夜天子做海参？

发生的事情前后矛盾，闻桑生却感觉这似乎不是偶然，他虽一时想不通这女子与夜天子以及《天书》的真正关系，但还是暗暗记下了兰艾艾这个名字以及玉香亭。紧接着，他听见了牛角公章盖戳的清脆响动。

"提你干娘去吧。"张树庭收起公章，将一张纸甩给青东洋，讲，"我放她，是看在当年咱们去库伦平叛你为我挡过子弹的分儿上。"

"谢谢二哥。"青东洋笑答，皮鞋疾驰而去。

在青东洋走掉很久之后，张树庭才回到闻桑生身边。他主动提及刚才那人："那货叫青东洋，和我在军队里共事过，是把兄弟。"

"你们俩是过命的交情？"闻桑生问。

"是，他给我挡过枪。"张树庭坐在隔间的椅子上感慨，"以前在军队的时候，大家一起出生入死，但后来当了官，一切就变了。"

说起青东洋，张树庭不无惋惜。这个青东洋出身寒门，祖上是津门的盐民，没上过军校，也没有军政派系的背景，早些年全是靠着敢打敢杀才获得提拔的。那时候，大家都佩服他是条汉子。不过也可能正因为出身不好，自从当上军官以来，他就变得很世故，极尽阿谀奉承之能，溜须拍马之技，还喜欢打小报告，踩着曾经的同僚往上爬。也是因为官风不好，几个旧相识便渐渐与之疏远了，而青东洋也毫不掩饰想取代张树庭等人的野心。

去年，张树庭因祸得福，升任巡警衙门总长官，他原本的"特别科科长"和"'鬼打颤'典狱长"的位置便被吴光真赏给了善于迎奉的青东洋。

"这小子当狗是出了名的，但我没想到他竟然认兰艾艾当干娘。"张树庭狠狠一拳打在墙上，叹息，"丢人！"

闻桑生摇了摇头："这种人没脸没皮，早已不知道什么是'人'了，遑论'丢'字。"

"不提他了，不过查飞尸案，估计咱以后少不了碰见他，碰见了就多个心眼。"张树庭提醒闻桑生，"我不想被他捅暗刀子，当垫脚。"

闻桑生点了下头，顺着他的话讲："这人固需留意，但我劝你也派人查一查那个兰艾艾吧。"

"她怎么了？"张树庭语带困惑。

闻桑生囫囵应道："这女人不简单，又是目击者，她或许和飞尸案还有大牵连，查查她没坏处。"

张树庭应允："嗯。我马上吩咐人调查。"

说罢青东洋和他干娘，闻桑生又重提他们俩先前的话题："对了，刚才说到咱要准备的东西。"

张树庭回应："你接着说，我照办。"

"蹚鬼市你记得戴帽子、穿布鞋。还有最重要的一点，"闻桑生特别强调，"想见鬼八爪，不要带武器，更不要让你手下埋伏设点。"

"这不妥吧？"张树庭担忧，"就咱俩赤手空拳去赖王城抓人，万一出事……"

"出了事也没辙。"闻桑生坚决摇头，"鬼八爪是赖王城的主宰，想见他，就得按照他的规矩来，而且……"闻桑生的声音低了八度，"你得先知道赖王城是什么样的地方。"

"我当然知道赖王城和鬼八爪的事情。"

"说来听听？"

张树庭如背黄历般道："赖王城是北平最大的鬼市，而鬼八爪是近五六年间才在赖王城崛起的人物。他手段残忍，恶贯满盈，鬼市里可以说除了神龙见首不见尾的夜天子，就属他势力大。此人擅长暗杀、偷盗、走私、黑吃黑，另外他还有一个神乎其神的看家绝活儿。"

有关鬼八爪的看家本事，闻桑生接茬："起尸术，是吗？"

一提及鬼八爪的"起尸术",闻桑生便听出张树庭的呼吸都变得寒了许多。但即便如此,他还是硬着头皮说:"与绝大部分鬼市的瓢把子一样,这鬼八爪把自己的真身掩盖得很严实,据说没人见过他真正的容貌。"

但有些事情张树庭很清楚,比如鬼八爪的来历,比如他的"起尸术"。传闻在五六年前,北平城西的乡下有一个十岁的男孩得病死了,家人痛不欲生,将其掩埋在乱坟岗。可谁曾想就在三日之后的一个大雨滂沱之夜,那个被埋葬在乱坟岗的男孩的坟头被雷劈开,男孩竟然又从土里爬了出来,摇摇晃晃地回了家。只是回家之后,男孩性情大变,竟说自己不再是孩子,而是下凡历劫的"鬼宿星君",来到人间要自成一番造化。

之后那十岁的男孩便离了家,入了人海茫茫的北平城,成了北平当时岁数最小的夜么虎子。到鬼市之后,这男孩自称"鬼八爪",先靠蹚鬼市聚拢了一些钱,又用那些钱收买了一批亡命之徒,并最终靠这些亡命之徒一步步消灭掉赖王城几个颇有势力的对头,成了那里的总瓢把子。

一个孩子能称霸鬼市,自然有非同一般的手段。传闻鬼八爪手下每次火拼,都会把一种很奇怪的护身符贴在额头,而但凡贴着那些符箓的人,不管受再重的伤,都能很快复原。就算是死掉的人,埋在土里三天之后,也会重新"起尸复活",继续为鬼八爪效命。于是,他"起尸控尸"的名头,就这样传了出去。

听完张树庭那可怖的描述,闻桑生问:"你相信他真是鬼宿星君下凡,有控人生死、驱尸搬运的本事?"

听着报丧鸟的质问,张树庭的声音更加低沉无奈:"今年三月我严打的时候,见识过一回鬼八爪使起尸术。"

"你见过？"闻桑生诧异。

"嗯。"张树庭应承，把那时的情况和他说了些。

那时候，张树庭在鬼八爪的地盘上严打，一招不慎中了埋伏，自己虽然死里逃生，却折了五个弟兄。为了给弟兄报仇，他精心设下一个"钩子局"，按照线报把据说正在走私烟土的鬼八爪和几个骨干手下包了饺子。

言至此，张树的庭声音变得颤抖："可你猜后来怎么着？当我乱枪打死他们，摘掉他们挡住五官的帽子围脖之后，发现那五个家伙根本不是夜么虎子，而是我先前被害的五个弟兄的尸身。"

语罢，张树庭重重地吐了口气，才又讲："眼见为实。其实我这么着急找你，也是因为实在拿他没辙。"

"眼睛也会骗人，立功也确实比吹枕边风难。"发完牢骚，闻桑生摸索着拍了拍张树庭的肩膀，"准备准备，晚上二更天出发去会他。"

听着闻桑生的安排，张树庭好奇："三更天才是北平所有鬼市开市的时间，你干吗二更就去？"

闻桑生回答："多些时间，我要用来'请仙油'。"

听到"请仙油"三个字时，张树庭忽然意识到了一个严重的问题：自己作为一个"局外人"，还是对北平的鬼市了解得太少了。

他虽然知道些黑话，但不知道闻桑生所说的"请仙油"是什么门道，又和抓鬼八爪有什么联系。不过张树庭是从闻桑生微微变冷的表情上看出，这"请仙油"应该是个很严肃的事情，事关成败。

他问闻桑生："你说的仙油有什么用？需要备什么，我帮你弄。"闻桑生却回答："不需要你帮我什么。你只要穿戴好，准时和我在赖王城的'城门'——东城刀剑巷口碰头就成，多余的不要问。"

张树庭不解其意，但还是应承："好。"

闻桑生也不再多语，只拖着瘦弱的身体，划拉着他的枣木导盲棍，出了总长厅。

张树庭并没有送他，而是坐在椅子里郁闷地抽烟。其实他不确定，把这件事压在一个眼差之人的身上是否合适，但他又没得选择。因为随着前一阵的严打他逐渐发现，北平的鬼市远比自己想象的要诡要深，纵然他现在是巡警总长，手里握着近万人的侦缉和警力，却也不能触及鬼市这株恶藤的核心，更遑论连根拔除。

张树庭有时候甚至觉得在鬼市里他才是个眼差的。他需要闻桑生当他的眼睛，报丧鸟做他的向导。所以，自己只能跟着他走。

二更天时，穿戴好的张树庭到了刀剑巷。此时闻桑生还没有来，鬼市也没开，他一个人闲着无聊，便躲在墙角微露口鼻抽着闷烟，同时回想着关于赖王城鬼市的一切。

张树庭是研究过赖王城的，他知道赖王城市场的兴起，纯粹是因为前朝末年的一桩奇闻。清朝覆灭后，有一八旗的铁帽子王爷不学劳作，依旧过着食髓吸血的贪婪生活，后来没几年便败光了金银家财和公府的安置费，生活每况愈下。但面对窘境，这位王爷并不悔改，竟然又靠着变卖祖上留下的古董和丝绸被面等家底过活。按理说王爷府的东西，都是旧日里最好的，如按正经途径卖了，也能够他十年八年的挥霍。

可这位王爷太好面子，怕自己拿着东西去当铺、票号抵押，侮了名声，于是便在大半夜看不清人脸的时候，学夜么虎子，跑人流多的墙根下撂地贱卖。于是乎，一道让人唏嘘的奇景出现了。白天，这人依旧是风风光光、挥金如土的王爷，可晚上，他就成了为一袋米、一两肉而蹲鬼市，贱卖祖业的夜么虎子。

王府的货比大路货要高一个档次，因此这位王爷的行径很快就被世面上的人知道了，但因为他自始至终都把脸捂得很严实，故而大家始终探究不出他到底是前清的哪一位铁帽子王。后来约定俗成的，鬼市上的人都称这位王爷为"赖王"。

赖王爷有了"名声"之后，有许多摆摊的夜么虎子跟风，在据说赖王经常出没的刀剑巷附近聚集，全谎称自己就是赖王爷，自己的货是王府货。一来二去，这东城的刀剑巷便慢慢形成了一个"赖王城"，在这里撂地的夜么虎子，依旧爱说自己是赖王或者赖王的兄长之类，来鱼目混珠。再后来，赖王城如滚雪球般越做越大，成了个什么都卖、鱼龙混杂且暗流涌动的深潭。而鬼八爪则是这深潭里最大、最凶的那只"怪物"。

第五章　鬼八爪

　　张树庭一想到鬼八爪就不由得紧张起来，再加上北平的八月天气闷热，他又围着围巾帽子这类遮脸的东西，故而没多久就汗流浃背了。那感觉让人很不舒服，张树庭便想把捂着口鼻的围巾解开一些，透透气。可就在他刚抓住围巾时，忽然听见自己耳根处有人小声道："张总长，您这几个月在鬼市严打，得罪的人太多，想活命就别动那围巾。"

　　张树庭知道说话的人是闻桑生，但闻桑生悄无声息出现在自己身边，也还是足够惊他一跳。他愕然问道："你属猫的？走路没声。"

　　"前些日子刚学的本事。"闻桑生言，"云豹步，我媳妇教我的。"

　　"哦。"张树庭酸酸地回了一声，这才又详细打量闻桑生夜里的样子。

此时的闻桑生手里提着盏未明的马灯，脸上用灰黑的围巾和清水毡帽遮挡得严严实实，这装扮再加上他那永不摘下的墨镜，可以说如果别人不提，他也不动，很难猜到这家伙是一个盲人，是叱咤鬼市的报丧鸟。

"报丧鸟，"张树庭咧嘴问闻桑生，"入了夜我就该这么称呼你了吧？"

"嗯。"报丧鸟轻点了下头，"晚上了，我又该怎么称呼张少爷您？"

"就叫我少爷吧。"张树庭笑，"也有很长一阵，没人叫我少爷了。"

报丧鸟点了点头，紧跟着将手中的马灯放在刀剑巷的大路一旁，缓缓点燃。报丧鸟燃灯后，张树庭方才发现，他这次带来的马灯与众不同，那灯芯亮得耀眼，而灯油燃烧后还发出一股令人作呕的奇怪气味。

"什么油这么臭？"张树庭捂着鼻子问。

"尸油。"报丧鸟回了足够让张树庭惊掉下巴的两个字，又补充，"不过不是人的，是狼的。"

张树庭惊讶："你不是说'请仙油'吗？为什么用尸油，这东西臭烘烘的，哪里'仙'了？"

报丧鸟回答："避讳而已，况且正因为这东西味道与众不同，飘散得又远，才能把我要找的人勾出来。"

"鬼八爪吗？"张树庭兴奋地问。报丧鸟却摇了摇头，忽然从腰间抽出一把刀来，先拿刀把围绕马灯勉强画了一个圆圈，又拿刀刃划破了自己的手。而后，他摸索着将滴血的手掌于马灯的玻璃盖上一压，玻璃上边立刻出现一个模糊的血手印。随着报丧鸟的动作，原本发出明黄色光的马灯顿时变成了殷红的颜色，而后随着玻璃上血液的流失，又慢慢变成了暗红色。刺眼的红照进张树庭的眼睛里，看得他心惊肉跳。

张树庭明白报丧鸟是在准备所谓"请仙油"的种种事宜，但要用到人血，还是让他有些意外的。他问："尸油加人血，你这'请仙油'到底是个什么讲究？"

"这'请仙油'，算是一个请柬。"报丧鸟告诉张树庭，同时指了指四周街道上陆续走动的人，"人多耳杂不便讲，你且看吧。"他收起刀子，坐在那印着血手印的灯笼边静静地等。

张树庭望着那尸油血灯心中膈应，故而他没能像报丧鸟那般老实坐在一边，而是靠来回踱步、抽烟玩火打发时间。

等待中，北平的夜色越发深沉混沌了。没过多久，一个黑衣黑裤的更夫走过张树庭身边，扯着嗓子，敲着更锣高喊："鸣锣通知，关门上锁！良人良妇，足不出户！大令巡街，乌鸦上树！神仙罗汉，各走各路——三更天喽！"

随着报更的声音，张树庭明白从此刻起，此处的地名变了。这里不再是刀剑巷，而是鬼市赖王城。街上走着的人也不再是北平的良民，而是做各种暗买卖的夜么虎子。

随着那三更天的更锣声落定，张树庭突然看见那赖王城的深处有两个人冲他俩走来。这两个从赖王城里走出的人左高右矮，左瘦右胖，衣着与普通的夜么虎子无二，只是在额头上各自多绑了一根白麻绳子，好像是谁家死了人在吊孝一般，更由此多了几分鬼气绕身。

除了略带鬼气的装扮，张树庭还注意到这二人气场极怪，他们一出现，那周遭的夜么虎子就都僵立不动，低头垂目，口中只喃喃地重复着一句话："接引使者好……"

"接引？那不是黑白无常干的事吗。"张树庭闻声自语，不由得眉头紧皱。

在"众星捧月"里，绑麻绳的二人走近了，他们直接跨过了报丧鸟画下的土圈，走近那支尸油马灯。个子矮的家伙走近后，立即将马灯从地上拿起来，递给身边的瘦高个，瘦高个将马灯握紧，鼻子凑近往灯的通气口处嗅了嗅。

一串匪夷且让人作呕的动作结束后，瘦高个拎着灯冲报丧鸟讲："会仙有油，滴水不漏！"

如雕像般端坐的报丧鸟回答："无门不闯，只为今田。"

矮个子又问报丧鸟："什么贝？"

报丧鸟流利地回答："不是西方货，有尿骚，找你们瓢把子，何必问。"

矮个子一惊，质问："你是谁，敢见八爪爷？"

"鬼市的乌鸦，报丧鸟。"

随着"报丧鸟"三个字一出，那两个鬼八爪派来的接引使者不由自主地后退了一步。纵然只露着眼睛，张树庭也能品出他们的惊愕意味。

张树庭知道他们为什么惊。因为"报丧鸟"现在可是鬼市里响当当的人物，一年多前他所做的事情堪称惊天动地，已经让自己和燕子李三、死人王、鬼八爪，等等，成为鬼市里传奇般的存在。报丧鸟或许不是夜幕的主宰，但对于北平暗幕的感知与利用，恐无人能出其右。当然，那夜天子除外。

两个鬼八爪的"使者"在报丧鸟通报过名号后先惊了一跳，而后提着马灯，恭恭敬敬地冲报丧鸟拱手："不知道'扛把子'来了，有失远迎！您快进城！我们尽快安排会仙……"

报丧鸟点头回答："带路吧。"

没有过多的言语，那两个接引使者做向导，引着报丧鸟往刀剑巷里走，而报丧鸟则抓着张树庭的手臂，尽量装成正常人的模样。

一路上，张树庭都在思索刚才报丧鸟与鬼八爪手下所说的黑话。他对鬼市的规矩有些研究，至少知道在刚才的对话中，"今田"是"钿"字的拆音，在这里是买卖的意思；"贝"是"宝货"的意思；"何必"则是"秘"字的拆音，加个问字则是密谈的意思。联系起来，张树庭能猜测出，报丧鸟是以买卖某种宝货的名头来求见鬼八爪的。一想到这点，他原本还很期待的心情，顿时沉寂了下去。因为"假托买卖"这招他老早就使过了，很不好用。后来他想了想，感觉鬼八爪作为叱咤一方的大佬，市面上也确实很难有什么玩意儿能让他亲自过目。

如此一想，他便感觉这"请仙油"也没什么特别高超的地方了，无非是比他以前做的那些钓鱼的圈套更玄乎、更江湖一些而已。故此，张树庭有些失望了，心想今夜怕不是又要扑空。

正在张树庭胡思乱想的时候，那两个接引使者于赖王城鬼市深处一偏僻的斜巷胡同里忽然停下了脚步。那里有间铺子，铺子老旧的门板红褐如血，张树庭用手电晃了晃门脸，看见了门头的牌匾。那牌匾以白色为主调，四周点缀着神鬼下凡接引升天的图案，图案拱卫的正中则用描金的松墨写着"桃喜善根堂"五个字。

"桃喜"者"寿材"也，显然这里是间棺材铺。虽然这棺材铺的主人极力在牌匾文字上仰喜抑丧，但张树庭望见后还是从那牌匾联想起了一首宋人的诗，其中有"善根微细恶困多，地狱阿鼻无间隔"这两句，似和这牌匾的内涵不谋而合。如此一想，这牌匾应该

087

算"阿鼻地狱"的迎客幡吧。

将张树庭他们带到棺材铺后,那两个接引使者回身冲二人拱手:"二位稍等,我们先进店给你们安排宴席。"

"宴席?棺材铺里能有什么宴席?又和谁吃?"张树庭困惑。

"品香的宴席。"报丧鸟代为回答,并解释,"我摆的'请仙油'就像是一张请柬,如果鬼八爪应了,自然就会摆设品香宴接待咱们,钱他付,菜我们出。"

"哦。"张树庭点了下头,目送接引使者离开自己视线,进了棺材铺。

附近无旁人后,张树庭终于忍不住内心的困惑,低声问报丧鸟:"我说,你葫芦里到底卖的什么药?我以前也试过和鬼八爪做买卖的,没用,根本勾不出他来。"

报丧鸟小声回答:"那是因为你的礼品不够大,吊不起人家的胃口。"

"你的够大?"张树庭问。

闻桑生拍了拍自己的胸口:"昨天结婚的时候,我见识了许多有趣有用的玩意儿,上午和你谈话的时候,我发现其中有一样是鬼八爪一直想要的。只要我把它亮出来,鬼八爪必然会以真身见我。"

"到底是什么,快告诉我。"张树庭急问。

面对张树庭的困惑,报丧鸟却答:"不能讲,我要'卖'给鬼八爪的东西此时若说破,定就不灵了。"

张树庭很反感报丧鸟卖关子时的样子,但已然走到了这一步,他自然退缩不得,只希望报丧鸟拿出的物件足够让鬼八爪稀罕,能把那家伙的真身引出来。

等了一会儿，那两个头绑麻绳的接引使者去而复返。其中那矮个子指着棺材铺的门言："我们西家等。"

听着这接引使者的话，张树庭心中悸动。"西家"这个词很有来历。古人发明词时，爱讲阴阳相调，左右匀称，故而发明的词一般都是一套一套的，相互呼应。有"东家"这个词，自然也就有"西家"这个词。只是这"东家"往往是指"控股操盘"之人，意义固定，而"西家"则在历史发展中淹没了原本的意思，常常根据行当和场地的不同，变换含义。

"西家"在鬼市盘口中的意义很明确，就是指代仅次于瓢把子的"二把头"，相当于富人家的"总管"或者军队土匪里的"军师"。一般外人要见瓢把子，必定要过西家这一关，而只要西家首肯了，那么接下来张树庭肯定能见到那鬼八爪。这也意味着他距离鬼八爪，只剩下一步之遥。

报丧鸟在听见对方报出规矩后，并没有立刻动，而是微微扭身，冲张树庭说："少爷，你眼神比我好，看见了什么告诉我。别慌！"闻桑生将"别慌"二字咬得很重。

"嗯。"张树庭点头，而后拉着报丧鸟的手，牵着他缓缓走进了棺材铺。

进门后，张树庭发现棺材铺里比外边要凉许多，一冷一热的刺激下，他忍不住哆嗦了一下。乍凉的哆嗦中，他瞅见棺材铺房顶竟有一个稀罕的电灯，在昏黄的灯光下有一张八仙桌、一把太帅椅和一口酱黑色裱漆的棺材。

棺材醒目，位置又显眼，故而张树庭将所有注意力都集中在了上面。他发现棺材虚掩着，露出一条缝隙，缝隙内黑漆漆的瞅不着内瓤，却足够让人感到不安。

张树庭皱眉回身，冲那两个接引使者问："鬼森森的，到底卖的什么药，不是见你们二把头吗，为什么给我们看棺材？"面对他的质问，那两个接引使者没有说话，而是走近虚掩的棺材，将那棺材板使劲推开了。

　　看着他俩的动作，张树庭忽然意识到，这鬼八爪一伙的"二把头"，八成是躺在棺材里的。随着棺材盖的推动，那缝隙处发出极其难听刺耳的声响，紧跟着一股浓郁的腐臭味从中飘散出来。

　　张树庭打过仗收过尸，所以当棺材里的气味飘散出来后，他便完全确定那棺材里躺着什么了。一想到这个，张树庭一下子惊悸起来，可更让他惊悸的是，那两个高矮不一的家伙将棺材盖推开后，还伸出手将棺材里躺着的"西家"搀扶了起来。终于，那棺材里的"西家"露出了半个身子。果然是一具死人尸体。尸身皮肤黑灰色，在昏黄的灯光下却特别显眼。尸体穿着蓝色寿衣，脸已烂掉了少半，牙床露出骨头和槽牙。

　　张树庭是战场上走出来的人，尸体见多了，所以他本不是特别害怕。可这具尸体他认识。虽然他的面目已高度腐败，但张树庭还是当时便认出了这尸体的主人活着时的身份。

　　"邮政局杜局长！"张树庭脱口而出，"他，他上个月不是得心脏病死了吗？"

　　"对，是死了。"那负责接引的瘦高个自鸣得意地告诉张树庭，"不过我们大哥感觉这杜局长脑子好，适合管账，就从地府里请回来，给我们当两年西家。"

　　"请死人当'西家'？"张树庭感觉额头的汗变冷了，汗毛也竖了起来。这鬼八爪的起尸术他已是第二次见了，但是依旧带给他不小的震撼。在这怪异的氛围中，张树庭看着这两个家伙将杜局长那残破腐败的尸体放在早已备好的太师椅中。

而后那矮个子冲张树庭和报丧鸟道："我们西家准备好了，你们有什么东西要卖，赶紧拿上来。"

"好。"报丧鸟忽然一笑，而后提着导盲棍向前走了几步，竟冲那尸体鞠躬道，"我为鬼八爪带来的宝贝绝对稀罕，你们得到以后定然能在行当里声名鹊起，宏图大拓。只是我这东西不能拿钱买，要拿信儿换，您看成吗？成就回个话。"

报丧鸟对着一个腐臭的尸体有板有眼地说着"暗买卖"的事项，居然还让死人给个回话？这一幕太过荒唐诡异，张树庭感觉自己脑子不够用了。

此刻，邮政局杜局长的尸身依旧闭着眼瘫坐在太师椅中，纹丝不动。在报丧鸟说完之后，两个接引使者也一脸严肃地"拱卫"在那死人侧后，盯着尸体，等着人家"回复"。压抑的气氛中，张树庭与其他人一样仔细盯着那具死尸的脸。

起初，那死人阴气沉沉毫无动静，但没过多久张树庭猛地发现他的右眼皮似乎跳动了一下。望着死尸突然跳动的右眼，张树庭本就悬着的心脏越发紧绷，身子更是不由自主地向后退了几步。也在这时，那死人干瘪痉挛的右眼又动了动，而后缓缓地睁开了一条小小的缝隙。紧跟着，目瞪口呆的张树庭看见，有一条牙黄色的活蛆从缝隙里边掉了出来。蛆虫虽然够恶心，但终不如死人复活让人惊骇，因而在看见那条弹跳的蛆虫后，张树庭悬着的心反而跌落了回来，同时涌上了一股被戏耍的懊恼。

"我受够了！"张树庭回身冲报丧鸟讲，"什么起尸术，他们纯粹是在耍咱们。"

"报丧鸟，大人物哇！"就在张树庭发牢骚的时候，一个干枯沙哑的声音从那死尸的方向突然发出。这声音难听至极，给人一种无法忍受的折磨感，张树庭那刚刚落下去的心又猛提了起来。在接二连三、一惊一乍的刺激中，张树庭受不住了，他"呀"地叫了一声，紧跟着做了一个比较丢人的动作。这位平日里叱咤风云的巡警总长，竟然下意识地钻到了报丧鸟的背后，而后才斜着眼睛，往那死尸的方向望了一眼。

这一眼，让张树庭看见了终生难忘的东西。此时，那已死的杜总长竟然坐直了，在鬼八爪两个手下恭敬的护卫中，颇有气势地端详着二人。

既是"端详"，那两只眼睛自然都已睁开。只是和正常人不一样的是，杜局长的左眼充满血丝，浑浊不堪，十分像死鱼的眼睛，右眼则被虫彻底啃掉了，只留下一个黑洞洞的大窟窿，偶尔还有些"住客"爬进爬出，探头探脑。望着这一幕，张树庭没有当场吐出来已然是不错了。

死人"复活"开口实乃罕事，但似乎在场之人里只有他张树庭惊愕无比。那报丧鸟没有表情动作，而立在杜局长身边的瘦胖二人更是冲报丧鸟如做买卖一般讲："报丧鸟，把你要卖的玩意儿拿出来。不过西家这一关，你可见不了我们爷。"

"好说。我要卖给鬼八爪的货物……"略微停顿，报丧鸟忽然将手中的导盲棍指向一脸惊愕的张树庭，大喊，"就是这个人！"

"啥？"张树庭傻眼了。

"我要卖的就是他！"报丧鸟指着张树庭，向鬼八爪一众手下坦白，"这人是咱北平的巡警总长张树庭，他为了捞政绩搞严打，几次三番和咱鬼市的兄弟作对，还至少暗算过鬼八爪两回，可以说和咱们不共戴天，杀了他咱鬼市就能安宁。谁杀了他，谁就能在鬼市扬名立万。"说完，他收回手中拐杖，问，"西家？这'物件'不错吧？"

听完报丧鸟的话，张树庭恍然了，震惊了，也终于明白了一个可怕的事实。他上当了，他被报丧鸟玩了！怪不得报丧鸟始终不和自己说他要卖给鬼八爪什么，还总是遮遮掩掩，原来他要卖的是自己，自己便是报丧鸟献给鬼八爪的"宝物"。

或许这只阴损的报丧鸟根本从没想过要帮助自己，只想着把自己出卖给鬼八爪，以捞取一些真金白银的好处。反应过来的时候，张树庭就开始想着脱身跑路了。但他毕竟是在人家鬼八爪的地盘上，又被那个挨千刀的报丧鸟骗得没了戒心和防身的家伙。这样的状态下，他怎么可能脱身？

张树庭暴露后，杜局长那佝偻腐烂的尸体突然冲张树庭的方向伸出一只手，而后喊了一个字："抓！"

随着这句话，棺材铺的门外和房梁上瞬间冲上来十几条壮汉，一个个蒙着脸，拿着土枪铁铳，直奔张树庭而来。面对人多势众的敌人，张树庭瞬间被死死摁在地上，吃了一鼻子灰。再之后，他面部的遮挡被无情地撕扯下去，整张惊恐懊恼的脸立刻暴露出来。

张树庭被擒后，又被那些壮汉拖动，强摁着与杜局长对视。那位上个月刚死了的杜局长在看过张树庭的脸后，微微张开他腐臭的嘴巴："哎呀，还真是张总长啊。多日不见，别来无恙。"

"滚！"张树庭几乎是含着眼泪道，"你活着的时候贪赃枉法，克扣邮资，现在死了还助纣为虐，残害同僚。你对得起我吗？对得起吴总长当年的包庇之恩吗？"

听着张树庭的话，杜局长一副充耳不闻的样子，又或者他腐败僵硬的脸已经做不出什么正常人的表情了。总之，他没有回答张树庭，而是在"验货后"向一边的报丧鸟道："好东西。等验明此人真身，你可以和东家面谈了。"

听完杜局长的话，张树庭忍不住破口大骂报丧鸟："你个王八蛋，我瞎了眼！"

"那么气干吗？"报丧鸟冷冷地回答，"这不就是你想要的结果吗？现在能见到鬼八爪了，你如愿了。"

报丧鸟内心始终明白一件事，那便是如果他想见鬼八爪，则必须要把张树庭"卖"掉才能换来这机会。因为他没有见鬼八爪的人脉，也拿不出能让那魔头大开眼界的宝物。所以在出这趟活之前，报丧鸟思前想后，认为只有张树庭有足够的"分量"，能吸引鬼八爪。

毕竟张树庭是北平的巡警总长，对北平暗夜有举足轻重的作用。他奇货可居，最近又因为严打，严重扰乱了鬼市原本的买卖和规则，已然和鬼八爪结下了深仇大恨。这样的"宝贝"送上门，鬼八爪拒绝不了。至于张树庭本人的感受和情绪，报丧鸟顾不得那些。

在擒拿住张树庭后，杜局长沉默了许久，而后才再次开口，冲报丧鸟道："请吧。"

"去哪儿？"报丧鸟谨慎地问。

这时，那个先前接引的矮个子走到报丧鸟身边说："鸟爷，张树庭的身份我们核实了。东家很高兴，已经到了，让我带您去后边见他。"

"哦，麻烦您带路。"得到首肯后，报丧鸟拿导盲棍点着地，尾随着对方的脚步声，走过了这棺材铺的一道后门。过了那道门之后，报丧鸟感觉温度又骤降了很多，似乎他从棺材铺一下子掉入了冰窖。送报丧鸟进来的矮个子说了一句"请上座"后，便从外边关上了门，那道门关闭之后，四周安静到连掉根针的响动都能听见。

静谧对报丧鸟有助力，能让他静心，更能让他立刻听见在距离自己十几步的地方，有人的呼吸声。那里的呼吸声只有一个，如无差池，此人就是盘踞赖王城、号称能控尸还魂的鬼八爪本尊。

"鬼爷，报丧鸟有礼了。"报丧鸟往呼吸声的方向微微颔首。

"请上座。"一个有些激动的声音冲报丧鸟说道。

报丧鸟是耳朵极尖的盲人，加上这周遭环境又安静，故而他在听见的瞬间便死死记下了这声音，并从中品出说话的人必然很年轻。报丧鸟划拉着导盲棍走到那呼吸声附近，摸索到了一只凳子和一张木桌。他顺着触觉缓缓坐在凳子上，同时也仔细品着一桌之隔的那个呼吸声。

坐好之后，报丧鸟问对方："想必您现在正在猜测我是个真的眼差之人，还是假装的吧？"

"你不也在猜吗？"鬼八爪毫不示弱，"你在猜我是否也如那杜局长一样，是一具死尸。"

"不！我没猜这些。"报丧鸟上来便给了鬼八爪一个下马威，"因为这世上根本就没什么起尸之术，鬼八爪只是一个躲在尸体后边骗钱的可怜虫而已。"听着他的话，对面人的呼吸变得慌张并停滞了一瞬。

"何以见得？"他故作镇定地质问报丧鸟。报丧鸟摸了摸耳朵，回答："我这人的见识与常人不同。所以我知道你们真正的东家根本不是那具死尸，因为那具死尸，自始至终都没'活'过……"

作为一个无眼人，报丧鸟脑子里的"图画"和正常人永远不一样。在声音的"世界"里，报丧鸟听见杜局长压根儿就没自主动过，他关节发出的响动是金属和骨骼碰撞牵引时发出的，而且细品之下还能听出有种钢丝颤的滑音。那滑音，太像弦子琴拨动时的动静。那些声音都明确地告诉报丧鸟，鬼八爪一伙人把杜局长的尸骸制作成了一具"傀儡"，拿钢筋钉牢了尸体的关节，又暗中以钢丝牵引，让他做出那些匪夷的动作，好像诈尸一般。

"专找名流的尸体做'肉头傀儡'表演诈尸，是为了撑门面，把起尸术的名头做实做真。你设套把张树庭五个手下的尸体从坟地里刨出来再'还给他'则是为了震慑，让他绝了和你对抗的心思。这些本事巧妙但不新鲜，我见过类似的，而且比你玩得更好！"报丧鸟捅破起尸术的窗户纸，又讲，"只要相信你有让死人复生的本事，大家就会敬畏你，你自然可以在赖王城瓢把子的位置上坐得牢牢的，至于你真正的西家，应该是接引我们来棺材铺的两个小子。"

"你怎么知道是他们？"鬼八爪一阵惊愕。

"简单。"报丧鸟回答："瘦的会腹语，负责死人'说话'；胖的立在死人后边，负责拉钢丝操纵傀儡。之所以我能'看'破，是因为人说腹语时嘴唇虽然不动，但说话的声源也一定是他的身体，而不会是死人的喉咙。"

"报丧鸟，放你进来是个错误，若让你活着离开则是错上加错。"鬼八爪狠狠地威胁，他的声音阴狠而透着杀意，但这一切都在报丧鸟的意料之内。他要的就是这个效果。因为如果没有这样激烈的愤怒，报丧鸟无法确定对面的人一定就是鬼八爪本尊。

"冲动。"微微摇头后，报丧鸟继续讲，"我说破你的要害了，你有足够的理由杀我，我现在又在你的地盘上，所以按照一般夜么虎子的德行，你会立刻杀了我。"

"挑衅！"鬼八爪大吼，而后手里响起了子弹快速上膛的声音，"按照规矩，临死前我让你最后说三句话。"

房间里的气氛紧张至极，报丧鸟也似乎命悬一线，可在他心中，此时才是应该和鬼八爪谈正经事的时候。

"我来是想和你打听个事。"报丧鸟讲。

"一句！"

"我想和你打听一下你卖给李宏吉的那本《天书》。"

"两句！"

"我是夜天子派来调查这书的人。夜天子！"

"三……"

报丧鸟三句话说完，鬼八爪并没有扣动扳机，而且，他的手在抖动。"夜天子。"须臾，鬼八爪颤抖着放下了手枪，敬畏地喊出了这三个字。

"是的，夜天子。"报丧鸟附和，并添油加醋地告诉鬼八爪，"这名号你必然听过，他凌驾于所有鬼市之上，无所不在，无所不能。他才是鬼市的天，鬼市的主宰，鬼市的庇佑。你我在他面前，连条虫都不是。"

"你是夜天子派来的？"鬼八爪气息全乱，但还是质问道，"你，你怎么证明自己的身份？我怎么知道你不是借着夜天子的名号，在这里狐假虎威。"

"门外的张树庭就是证明。"说着话，报丧鸟主动摘掉了自己的墨镜，露出了两个黑洞洞没有眼仁的窟窿。他告诉鬼八爪，"如你所见，我是个眼差的。但就是我这么一个眼差之人能横行鬼市，能在去年劫持陆军总长，现在又能把巡警总长这么大的'礼'带到你的窝里，你说为什么？"

"这……"鬼八爪犹豫。

"张树庭是北平的巡警总长，吴光真更是'天下兵马大元帅'。这俩人中龙凤全栽在了我手里，你觉得这是一个眼差之人能办到的吗？"

报丧鸟在误导鬼八爪，而被误导的鬼八爪也果然顺着他的话茬儿回答："办不到，是夜天子在背后助你？"

"一点就透，聪明人。"报丧鸟点头，又敲击着桌子告诉鬼八爪，"你现在卖了他的《天书》给宗社党的人，你感觉这样大的罪，夜天子会怎么对你？"

"我卖的时候根本不知道那是他的。"鬼八爪声音惊恐地辩解，"要是早知道，我怎么会听那女人的话卖掉。"

"女人？哪个女人？"报丧鸟追问，之后又狐假虎威地提醒，"如果不说实话，我饶你，夜天子可不会饶你。"

"好说，好说。不过那《天书》的事情实在离奇古怪，我就算照实说出来，只怕您也不会信呢。"鬼八爪小心翼翼地说。

"先讲。"报丧鸟命令。

报丧鸟听出，鬼八爪一提起那本《天书》语气就变得异常惶恐。那物件，似乎揭开了他的伤疤。

催问中鬼八爪告诉报丧鸟，说之前得到那本书是一个叫"春日"的三等烟花女子带给他的。这个"春日"是个十四岁的丫头，既是陕西巷"秀花堂"里的一个"倌娘"，也是鬼八爪在赖王城的一个姘头，是少数几个知道鬼八爪真身、见过他真颜的人。

今年六月初五，春日和鬼八爪曾在这棺材铺里幽会。一番云雨后，那女人神秘兮兮地咬着鬼八爪的耳朵讲："我有样宝贝，麻烦你托人卖掉。"说完，春日下床将她带来的一个布包打开，把那本烫金描龙的《天书》取出，递给鬼八爪。鬼八爪得到那本书之后，仔细看了封皮，又随手翻动了几页，瞅了内里的文字。

"等等。你看过那书的内容，但没死？"报丧鸟闻言激动打断他，并立刻追问，"那书上写的啥？快说说！"

"我看不懂。"鬼八爪窘迫地告诉报丧鸟，"那上边写的都是些稀奇古怪的玩意儿，不是正常字。除了文字，上边还描绘了些仙境样的亭台楼阁，和，和……"

鬼八爪一时的语塞让报丧鸟心急，因而他又催促："到底什么，如实讲。"

"我不知道怎么形容。"鬼八爪无奈地说，"那上边的图画绝大部分都抽象如咒符——太极图那类的咒符，但更多的根本就形容不来，可能这就是传说中所谓的'天机'吧。"

鬼八爪看不懂书的内容，故而合上书页之后，他随口问春日："你这玩意儿从哪儿来的？想要卖多少钱？"

春日告诉鬼八爪："这东西是陆军部的范秘书上个月落在我枕边的物件，我不懂古籍，又没见他来寻，就寻思着卖了，换点饶头钱。"

"成。老规矩，若卖了给你七成。"说话间，鬼八爪随手将那书扔在一旁。

得到《天书》之后，鬼八爪原本只是想将它当成一般的古董处理，随手交给个下线卖掉，可没曾想三日之后，春日就出事了。

"第三天早上，春日在自己的绣房里蒸发了。得到线报后，她挂牌的秀花堂和我的人在北平城找了一天都没见人。到了傍晚的时候，我的一个'远线'告诉我，说是在卧佛寺的老松树上找到了她的一只胳膊。"

"胳膊？你怎么知道是她的胳膊？"报丧鸟闻言惊诧。

"春日右臂上有个梅花烙，那是大院怕人逃跑做的标记，每个烟花女子都不一样，看不错。"说至此，鬼八爪的声音越发颤抖，"后来，我的人又在城西的白云观、城东的通州河、城南的燕郭，甚至西山军都陉的长城上发现了剩下的残肢和首饰，勉强凑了个全尸。"

报丧鸟听得后背直起鸡皮疙瘩，并由此推演："你说的这些地方虽然都在北平周遭，但是距离相差一二百里，有的还是在险山之间。短短一天之内把人分尸，又神不知鬼不觉地将残肢分别丢弃在这些地方，不是人能办到的。"

"确实。"鬼八爪附和，"除了《天书》的神力，我也想不出别的解释。"

这时候，鬼八爪的话音越来越小，仿佛在默哀。须臾，报丧鸟打破沉默："后来呢？《天书》是怎么到李宏吉手里的？"

"他主动找我买的。"鬼八爪答，"大手笔！一上来便报了五万现大洋的价，还许诺以后他们宗社党复辟成功会给我官位，嘉奖我光复之功。我当时还没把《天书》与春日的死联系起来，故而就卖了。"

报丧鸟从鬼八爪的话中嗅出了一丝异样，追问："你刚到手的宝贝，还没捂热乎就有人主动上门，花上万来买。你没感觉蹊跷，也不去调查，就那么痛快地卖了，这不对吧？"

"这……"鬼八爪语塞。

"你是坐瓢把子的，绝没那么傻，你不可能不去调查这书的来历。如果你真没有去调查过，就只剩下一种情况了。"报丧鸟依仗自己对鬼市买卖的了解，假设，"这笔买卖还有个第三方的中间人，这人你熟悉或者惹不起，正是他在你和李宏吉之间牵线，所以才会这么快促成这笔买卖。"

"没有这样的人！"鬼八爪一口否认。报丧鸟并没有信鬼八爪的辩解，反而顺着他的态度大胆假设："那就是你想袒护这个第三方喽，竟敢在夜天子面前袒护人，不要命了？"

"你！"鬼八爪言辞一窒，呼吸也全乱了。

报丧鸟感觉得到，那种错乱的呼吸带着浓浓的恐惧，是一个人即将崩溃的前兆。品着这个讯息，他乐开了花。这鬼八爪太不堪一击了，又或者说他先前叱咤鬼市时太过顺风顺水，并没有遇见过像自己这样能"看"破他的对手。所以，他甚至没想过自己被人看破了该怎么办。于是报丧鸟立刻进一步施压："劝你说实话，这主动说出来和逼你说出来，分量和结果可是不一样的，你作为瓢把子，该懂。"

"懂，我说！"在报丧鸟的无形逼迫下，鬼八爪崩溃了。他咬着牙道，"促成我与宗社党这笔买卖的人，是我姐。她是个厨娘，花名叫兰艾艾。"

"你姐是兰艾艾，北平玉香亭厨娘兰艾艾？"报丧鸟惊了。他全然没想到鬼八爪竟然还有个姐，而且他这个姐正是今天上午被青东洋提走的飞尸案目击者之一，那个会做扒海参、迷倒无数男人、号称"青丝娥眉水晶眼，兰魂水魄冰糖手"的兰艾艾。

报丧鸟知道，但凡是人便都有心，而心一旦被旁人扎住了，自然会痛。所以一提起自己的亲人，鬼八爪这样的魔头也变得多愁善感起来。鬼八爪还告诉报丧鸟，兰艾艾与自己是亲姐弟，如果没有五年前的那场剧变，他俩现在恐怕还窝在老家，过着土里刨食的乡

101

下日子呢。

五年前，鬼八爪的老家遭了旱灾，到处是"树死苗枯人变骨，野狗刨坟饿眼红"的地狱景色。炼狱中，身为贫户的鬼八爪一家很快没了吃食，全家人守着空空的锅台，眼看就要饿死。就在这生死攸关的时候，本地的一个王姓大户忽然找到鬼八爪的生父，说要用一石黑面做价，来买鬼八爪的一条命。

王大户为何要买鬼八爪的命呢？这里边可有说道。原来在鬼八爪一家忍饥挨饿的时候，邻村保长王善轮横死暴毙，他家里人为其停尸吊孝时，那死人又无缘无故睁双目"诈尸"，端的是诡异非凡。

一连串不正常的事情发生下来，王家人吓坏了，更引得周遭村民议论纷纷。为了平息舆论，王家人就请了一个法师驱邪送葬。装神弄鬼的法师一阵捣鼓后，非说王善轮之所以死不瞑目，乃是怨气不去，而要想平阴魂怨气，则必须要"作法"，弄一个阴年阴月阴日生的"童女"和阳年阳月阳日生的"童男"活埋陪葬。

法师的这种要求听着邪性，换在平日农家却也好办，无非就是找个裱糊匠人扎俩纸人，再写上对应的生辰八字，请大师开光后埋掉了事。可偏偏那王家人不是一般人家，而是地方一霸，他家里有田有官位不说，王善轮的两个儿子又一直以乡间"首孝"标榜。

作为孝子，俩儿子听说了这个尽孝的方法之后，便非要走"高规格"路线，找两个活人埋掉陪葬，以表示对父亲的"孝心"。当然，他们这么做还有一个诱因，那便是大灾之年人命特贱，在当地买两条命的代价，比进城请个好裱糊匠人做两个纸人再开光要省事价低得多。

后来，王家托人在临近村落间走访，果然找到了一个阴年阴月

102

阴日生的童女和一个阳年阳月阳日生的童男。而那个童男，正是当年十岁出头的鬼八爪。得知鬼八爪乃阳童子命后，王家人便主动上门说明情况，并表示如果鬼八爪的爹娘愿意把这个儿子献出来供他家"尽孝"，他们便会以一石黑面做交换。

人心都是肉长的，若换在平常年月莫说一石黑面，就是十石百石的白面，鬼八爪的亲爹也断不会把儿子往死人坑里推。但当时偏偏是个灾荒年月，这一家不要说黑面，就连老鼠肉和窗户纸都已吃不上了。

乱世灾年里，卖孩子乃至易子相食本就不是什么新鲜事，况且鬼八爪一家有七口人，如果卖掉他一个能换回剩下六口人的命，也实在是没余地的"好事"。如此一来，卖鬼八爪便成了"板上钉"。卖掉鬼八爪那日，他亲娘给蒙在鼓里的孩子做了个一斤重的黑馍，亲爹则将他抱上了王家接人的马车。

吃了绝命饭，入了王家宅，按理说十岁的鬼八爪就只等着法师作法，活埋了事。可就在当天晚上，他原本注定的命运，迎来了转机。那晚，王家大院外忽然响起了叩门声，当王家人将门打开后，发现是鬼八爪的姐姐兰艾艾孤身一人站在门口。

瘦柴一样的兰艾艾见到王家人后，"扑通"一声跪在地上，泪眼汪汪地说前日爹娘卖掉鬼八爪时自己正在外边挖观音泥，没见上亲弟弟最后一面，故而此番大老远赶来，想和弟弟说些最后的体己话，送他一程。

禁不住一个大闺女在自己门前猛求，王家人便让兰艾艾见了自己弟弟。在姐弟诀别的时刻，那十三岁的兰艾艾却表现出了超出常人的沉稳。她趁着抱住弟弟痛哭叙旧的机会，将家里卖掉他的真相小声告诉了他，并且问弟弟想不想活？

鬼八爪求生欲很强，所以在得知自己会被活埋陪葬后，恳请姐姐救他。面对弟弟的恳请，兰艾艾咬着唇从怀里神秘兮兮地拿出一颗裹着洋蜡的乌黑药丸，让弟弟把药含在嘴中，并叮嘱他务必等到被活埋的时候再咬破吃下去，以争取一个可能活命的机会。

那药丸鬼八爪以前从没见过，也不知道这其中的机关所在，故而当亲姐递出这东西时，他便多嘴问了一句："这是什么？"

兰艾艾没有对自己的弟弟隐瞒，她直接告诉弟弟说，那药丸乃是一种吃下去就会"九死一生"的剧毒。

"毒药？"听至此，报丧鸟忍不住好奇，"你姐拿毒药救你的命？这是个什么道理？"

"我当时也是这么问的。"鬼八爪回答，"我姐告诉我九死一生，尚且还有一生之机，但如果我不吃那药，被王家人生埋了，就必死无疑。"

原来，兰艾艾给自己弟弟准备的药丸是她用野地里的田旋草和洋金花等毒物撮合而成。食用之后，有几成概率会全身麻醉，进入一种俗称"浮死"的状态。若能"浮死"，鬼八爪就算被隔绝空气活埋，过个几天几夜也不会气绝。回头等葬礼结束，把人挖出来放到通风处，挨到药劲过去，他鬼八爪还是活蹦乱跳的一个孩子。

兰艾艾的计策凶险异常，但鬼八爪听得出这是自己死里求生的唯一机会，故而思前想后，他还是拿了药丸，按姐姐说的去办。

被王家人活埋那日，鬼八爪躺在棺材里，准时咬破了药丸，紧跟着便感觉有一股苦麻的感觉从舌尖快速扩散到全身，进而失去了知觉。等他再醒来的时候，已是三日之后。

那时他发现自己已出了棺材，皮肤还灼热地痛，好像被火烧过一样。起初，鬼八爪以为这是毒药的副作用，当他头脑清醒一些后，却发现这根本就不是什么副作用，而是姐姐兰艾艾正拿着火炭把他这个大活人生烤生烫。

鬼八爪苏醒时，已经被兰艾艾烤出了严重的烫伤，就在他质问自己的姐姐为何如此时，兰艾艾却又给了他一个让人咋舌的答案。

原来，兰艾艾虽救得了弟弟一时，却认为那王家人以后一旦察觉，定然会发怒报复，到时候他鬼八爪依旧逃不掉被活埋的命运，爹娘和其余兄弟也可能因此遭祸。因此，将鬼八爪从坟地里刨出来后，兰艾艾便把心一横，索性趁着夜色一把火烧掉了王善轮的尸身，顺带灼伤了自己的弟弟。这样一来，兰艾艾便可以编造谎言说王善轮的坟冢是被"天雷"劈开的，他鬼八爪也不再是个普通孩子，而是刚渡了雷劫借尸骸下凡的"鬼宿星君"。

兰艾艾的安排丝丝入扣，又恰巧赶上天时帮助，果然让王家人断了将鬼八爪重新活埋的念头。但经此一劫后，被爹娘卖过的鬼八爪心中怪怪的，再也不想过那种看天等死的日子。他想离开老家这个伤心地，换个不那么窝囊的活法。而那心比海深，气比天高的兰艾艾经过这么一闹，也看出待在家里看天过活，就算躲过了今年的旱灾，恐怕早晚也得死在别的什么磨难灾劫上。于是，两个少年一拍即合，双双离了老家，一路向东逃难到北平大城，寻找另外的活法。

"到了北平城，我姐人食通天当了厨娘，后来还自己开了店，而我则在机缘巧合下入了鬼市，靠着些变戏法的偏门本事，操纵尸体成了'鬼八爪'。"

鬼八爪向报丧鸟和盘托出自己和兰艾艾的过去，又强调："我姐是无辜的，她不知道什么是鬼市，也绝没看过《天书》，你和夜天子求求情，千万别折腾她。"

"她和鬼市没关系？"报丧鸟不信，"那她又怎能帮你促成李宏吉的这笔买卖？"

"这……"鬼八爪犹豫了一下，但还是讲道，"在做那笔生意前，我曾见过一次我姐。"

当时，姐弟俩在饭店闲谈，弟弟突然发现姐姐愁眉不展，似生了很重的心思。鬼八爪在姐姐面前是个孝顺的弟弟，他见姐姐不高兴，便问她有什么心事，说出来也好让他这个弟弟想想办法，帮着排忧。兰艾艾告诉他，说她一个关系不错的食客，也就是宗社党的李宏吉，这几日在寻找一本被部下弄丢的清宫秘籍。

据李宏吉讲，这秘籍唤作《天书》，乃是一部记载天机命运的宝贝，有倾国之力，更是清朝皇室的第一等宝物，那清朝三百年前能入鼎中原，据说与这书本内的记载脱不了干系。原本，宗社党的大员想借这书内的"神力"复辟清廷，但没曾想现在丢了，一切都成了泡影。

最后，兰艾艾惆怅地说："你姐姐我只是个掌管玉香亭的厨娘，在这乱世之中又能有几斤几两呢。李宏吉没了《天书》无法结交政府高官，你姐我也就无法凭借他的关系接触北平公府中的核心高官，更做不到在这乱世中独善其身。"

鬼八爪是个对姐姐极其上心的人，明白了姐姐的心思后，他便牢记下来，企图用《天书》成全姐姐的愿望。

"后来我就主动联系了李宏吉，把《天书》卖给了他们宗社党。我姐也凭借与李宏吉的关系顺利地结交了陆军部总长吴光真，并且在李宏吉的推波助澜之下认了吴光真做干爹。"说完《天书》与兰艾艾的联系，鬼八爪又再次强调，"这事情和我姐真的没有关系，她是无辜的。"

报丧鸟喉头蠕动了几下，但终究没有表态。他站起身，戴上墨镜，划拉着导盲棍，转身准备离开。

"上差去哪儿？"报丧鸟身后，鬼八爪惊慌地问。

"找《天书》去。"报丧鸟回答，"找到《天书》，我才能在夜天子面前保你和你姐的命。"

"多谢上差。"吓破了胆子的鬼八爪激动感谢，并且向报丧鸟承诺，"您以后若还有什么嘱咐，尽管来找我，我一定为夜天子尽心。"

报丧鸟点头，并说道："既然你要为夜天子尽心，现在就把门口的张树庭放掉。"

"放他？"鬼八爪大惊，"他坑害我，因为他搞严打，我现在连烟膏和日本面都断货了。"

面对愤怒的鬼八爪，报丧鸟却反问："杀了他容易，可杀他以后呢？你当巡警总长吗？换成别人，我们还怎么控制公府？"

"控制公府？"鬼八爪惊愕，"难道说……"

"不错。"报丧鸟扯谎，"张树庭也只是夜天子的鹰犬走卒之一，让他打压你的鬼市，只是为了让你懂懂规矩，知道分寸。"

报丧鸟最大的本事是抓人软肋。那鬼八爪既担忧自己的姐姐，又害怕夜天子，那自然就得让这两个家伙来"帮"他搞定一切。

如此顺利就搞定了鬼八爪，还是有些出乎他的意料。而且让报丧鸟没有想到的是，在鬼八爪和李宏吉的身后，竟都有兰艾艾这个厨娘的鬼魅身姿。这个女人每次都能把自己与《天书》的关系摘得干干净净，却又像个幽灵一样和整件事情藕断丝连，让人捉摸不透，却又不能不去捉摸。有些事情，一次是巧合，两次，三次就很蹊跷了。所以，如果想追查《天书》，则必须搞清楚她是否就是夜天子的手下柔蛟，搞清楚那本能够控人生死的邪书此刻是否正在她的手中。

经过这一夜的折腾，《天书》的事情总算有了个方向，报丧鸟也知道这调查的关键应该放在兰艾艾身上。但报丧鸟自知，想查兰艾艾是很难的。因为她是一个背景深厚的女人，特别科科长青东洋认她做干娘，陆军部吴总长为她亲批特赦令，从这两件事上便能看出些端倪来。不过相较于这些，最让他胆寒的还是那女人身上存在的一股一般男人都没有的狠劲和决绝。

为了救自己的弟弟，兰艾艾敢让鬼八爪吃剧毒以换"九死一生"，为了让自己的弟弟摆脱王家的纠缠，兰艾艾敢烧人家祖坟，拿炭火烫自己弟弟的皮肉。这样果断狠辣的女人，报丧鸟生平头一次听闻。虽未曾见面，但已然足够让他敬畏三分了。报丧鸟清楚必须得花大心思、大手段，才能把她的"真身"给挖出来。而挖兰艾艾"真身"的办法，恐怕还是得落在张树庭的身上。

当报丧鸟从鬼八爪的房间里出来时，张树庭还被摁地上，并不停地骂着："老子手下弟兄一万多，出去了分分钟灭掉你们。就算老子栽了，吴总长也会为我报仇的。还有段大帅，还有我爹，还有白……"

"放开他。"正在这个时候，接引报丧鸟来这里的瘦高个冲一众兄弟开口。紧接着，报丧鸟听见张树庭的呼吸顺畅了很多，人也能动弹了。

"起来走吧。"报丧鸟告诉张树庭，"事情我弄清楚了。"

"啊？"张树庭意外至极，仿佛还没有从刚才必死的困境中回过神儿来。

听着张树庭那里没有进一步的动静，报丧鸟又催："不走的话您就继续留在这儿和杜局长叙旧吧，我自己走。"

"别，咱一起走。"在最初的意外之后，张树庭终于恢复了常态，两人迅速出了棺材铺。出棺材铺时，鬼八爪和他的手下并没有尾随出来，因而两人又很顺利地出了赖王城。一出赖王城，张树庭便将报丧鸟狠狠摁在墙上，愤怒地说："你竟然敢出卖我！"

报丧鸟咧嘴一笑："这又不是第一回了，那么火大干吗？还没习惯吗？"

"你！"张树庭语塞。

"您要心里特不顺，就一枪毙了我。"报丧鸟指指自己的脑袋，死猪不怕开水烫般，"不过我提醒您，毙了我您这辈子都别想找到《天书》，破那飞尸案。"

"你狠，算我怕你。"说话间，张树庭松开了报丧鸟。点了一根烟后，问："见到鬼八爪了？"

报丧鸟指指自己的眼睛，故意卖关子："见不着。"

"那你去干吗了？喝尸油吗？"张树庭被报丧鸟拱起了火，颇为不满道。

"缘起。"报丧鸟先说出这两个字，之后才告诉张树庭，"《天书》最早是从陆军部的范秘书处流传出来的，后来到了烟花巷女子春日手里。春日又给了鬼八爪，鬼八爪又把它卖给了李宏吉，李宏吉死后又不知怎么到了汪节的手里。"

随着报丧鸟详细的描述，起尸术的事情挑明了，那本诡异《天书》在北平的流传路线也渐渐清晰了，而在那书流传的每一个节点，几乎都能发现一个人的身影。

"兰艾艾？"听完报丧鸟的描述，张树庭准确地捕捉到了这个名字，"怎么每次都有她？她促成李宏吉的生意，汪节死的时候她

109

也在028师师部。"

"我不是侦缉，不懂这意味着什么，但按常理总得去查查吧。"报丧鸟建议，"还有那个陆军部的范秘书，找到他才能把这《天书》的源头弄清楚。"

"陆军部我熟悉，范秘书我也脸熟，明天我就派人去查他。至于兰艾艾，"张树庭有些犯难地问报丧鸟，"你有什么调查的好办法吗？"

"怎么？"报丧鸟困惑，"一个小厨娘，反倒让您犯难了？"

"哎，别提了。"张树庭愤怒而无奈，"人家现在是吴总长怀里的红人，特别科科长青东洋的干娘。这样的人走官路是行不通的，我要是再押审她，吴光真给我的恐怕就不是一纸特赦令，而是撤职令了。"

报丧鸟颇为理解地附和："当官难，当你这样的'煎饼官'更难。"

"我不是煎饼，我是个糖三角。"张树庭自嘲，又追问，"查兰艾艾，你有什么野路子吗？"

报丧鸟低头沉吟了很久，告诉他："想尽快查清楚这个女人，只有一个方法。但是，你得豁得出面子。"

"你该不会是让我托青东洋的关系，去和兰艾艾接近吧？"

"就是这个意思。"报丧鸟肯定道，"你们特别科的青东洋是兰艾艾的干儿子，只要有他这层关系，你见这女人就方便得很。"

"这不好办吧。"张树庭口气颓唐地说，"我今天上午还为那女人和他争呢，现在却反过来要求他从中牵线，人家会起疑的。"

"我帮你想个借口。"报丧鸟言，"你就告诉青东洋，说兰艾艾在监狱的时候你看上了，让他给帮忙搭个喜鹊桥，最不济和她吃

110

顿饭也行。"

"让我去给兰艾艾低头，你这路子也太野了吧。"张树庭窘迫推脱，"再怎么说我和青东洋也是拜过把子的兄弟，而且兰艾艾可是和吴光真关系不浅，那吴总长又是我上司，这么一闹辈分可就乱了。"

"打住，别装大尾巴狼。"报丧鸟提醒他，"这种事儿您张少爷应该轻车熟路吧？今儿这么推辞，莫不是张总长最近精神压力大，'铜豌豆变豌豆黄'了？"

报丧鸟的话是激将，也很伤张树庭自尊。而张树庭也果然"不负期望"地回道："放屁！老子牛气得很，明天中午咱就联系青东洋。"

"好。"报丧鸟赶紧接茬，"那明儿中午十二点我去找你，咱们尽快见到兰艾艾，查清楚她与《天书》的联系。"

双方约定好时间后，张树庭叫了一辆拉晚儿的黄包车，先送报丧鸟回了住处。交钱下车后，他并没有急着跟车离开，而是拽住了报丧鸟的袖子，问："先生，还有件事我想问你一句。"

"鬼八爪的真身，是吗？"说话的时候，报丧鸟已经在揣测那鬼八爪白日里的身份了，更在想是否要告诉张树庭鬼八爪就在他的身边，八成是他手下，否则不可能轻易逃脱他的追捕，更不可能这么容易把他五个部下的尸体挖出来调包。

报丧鸟思考的时候，张树庭继续吐出心中困惑："而且据你所说这鬼八爪看过《天书》的内容，但他没死，这是为什么啊？"

报丧鸟盘算了很久，终究还是对张树庭摇头扯谎道："鬼八爪和我见面的时候，声音做了处理，我听不出来。至于他为什么看《天书》没死？"他伸出两根指头来，"第一，可能他命硬，那

《天书》克不死他；第二，可能杀人的并不是《天书》，只不过有人借用那书的名头故弄玄虚，掩盖真相。"

张树庭点了点头，忐忑问："我回去之后是不是应该请个神像啥的，拜一拜？"

"临时抱佛脚有用吗？"报丧鸟笑，"有那时间，您还不如回去想想明天怎么套兰艾艾的话呢。"

第六章　叫春坐

在清晨鸡叫的时候，报丧鸟送走了张树庭，而后摘掉那些夜晚的装备，回归他白日的身份——闻桑生。

略微休息了一会儿后，闻桑生出门饱食了一顿午饭，估摸着快到约定的时间了，就叫了人力车，直奔巡警总长府。见面后，他就迫不及待地问调查的事情，而张树庭也果然没有让他失望。

"哎呀，你这次真准时。"张树庭先"夸赞"了闻桑生一句，又告诉他，"兰艾艾的事情先放放，我部下找到范秘书了，你和我去看看他。"

"人死了吗？"闻桑生本能地问，"飞尸了吗？是冻死的，还是骨骼寸断，还是淹死的？"

"他倒是没飞，但怎么死的，甚至死的是不是他本人，我得去看看才知道。"说话间，张树庭开始穿外套。

"我就不必去了吧？"闻桑生指了指自己的眼睛。

"你也去吧。"张树庭回答，"经过赖王城的事，我感觉还是你心眼多，咱一起走一趟，你或许能帮我查漏补缺。"

"好吧。"闻桑生应承，而后由张树庭亲自引导着，坐上了巡警衙门的汽车。

一行人在北平城里的一处胡同口停下，张树庭打开车门，拉着闻桑生的胳膊讲："到范秘书家了，下车和我看看去。"

"哦。"闻桑声应答，而后摸索着与张树庭一起穿过警察把守的月洞门，进入了这间守卫森严的房子。闻桑生感觉四周的空气顿时冷了下来，整个人甚至为之一抖。夏日里，这是极不正常的。

耸了耸肩膀，闻桑生开口："阴冷，冷得邪性。"

"是邪性，但邪性的远不止于此。"说着，张树庭拉开了房间里的一扇内门。顿时，一股更加阴寒刺骨、潮湿腐臭的气息从门的后边喷涌了出来。

闻桑生闻着那极端不对劲的气味，问："里边是不是有尸体？"

"或许吧。"张树庭回答。

"或许？"闻桑生疑惑道，"有没有尸体，你个有眼睛的人看不见？"

"看得见，但这一堆东西，已经不能称为尸体了。"

"东西？一堆？"闻桑生实在想象不出张树庭这形容到底是什么意思。

"我和你说说吧。"张树庭捏了捏鼻子，而后才告诉闻桑生，"你面前有一堆像是被冷冻过的肉块，大小不一，就好像红烧用的肉块一样。里边除了一张名片，没别的东西能证明这一堆就是范秘书，甚至证明是个人。"

闻桑生身后有一个警察突然吐了，显然他实在受不了张树庭的描述以及那股愈演愈烈的味。听了张树庭的话，闻桑生在头脑中想象着那些肉块的样子。须臾，他对张树庭道："人不是砖头，不可能在短时间之内弄这么碎，而且一般也不会有什么歹人愿意费劲干这种变态事情。"

"一定又是《天书》。"张树庭瘫坐在一张椅子里，叹气道，"那书到底写的什么，怎么比手枪还厉害，谁看谁死。"

"停。"正在张树庭牢骚发到一半的时候，闻桑生忽然喊了一句。顿时，整个房间安静了下来。不用想也知道，大家此刻一定都在盯着闻桑生。

在这一个"停"字之后，闻桑生对张树庭道："你站起来。"

"啊？哦。"张树庭点头，从椅子里站起身。

"再坐下去，和刚才一样的力道。"闻桑生命令。张树庭的屁股又一次坐进那椅子里，坐得那椅子吱吱响动。

闻桑生摸索着走到张树庭身边，伸手轻轻敲打了几下椅背。而后，他让人将椅背拆了下来。和听到的一样，那椅子的椅背是中空的。也因为中空，所以才会在张树庭坐下倚靠的时候，发出与众不同的声响。

"咦？"张树庭困惑地说，"这木板里有张纸。"

在说话的时候，张树庭顺势将那中空木板里的纸抽了出来。闻桑生问道："是什么？"

张树庭回道："是张照片。"

"照片？能把人印在纸上的那种玩意儿？"闻桑生问，并推测，"藏得这么隐蔽，这照片一定是范秘书很重要的物件。"

"我看看，"张树庭拿着那照片看了又看，最后激动道，"这是一张合影，里边有范秘书，还有其他许多名人。"

"名人？什么名人？"闻桑生问。

"有詹天佑、冯如、侯德榜、刘庆恩、汪逢春、陈道员……还有许多我不认识的，共三十几号。"

听着这些人名，闻桑生费解："这些人的名字我都没听过，他们干什么的？多有名？"

"他们都是咱国家有名的机械师、工程师、化学家、银行家和医生。"张树庭颇为佩服地说道，"这些人修了咱国家的第一条铁路，造了咱国家的第一架飞机，开了咱国家第一个碱厂，制了咱国家第一把神枪。他们有功于国，全是埋头苦干的大德之人，自然不比那些只知道摆拍开会、阿谀奉承的政客出名。"

"哦，原来是洋匠师们的合影。"闻桑生点了点头，又摇了摇头，道，"那这么说，这照片于查案也没什么用。"

"不，这照片于查案有大用，因为这里边还有一个人。"张树庭把照片收进兜里，小声告诉闻桑生，"那个兰艾艾也在里边。"

"兰艾艾？"闻桑生听愣了。兰艾艾只是个做菜的厨娘，和这些洋匠师八竿子打不着。一个没什么瓜葛的人，平白无故地出现在这张照片里就显得很突兀。就算抛开这些不讲，单说这范秘书也和兰艾艾发生了交集这一条，便足够将调查《天书》的矛头指向这女人了。

"这女人有大问题，得查。"闻桑生道。

"彻查！"张树庭激动地说，"咱先去找她干儿子走关系，今天晚上无论如何也得见着这个兰艾艾。"

张树庭和闻桑生的目标前所未有的一致，所以出了范秘书家后，他们在副官和一个警卫队的陪同下，驱车直奔青东洋管理的北平市特别监狱——那个民间俗称"鬼打颤"的地方。

闻桑生以前托张树庭的"福"进过一次"鬼打颤"，虽然停留不久，却也留下了深刻印象。在那个特别监狱里，凌晨还能听见枪毙犯人的声音，隔着墙壁都能听见鞭抽人皮的哀号。除此之外，还有无数的呻吟、咒骂和抽泣声。种种声音夹杂在一起，让人不寒而栗，绝不辜负"鬼打颤"三个字的盛名。

这样的地方不管为何而来，都让人提心吊胆。闻桑生在张树庭的副官江九一的引导下刚下汽车，就在空气中闻到了一股与众不同的气味。空气略显湿潮，夹杂着有点像生皮的臭味，但是又不完全相同。

"怎么有股怪怪的臭味？"闻桑生好奇地问一旁的人，"这里在干什么？"

搀扶着闻桑生的江九一回道："水泥、三合土、玻璃，还有油毡，估计是顶棚漏了，正在修补吧。"

就在江九一说出自己的猜测时，在距离闻桑生十几米处的地方忽然响起一个声音："这些不是修顶棚的物件，是用来扩建监狱的物料，还是吴总长特批从德意志进口的上等货料。"

随着对方的话，闻桑生听见一串军靴的踢踏声响起。当那军靴的主人走到他们身边后，闻桑生又听见一个精干的声音冲张树庭报告："部下吕焕文是青科长的副官，奉命迎接巡警总长。"

"呵呵。"张树庭皮笑肉不笑地回应，"青东洋呢，他为什么不亲自来？"

"报告！"吕焕文字正腔圆地回答，"青科长正在法场处决犯人，分身乏术。"

闻桑生虽然不是很懂官场，但也听出这位吕副官的话乃是标准

117

的官话，其实他们就是想给张树庭甩个脸子，借助法场的杀伐之气，杀杀他巡警总长的威风。

闻桑生都能品出的道理，想必久在官场的张树庭也一定品得出来。因此，怕张树庭愤怒失态的闻桑生急忙开口："你们科长以国家大事为重，我们总长十分欣慰，故而今日特来慰问。"他轻碰了下张树庭的肩膀，提醒道，"是吧，总长大人？"

"这……对！"张树庭附和了一句，对那位吕副官说，"带我们进去。"

吕焕文敬礼，一个"请"字之后，便带着张树庭一伙人穿过缠绕着铁丝的拒马和"鬼打颤"的大门，向这座特别监狱的深处走去。

在一串让人毛骨悚然的动静后，闻桑生听见青东洋小跑着来到张树庭身边，满口歉意地说："哎呀，张总长您能来我这儿，'鬼打颤'蓬荜生辉啊。要不是我正明正典刑，一定亲自迎接，实在抱歉啊。"

"无所谓，反正我找你也不是啥公事。"张树庭倒显得大方随意。

"不是公事？那咱会客室谈。"青东洋说了一句，而后又问，"二哥，这位戴墨镜的先生是？"

"闻桑生。"闻桑生听到青东洋提到自己，弯腰报名道，"我是个眼差的，也就是盲人，暂任张总长的顾问。"

"眼差的当顾问，新鲜啊。"青东洋又好奇地问，"敢问您是什么事的顾问呢？"

"《天书》和飞尸案。"张树庭踌躇的时候，闻桑生却主动说了出来。

118

"《天书》和飞尸案！"青东洋有那么一瞬非常激动紧张，但很快就平静下来。而后，他又问，"总长，他一个眼差之人何德何能去查那悬案呢？"

张树庭又被问住了。

"我来告诉您。"闻桑生回答，"因为我是个眼差的，根本看不见《天书》，所以即使我得到了《天书》也不会死，反而能够靠手摸索，辨认出那书的真伪。"

听着闻桑生的提点，青东洋恍然："哦，明白了，他接触过那书，算个人证，又因为是个眼差的，所以总长让他辨真伪最安全，不会死人。高！"

"就是这么个意思。"张树庭随声附和，紧跟着岔开话题，"东洋，我今儿找你来不是查案子的，是有别的事。"

听着张树庭的催促，青东洋不再深究，立刻笑道："明白，明白。咱们去会客室，顺便让你尝尝我的咖啡，吴总长赠我干娘，干娘又送我的。"

在青东洋的引领下，张树庭与他进了会客室，闻桑生和江九一则被吕焕文带去了另一处值班室小憩。

等了将近一个钟头，闻桑生终于听见了张树庭的皮鞋声。在张树庭进门后，闻桑生便问："是不是谈得很不愉快？"

"你怎么知道？"张树庭没好气地回。

"你发狠的时候脚步会习惯性加重，但过去再重也不像今天这样，好像老牛过境。"

听了闻桑生的话，张树庭没有立刻回答，而是起身离开。等三人坐上车后，张树庭才终于忍不住发火："青东洋这个王八蛋，坑了我一百块，结果就得了俩'叫春坐'。"

"叫春坐？"闻桑生诧异。

闻桑生知道"春坐"定是餐饮行当的行词，但北平城三教九流泾渭分明，规矩繁杂。八大胡同、长三书寓、下处茶室和私房饭店等处也不怎么来往，故而他这个八大胡同里伴奏的乌师并不太懂别行的规矩。在听到这个奇怪的词后，他追问："啥是叫春坐？"

张树庭这才用憋屈的语气，把刚才他和青东洋的谈话内容和盘托出。因为兰艾艾是个色艺双全的厨娘，又借手艺攀上了许多大人物的关系，故而只需每晚给客人做一桌"私房菜"来卖。待客人用餐时，她再露面献些"雅乐""酒戏"满足客人的声色之娱。

"私房菜？"听到这三个字，闻桑生又困惑地皱了皱眉头。

这"私房菜"三个字，北平城里许多人都听过其大名，但是真正品过其中滋味的人并不多。因为这种馆子往往不揽客人，完全靠口碑和熟人脉络揽生意。像闻桑生这般不懂其中门道的，难免有种雾里看花的感觉。

"我不懂私房菜，更不懂叫春坐，您能给详细说说吗？"闻桑生细问。

"行。"张树庭告诉闻桑生，"因为慕名兰艾艾美食和容颜的食客很多，她每天摆设的宴席却只有晚上一局，明摆着狼多肉少。为了调和矛盾，青东洋和就帮她想了个办法，把晚上想入座的食客都叫来共聚一堂，以'走拍卖，标食材'的名义来竞标，价高者得。"

听至此，闻桑生已懂了七分意思。

张树庭点了根烟，又说道："因为竞标的人都有个座位，出价

120

的时候又得叫号，所以这个竞标的资格才被称作'叫春坐'。花了一百块非但一口饭吃不上，还得另花一笔大钱去竞标，你说坑不坑？"

"花一百块买俩座位，确实有点坑。"闻桑生认同地点了点头，但转而又赶紧安慰张树庭，"不过您的目标可是青东洋的干娘，他青东洋都给您当儿子了，您还有啥不平衡的？"

听了闻桑生的话，张树庭并没有表现出小人得志的心满意足，反而重重地叹息了一声："我就想不通了，青东洋当年打仗的时候也是个敢打敢杀的硬汉子啊，现在怎么软得和个虾爬子一样，见钱就弯腰。"语罢，张树庭深深地吸了口烟，感叹道，"人心变了。"

从"鬼打颤"出来后，闻桑生没有回家，而是在张树庭的总长厅里休息了一下午，等待着去会兰艾艾时刻的到来。在这难得的休息时间，闻桑生的头脑并没有闲着。仅仅在张树庭的行军床上小憩了片刻，他的思绪便又顺着《天书》回到了夜天子和飞尸案上，反复推演这件事情的来龙去脉。思来想去，闻桑生发现全部线索中，有一个最关键的问题无解。他翻来覆去都想不通，到底为什么夜天子要逼他这么一个眼差的人来找那神乎其神、人见人死的《天书》。

闻桑生从夜天子带给他的四样礼物中"看"到了夜天子惊人的势力，更"看"到了他和他手下人的"神通广大"。夜天子这么厉害的人，既不亲自去找那本书，也不委托四个高强的手下去寻，反而让闻桑生这样一个从没接触过那本书，同时连走路都困难的眼差的去寻，实在是让人百思不得其解。

最关键的是，当闻桑生顺着那些乱麻般的线索一路捋过来后，

121

却发现种种线索和矛头似乎都指向夜天子那个会做扒海参的手下——柔蛟。如果柔蛟是兰艾艾，兰艾艾是拿了《天书》的人，那么此刻《天书》应该早就在夜天子的手中了，夜天子又何必多此一举？

在种种不可自圆的假设间想了很久后，闻桑生头脑里越发没个章法。想到最后，他只隐约感觉夜天子给他送贺礼又让他寻《天书》之事，并不是表象上那么简单。但在这表象之下，到底隐藏着什么，恐怕也不是现下他能参详透的。

带着一堆混沌的想法，闻桑生在行军床上一直躺到晚上，直到张树庭主动叫他。唤起闻桑生后，张树庭一边换上便装，一边告诉他："该去兰艾艾那里赴宴了。"

晚上九点半，闻桑生坐着张树庭的汽车，准时到了兰艾艾的私房菜馆——玉香亭。

刚下车，俩人就听见了青东洋的叫喊："哎呀，二哥亲自来给我干娘捧场，蓬荜生辉呀。这是顾问先生？二哥，你都不公干了怎么还带着他呢？"

面对青东洋的质问，这一次张树庭没有漏兜，立刻回答："我这顾问在全北平都是蝎子拉屎独一份，回头他要是有个好歹我这案子就没法儿查了，所以只要飞尸案不结，他就得贴身跟着。"

青东洋恍然回应："没想到二哥出来风月还不忘国事，小弟佩服。"

"别损我了，我就是最近查案子精神压力太大，才想借着饭局放松放松。"张树庭和青东洋面上一团和气地相互恭维了几句后便进了菜馆，闻桑生则紧随其后，竖耳倾听。

进到玉香亭菜馆内部时，闻桑生听出这里边比白日里车水马龙的街道还要热闹。仅仅片刻，他便听见了许多人的议论和闲谈之声。

旁听中，闻桑生很快知道在座的这些人，都是叫了春坐，准备会一会兰艾艾的公府大员、豪门阔少。他们的话题杂七杂八，但是无论大家谈论什么，兰艾艾都是这些人关注的焦点。

这期间，有食客议论：

"哎哎，知道吗？昨日兰艾艾的一桌宴席，卖出去八百块银圆！"

"我娘嘞，她炒的菜是镶金边的？我在全聚德吃顿烤鸭也才两块二。"

"你懂个屁，兰艾艾是北平厨娘里掐尖儿的，论本事能比肩谭家菜的如夫人、食通天的齐二姐、十二春的陈杏娘。"

"而且她不光厨艺好，所用的料也都是头等讲究的玩意儿。"

"多讲究，比得上当年的袁大总统和老佛爷？"

"还真比得上！知道吗？她家用的鲍鱼是烟台紫鲍，海参只用辽东刺参，鱼肚专选广东的黄鳔，墨鱼则只要舟山的冰墨，就连龙爪姜、无事草这类的寻常调味料，那也是玉泉山菜地里的头遭货。"

"我娘嘞，还真比得上老佛爷！"

"这吃的就已经是一绝了，更何况兰艾艾人长得俊俏，会唱曲还跟上面有门路，你说这八百块花她身上值不值？"

"值当，就是一千块、两千块也值当，哈哈哈。"

在熙熙攘攘的一众食客中，闻桑生微微摇头，而后又往别处蹭了蹭，转脸听他人的动静。

"知道吗？这兰艾艾背景可深着呢，有一个当科长的干儿子。"

"堂堂公府的科长,竟然认她当干娘?"

"你懂个屁!兰艾艾的干爹是陆军总长吴光真,能认她当干娘,那不就是吴光真的干孙子吗?不当吴光真的干孙子,你以为那人怎么当的科长?"

"对对对!兰艾艾给上官做一桌菜,比咱大老爷们苦干十几年还管用呢。"

食客们的议论声掺杂在一起,让人有种身处菜市场的感觉,而就在这气氛达到鼎沸时,玉香亭的大堂里忽然传出了一阵尖锐的呼喊。一个应该是玉香亭"跑厅"的男人嚷道:"兰艾艾姑娘首献助兴啦!"

随着这句话的落下,那些高官阔少的讨论声戛然而止。只因那女子的名号,这热闹的菜市场立刻化成了一汪波澜不惊的春池水。闻桑生听到在自己前方十几米处,有一个女子缓缓从珠帘玉饰后挪步出来。毫无疑问,这勾得一众食客无心他顾的女子,正是那青东洋的干娘、吴总长的干女儿——兰艾艾。

闻桑生看不见,却也明白兰艾艾一出场,想必所有男人的目光都被她吸引了去。他虽然看不见,但也侧着耳朵,将所有精力心思都放在那女子身上,细细品味她发出的每一丝讯息,揣摩着这个人的真身。

随着女子的走动,闻桑生听出她的脚步如分花约柳般轻盈,还伴有柔丝拖地的响动以及一种钢丝抖音的微颤。由此他知道这兰艾艾穿的是过脚踝的丝裙袍,怀抱着一把琵琶类的弦乐器。这样的打扮,简直如出塞的昭君。

兰艾艾迈着香步走到男人堆里站定时,并没有说什么。在轻调怀中琴弦后,她琴音一起,在灵动的奏乐里,起嗓独唱:

王母驾临蓬莱岛，满座都是神仙。

不知世上几千年，东洋海干了一遍。

只说天宫快乐，还有那美女思凡。

多年扰攘在人间，蓬莱顶宴席未散。

……

兰艾艾的唱腔字正腔圆，嗓音婉转，宛如落玉。这样的唱腔连在八大胡同里听惯了的闻桑生都暗暗吃惊，就算是放在红角林立的八大胡同，她兰艾艾也是一二等的好唱功、大红牌。除了品出唱功好，闻桑生还知道兰艾艾唱的东西也很特别，因为这首曲子并不是北平风月场上惯见的大鼓词，而是饭馆里"走江湖"的弹书人常用于为客人助兴的山东俚曲《蓬莱宴》。

这一曲《蓬莱宴》，传为"鬼圣"蒲松龄所撰，表的是仙姬思凡，唱的是王母举宴，叙的是男欢女爱，讽的是人世魍魉。其情其景，竟然与今日这食客满座、高官欢聚的玉香亭有呼应之感，更让闻桑生从这女子身上品出了一种绝非一般的品位与魅力。这女子，艳得很、傲得很，也辣得很，难怪能让吴光真、张松商、青东洋这样的大官趋之若鹜。

一段《蓬莱宴》，兰艾艾唱了很久，其间没有一个食客发出多余的响动，就好像这些人都听痴醉了。在这无声胜有声的时刻里，这些人的魂都被台上女子的一颦一笑勾了去，仿佛那兰艾艾就是《蓬莱宴》中被王母遣入凡间渡情劫的仙姬彩鸾，那些食客则个个都是与彩鸾仙子缘定两生的文箫童子。

每个人都全神贯注地听那兰艾艾唱着，直到她唱尽结句"月里嫦娥下九天，人间应作画图传；莫言仓促成佳偶，得害相思亦有缘"后，闻桑生周遭的老爷们才又还魂般恢复了正常的呼吸。

紧跟着，掌声雷动!

"好!"

"人如其名，声如鸾呀。"

也随着这些食客的叫嚷，那原本高雅的气氛瞬间消散，玉香亭转瞬又跌回到一片臭烘烘、热闹的俗世里。喧闹的叫嚷声中，兰艾艾依旧波澜不惊。

她用平稳低沉的嗓音笑答："诸位，玉香亭的饭菜只有一桌，能吃到菜的是福分，吃不到的咱们打了照面，也是缘分。刚才一曲《蓬莱宴》，便献的是咱们的这份缘。接下来马上'标食料'，标到的客人请移步二楼品箸，没标到菜的老爷们也不要急，我们店里别的姑娘也有手艺，保证让大家不白来一趟。"

兰艾艾的话娓娓而来，不急不忙，那些猴急的食客却等不了了。在她还没说完的时候，就有心急的食客问道：

"今天做啥啊?"

"兰姑娘，快开始吧，不差钱。"

在一众吵闹声中，兰艾艾不紧不慢地退出了大堂，而后又有一堆估计是店里干"爪子""跑厅"的伙计推着个箱子类的玩意儿走到她刚刚站立的地方。

那些人站定后，其中一个提着高八度的嗓子冲一众人大喊："众位老爷，今日兰小姐备下的珍馐主料有八品，都在我这儿，分别是暹罗燕菜、辽东刺参、围场鹿肉、关东鸭子、胶州北笋、康藏银耳、阿尔泰松鸡、葫芦美人肝。"

在这般享誉北平的佳肴面前，有人忍不住扯开嗓子喊："我，

126

我出五百全包！"

"六百！"

"六百五！"

"希姜，咱们凑凑钱拿下这桌，菜归你鞋归我，回头开了饷我双倍奉还。"

在兰艾艾那一只香鞋的挑逗下，这桌"蓬莱宴"的价格很快突破了一千银圆，而且依旧有不少人持续加码。

就在那些食客一百五十地往上加钱时，忽然有人慵懒地喊道："我出三千！"那叫价的声音不大，却仿佛一道惊雷，让原本就沸腾的玉香亭彻底炸了。

"三千！"一众食客的震惊声让闻桑生耳膜微痛，不过他还是在声缝子里听见有人嘀咕：

"这是巡警总长报的价！"

"张树庭？他……"

"到底是晋商的家底。"

这张树庭也不多让，在报出那令人咋舌的价格后，不待别人应答，便径直起身，直奔台上："三千！没人出价更高了吧，那今儿这'蓬莱宴'我张某人包了。"他的话仿佛一阵秋风，将现场的浮议之音扫荡一空。

而后，有伙计一类的人冲张树庭搭话："总长大人，您和您朋友移步二楼，我们姑娘在'风花雪月'雅间里设宴款待。"

张树庭没有迟疑，带着闻桑生上了二楼。让闻桑生比较意外的是，那青东洋也跟了来，沿途还一口一个"二哥"地恭维着张树庭。他一点都不忌讳尴尬，这样的脸皮也是没谁了。

仨人一起进到兰艾艾设宴的"风花雪月"后，闻桑生竖着耳朵

127

听了听，发现屋里没有女子的呼吸和移动。诧异间，他质问引导他们过来的侍者："我说，你们姑娘不陪酒吗？把我们引进这空屋子里'甩冰桶'算怎么回事？"

"哎呀，这位爷别生气。"侍者急忙解释道，"吃私房菜讲究个'礼'字，做菜的姑娘不是随便见的。"

听了对方的话，志得意满的张树庭问："什么礼？说出来我听听。"

这时，那侍者没有讲话，反倒是跟来的青东洋代替他说："二哥，还是我说吧，再怎么说我也算这里的半个地主。我说，我陪，算是尽地主之谊。"

完话后，堂堂的青科长先给张树庭和闻桑生沏茶看座，而后才侃侃而谈："我干娘的菜是宫里的官样手艺，吃法与别家大不一样。"

原来在兰艾艾这里，客人用餐就和古时候帝王将相、达官显贵的钟鸣鼎食一般，讲究个食味之礼。按照这里的规矩，吃饭要先竞标，再递食单，再进鲜果，再品香茶，再分四荤四冷开胃碟，这时候做宴的厨娘也弄齐了菜品，才会出来引导大家享头门味，再受主宴菜，再上消食羹，再品宁神茶，再听销魂曲。酒足宴散之后如果宾主之间相谈甚欢，那宴客还能移步后庭，独享姑娘加唱一曲。

青东洋坏笑着总结："现在你明白了吧？这儿的菜大有门道，得细嚼慢咽仔细品，吃得快容易撑着。"

"脱裤子放屁。"张树庭讥讽了一句。

听着青东洋的叙述，闻桑生沉默不语。显然这里一切一切的规矩，都是按照官府宴中私房菜的规矩来的。

闻桑生想了很多，张树庭却像是没心没肺般依旧大大咧咧，满嘴跑火车："说一千道一万，我到底什么时候能见到兰艾艾？"

青东洋立马说："给你安排做宴去了，等后厨的菜都上了火她就来，二哥要是等得不耐烦，我就把班子给你叫上来唱曲解闷。这儿可是南班子，会春调和上海码头的《湘江浪》。"

"不听，谁的腔也比不了揽春的《关公盘道》。"张树庭一句话否定了青东洋的献媚，而后站起身子来，"坐太久了，我还是走动走动吧。"

于是张树庭就在兰艾艾的雅间里走动了起来，其间他走走停停，突然发出了一声别样的惊诧："咦？这，这些是……"

听着张树庭的动静，闻桑生忙问："看见了啥？"

"照片，很多照片。"张树庭回答，又问青东洋，"东洋，这房间的墙壁上为什么有那么多兰艾艾与别人的合影呢？"

"啊？哦，这叫照片墙，和洋人学的。"青东洋起身，快步走到张树庭身边讲解，"慕名而来的名人老多了，许多人都留过影像，我干娘把他们的照片往这里一摆，算个纪念，也显得咱有面不是？"

说话间，他敲击了几下墙壁，又讲："你看，这是东北的张帅，这是阎老西，这是王瞎子，这是袁大公子，这是胡先生，还有咱吴总长呢，在这儿。"

"有陆军部的范秘书吗？"闻桑生忽然问。

"没有。"张树庭回答，"但是，有冯如和詹天佑。"

"冯如，詹天佑？"闻桑生在范秘书处听张树庭提起过这两个人的名字，依稀记得他们好像是造什么机器的。循着模糊印象，他问道："你说的这两个人，是不是造飞路的？"

"飞路！"青东洋哈哈笑，"冯如是造飞机的，詹天佑是修铁路的，你混了。"

闻言，闻桑生如启蒙学生一般好奇："铁路我知道，拳民当年拆过那玩意儿。这飞机是什么？"

张树庭解释："飞机就是一种能载着人在天上飞的机器，和鸟一样，能飞得很高。"

"哦，像鸟那样飞还能载人，不赖。"回忆着自己失明前最后有关乌鸦的视觉记忆，闻桑生勉强理解了飞机的概念。但是他实在是想不出怎么给人安个翅膀飞上天去，上去了又怎么下来。而且也因为失明前的那段记忆，他感觉飞机是个恐怖的东西。

他又问："人飞上天干吗啊？而且这飞得老高，万一掉下来……"

话说一半，闻桑生突然住了口，因为他从张树庭的话里品出了一件关于飞尸案的十分紧要的线索。没等张树庭和青东洋回答他的困惑，闻桑生便顺着自己的联想说道："二位，飞机能像鸟一样飞，还能带人，那它是不是还能杀人？"

"能啊。"青东洋回答，"欧战的时候，洋人拿这玩意儿投炸弹，一死一大片。"

闻桑生马上推论："既然能杀人，你们说那些因飞尸而死的大员会不会不是《天书》杀的，而是被人用飞机弄死的？"

闻桑生的假设从他的角度来理解是不无道理的。作为经过鬼市洗礼的人，鬼市上的所触所闻早让他"看"透了世间许多魑魅之事其实都是人在暗中操作，所以一直以来自己根本就不相信什么《天书》神力之类。闻桑生想，那飞机既能带人飞得老高，自然也能神不知鬼不觉地把人从北平城带出去，然后从天上扔下去。人从高处坠落的时候力道大，自然也就会如李宏吉、范秘书那般摔个粉身碎骨。而且最重要的是，天上可没有高山大川，飞机如真能像鸟那样迅速灵活，那一夜之间把人带到保定府或者别的什么在常人看来不可企及之处，便不是什么难办的事情。

闻桑生的推理有论有据，但是当他说出口后，换来了青东洋的哑然失笑："呵，你这眼虽然差，心还挺亮。不过可惜，你错了！"

闻桑生费解："错了？不是，你们仔细想想，它会飞啊。"

"你是错了。"张树庭告诉闻桑生，"如果你看得见就能明白，这飞机是绝不可能掺和飞尸案的。"

"为什么？"闻桑生困惑。

张树庭耐心地告诉他："飞机虽然会飞也飞得快，但是不够灵活，起飞降落都需要超长的跑道。如果想让一架飞机平稳地飞起来，没有几百上千米平整的跑道是绝无可能的。想要降落下去把人带走，也得有几百上千米的跑道。"

而飞尸案中的李宏吉和汪节，一个是在歪歪曲曲的北平街巷里失踪的，一个是在湖水中心失踪的，那些地形根本不允许飞机降落抓人再飞起来。而后，张树庭强调："最重要的是，李宏吉是与自己的汽车一起失踪的，汪节则是与船一起没的。飞机是能运点小东西，但是绝对运不了那几千上万斤的舟船汽车，不光我国，全世界现今都没那技术。"

青东洋也来劲地补充："飞机有发动机，那种机器开起来比杀猪的声音还大，要是它飞过来，汪节的兵都会听见，不可能发现不了。"

闻桑生似懂非懂地点了点头，失落中也只能断了飞机杀人的念头，但是头脑里那种对飞机的朦胧印象无论如何也挥之不去。

三个人讨论了一番后，重新坐回椅子，而后这玉香亭的伙计厨娘便按照先前青东洋介绍的规矩，把开胃餐点一道道送了上来。和青东洋说的一样，这里的品宴是极讲究的。正宴开始时，先有丫头递送了桂花香纸的食单，进了兰花刀雕的橙苹鲜果，上了早春的碧螺和猴坑的猴魁，随后又有厨娘摆了凉拌百合、油泼青笋、酱王瓜、八仙菜、野鸡肫、桂花鱼干、卤虾鸡蛋、博山烧肉这四素四冷的"八仙开胃碟"。而当闻桑生提起筷子，循着介绍，将这些吃过没吃过的开胃碟菜都夹过一遍的时候，他听见门口有一小厮用恭敬的声音喊："兰姑娘上头门味啦。"

该来的总是要来的。

先前青东洋介绍的私房菜规矩里，这头门味乃是一道比较重要的环节。"头门"者，头脸门面之菜，从这道菜开始，就必须得是那兰艾艾亲手做、露脸端的主菜了。小厮一声吆喝后，身段轻柔的兰艾艾端着菜，迈着如猫似狐的妖媚步子走进了雅间，而后稳稳地将那菜放在桌上，紧跟着发出了一声撩人心魄的软绵惊诧："哎哟，这位不是张总长张大人吗？您来不会又是为了抓我吧？"

兰艾艾的话，三分质问七分挑逗，听在闻桑生的耳朵里，简直像猫爪子挠心。

"干娘您别误会。"一边的青东洋倒是利索，见兰艾艾生了误会，立刻打圆场，"我们总长日常奔走在抓作奸犯科的歹徒的路上，很是辛苦。这不公干之余，就带着部下来一品美味。"

"张总长，您是大人物，听说也是八大胡同里的常客。"说话间，兰艾艾莲步走到张树庭身边极近处，"可今儿，为啥来我这小店呢？"

或许是因为不熟悉，或许是因为那兰艾艾长得太过美艳，原本久经沙场的张树庭竟生出些不自在。为了避免尴尬，闻桑生开腔接茬："我们张总长久闻您厨艺惊人，这才百忙之中抽时间来尝尝鲜。"

　　"嗯？"兰艾艾一声好奇，又问，"这位大人是？"

　　"大人谈不上，"闻桑生答，"我就是一唱曲拉琴的，张总长抬爱，在公府里当个顾问。"

　　"您是个眼差的？"兰艾艾追问。

　　闻桑生点头的同时感受到兰艾艾的呼吸乱了一瞬，像是浑水里受了惊的鱼。这不是正常的反应，说明知道闻桑生是盲人的那一刻，兰艾艾忽然想起了什么让她紧张的事情。

　　听出兰艾艾呼吸的紊乱后，闻桑生表情没有变，只是拿起筷子，指着桌面好奇地问："不知道兰小姐给我等做的这头道菜是什么啊？"

　　"哎呀！"兰艾艾一拍额头，冲众人道，"看我这记性，都忘了报菜名的规矩。"

　　兰艾艾拿起一只分羹的汤勺，讲述道："这头门味是咱家最拿手的扒海参。今儿这海参不一般，乃是辽东所产的'一头参'，是渔民捕到后拿冰镇着，又让青漕帮的人飞船快马送到我店里的。我做它的手法，则是用的御膳手艺，只拿姜丝和我独门秘制的高汤紧㸁，这㸁可是门大学问，乃是烧、煮、蒸、炸、爆之外的第六种火功。"

　　兰艾艾报菜名时手也没闲着，当她口若生花般介绍完自己这头一道大菜的时候，也同时用妙手和羹勺将那大海参灵巧地破开，分入小碗，一一传送至客人面前。

兰艾艾将手中的海参递给闻桑生后，他立刻捧起碗仔细地闻着。在闻桑生结婚那晚，夜天子曾经指使他的四个手下送来了活海参、宝夜壶、文明杖和金子弹四样古怪礼物，言辞间还颇有深意。后三样礼物，闻桑生目前不得要领，那活海参的味道他却是记得死死的。

　　那海参独一无二的美味让闻桑生感觉这珍馐绝对是夜天子手下柔蛟的一张名片，是夜天子出于某种目的故意让他吃的。而只要面前这海参的味道能和那晚柔蛟所做的海参味道相互对应，那么闻桑生就可以百分之百确定对方的身份。而一旦确定了柔蛟的真身，他便能够按照鬼市的规矩，如夜天子威胁自己那般威胁柔蛟，让对方吐出更多的真相，乃至找到那本《天书》。最不济，他也能知道为什么这个女人总是和《天书》一起出现。

　　怀着复杂的想法，闻桑生轻轻拿起手边汤勺，把兰艾艾分给自己的海参肉送进嘴里。海参的味道很快充斥了闻桑生的口腔，又迅速刺激着他的味蕾。

　　兰艾艾做的海参滑而不腻，糯中带劲，虽一口之量，却让人回味无穷。在让人魂牵梦绕的享受中，闻桑生却眉头紧皱，将这味道和那晚他吃到的活海参进行着仔细地比对。须臾，闻桑生感觉这只海参竟然比那日夜天子送来的礼物还要好。与以前的那只相比，此物更热些，还多了一种独有的奇妙味道。那味道是一种独特的咸香，它若有若无，缠绵忧郁，让人有种吐不出道不明的舒适回味，足够流连忘返。

　　那种与众不同的味道始终环绕在闻桑生的口鼻和脑子里，让他感觉非常熟悉，似乎在什么地方品尝过，但又一时想不起来。熟悉但又不尽相同的味道让他困惑，更让他怀疑自己是否认错了人，难道这女人只是一个普通的厨娘，而非夜天子的手下柔蛟？

在闻桑生因为这味道而努力思索之时，兰艾艾也传递完了海参碗，重新走回张树庭的身边。而后，她用娇媚的声音冲张树庭言："张总长，这海参油厚汤滚，着急吃容易烧皮肉，我帮您吹凉些再品，才有滋味呢。"

上完海参，又先后上了兰艾艾制作的佛手燕菜、酒糜鹿肉、杏仁鸭子、猴头松鸡、开水白菜、银耳素烩。每一道都是味道绝佳、细烹精烩的高档菜肴，每一道菜里闻桑生都或多或少品味出了那种独特的香咸调料味。他一时品不出那味道是何种佐料，吃过几道菜后，却越发明确那味道自己绝对在什么地方品过。

在上菜的过程中，兰艾艾一直忙着给众人介绍各种菜品，对这位曾拘留过自己的张总长没有丝毫的芥蒂，对张树庭的称呼更是一句比一句亲昵，尽情施展着她尤为拿手的交际本领。

张树庭的心思则完全沉浸在兰艾艾的一席菜肴间，闻桑生品味过来之后除了心急火燎，却也没什么办法阻止提醒。毕竟，拿人家手软，吃人家嘴短，这一局酒宴都是张树庭做东，他不务正业，别人也不好插嘴。

煎熬般的等待中，这顿食色双全的私房菜终于吃到了尾声。当香茶吃毕，兰艾艾又唱了一曲《天河配》。微微屈身行礼，她又用那挠心的声音在张树庭的耳畔吹息："我有些乏了，咱们去后边吃些茶果，再接着听《天河配》呗？这曲里说得好，'几许欢情与离恨，年年并在此宵中'。"

闻桑生听见之后却惊了一个哆嗦，紧跟着感觉自己的胃里止不住地恶心起来。之所以会有如此激烈的反应，是因为他突然醒悟过来兰艾艾这些山珍海味里的咸香味是山白哪里了。想着那绝无仅有的可怕玩意儿，闻桑生绝望地意识到自己明白得太晚了，因为他已经吃了太多，悔之不及。

也在这时候，突然有一股痉挛的感觉从闻桑生的胃里直冲他的喉咙，刺激得他痛不欲生。

张树庭本来还记得查飞尸案的使命，也知道需要提防兰艾艾这个手段高强的蛇蝎女子。但他没料到的是，这兰艾艾的手段实在太高了些。一顿佳肴外加奏曲品鉴下来，他便开始舌头也软，耳根也热。闻桑生虽心有说辞，却也不好开这个口来破坏气氛。

酒酣耳热间，张树庭心猿意马，一心只想着再多听一曲《天仙配》。可不曾想就在这个美妙的时刻，那原本好端端坐着的闻桑生却突然起了剧变。他毫无征兆地干呕了几下，而后剧烈地咳喘，没多久还倒在了地上，面如死灰。闻桑生如此疯癫的动作，立刻引来了周遭人的关切，张树庭纵然再迷恋兰艾艾的声色，也不能袖手旁观。

张树庭跑到闻桑生身边，忙扶起他问："闻先生，你怎么了？呛着了？花椒进气管了？回一嗓子啊。"

闻桑生紧紧抓住张树庭的手臂，喘了几口粗气后，用声嘶力竭的声音说："我，好像……中毒了。"

"啊？"众人闻言，个个面如土色。

"不，不可能。"最先反应过来的是兰艾艾。作为这餐饭的厨娘，她惊慌道，"我，我这用的都是顶好的肉料，绝不可能。"

在兰艾艾辩解时，闻桑生忽然惨叫一声，吐了一大口口涎。张树庭距离闻桑生最近，故而也最先看清楚，在他吐出的唾沫里，到处夹杂着赤红、如云似花的鲜血。

"吐，吐血了！"青东洋望着血迹有点不知所措。

张树庭怒吼道："叫我的马弁来抬人，送去医院抢救！"

这时，闻桑生又抓住他的衣服领子说："你，陪我去，你也检查……"话没说完，他身子一软，晕死了过去。

突变来得太快，在场的每一个人都不知所措，只有那兰艾艾在惊恐中如神经质一般喊着："不是，绝不是我的菜出了问题，绝……"

"够了！"愤怒的张树庭从地上站了起来，他指着闻桑生，质问兰艾艾，"你在菜里做了手脚，是因为你早知道我们是来调查你的，想杀人灭口，对吗？"

兰艾艾矢口否认："没有！我若真做了手脚，怎么，怎么你们都没事？况且我也吃了那菜。"

"你就是藏了《天书》的夜天子，你知道只有这鬼市的报丧鸟能对付你，所以你毒害他。"张树庭从兜里拿出大眼撸子枪来，麻利地上了子弹，指着兰艾艾的脑袋，命令青东洋，"青科长，把兰艾艾拘押候审。"

"这……"青东洋紧皱眉头，两头犯难。

"你想违抗上峰命令吗？"愤怒的张树庭将枪口对准青东洋，"信不信我以渎职罪崩了你。"

青东洋面露难色，但还是拿出随身的手铐，赶紧走到他干娘面前，说道："干娘，先委屈委屈吧，咱有干爷爷罩着，不怕。"

兰艾艾到底是见过大风浪的女人，在最初的惊慌后，她平静下来，眉眼之间又挂上了那标志性的、撩倒众生的笑。笑意中，她伸出手自愿戴上手铐，并说道："清者自清！"

"带走！"愤怒的张树庭并没有被兰艾艾的威慑吓住。

就这样，因为闻桑生的意外，好好的一场"蓬莱宴"演成了

"鸿门宴"，兰艾艾转瞬便被张树庭的部下关进了囚车。

收拾完兰艾艾，闻桑生被张树庭和赶来的江九一搀扶着直奔小轿车。两个人麻利地将他扶进去后，江九一开车，张树庭在一旁护送，直奔陆军总医院。汽车鸣着尖笛，呼啸着过了三条大街，正在过第四条大街的时候，那原本昏迷的闻桑生忽然伸出颤抖的手，拉住了张树庭的袖子。

"树庭，是你吗？"闻桑生虚弱地问。

"是我。"张树庭紧紧握着闻桑生的手。

"这车里除了你和九一，还有别人吗？"

"没了，"张树庭回答，"我让青东洋和剩下的人押囚车去了。"

闻桑生点头："哦，那就好。你听我说句话，行吗？"

"说。"张树庭回答，感觉自己的眼泪都快掉下来了。

在这有些悲伤的气氛中，闻桑生摸索着支撑起自己的身体，而后用平静但非常含糊的声音冲张树庭道："甭去医院了，我没事。"

"啊？"听着他的话，张树庭一脸的惊愕。

张着嘴，瞪了他好半天后，张树庭才问："不是，你没中毒，怎么能吐出血来呢？"

"那是舌尖血，我自己咬破的。"闻桑生咧嘴，伸出自己的舌头给张树庭看。

张树庭看着闻桑生的舌头，果然发现舌尖上有个铜钱大的鲜红伤口，里边断裂的血管还在缓缓渗透着猩红的液体，让人既揪心又费解。

当闻桑生闭住嘴，擦拭掉嘴角的血丝时，张树庭问："咬舌头吐血，你对自己也真狠，唱这一出，为什么啊？"

"你知不知道刚才有多凶险，要不是我救你，这顿'蓬莱宴'可就吃成'迷人馆'啦。"

闻桑生的话让张树庭非常意外，思索了半晌，他问："什么意思？"

闻桑生先是发出一声冷笑，而后用带着胆寒的语气问："兰艾艾的菜好吃吗？"

"好吃啊，京城一绝没得说。"张树庭想都没想就回答道。

"有股特殊的香味？"

"有啊，挺特别。"

"你知道那是什么物料的味吗？"闻桑生问，而后不待张树庭回答，便吐出冒着寒气的三字答案，"人头菇！"

"人头菇？"张树庭困惑道，"我只听说过猴头菇。"

"也是因形得名，想来很接近吧。"闻桑生解释道，"人头菇是种生长在幽暗之地、棺材板下的蘑菇。因其吸阴气而生，又长的像人头颅而得名。这种蘑菇把它拿来晒干磨成粉乃是一味异珍香料，添味之余还能使食者亢奋。不过它终究是属'阴八珍'的幽冥物，吃多了折寿。"

"啊？停车。"张树庭忽感喉咙里一阵翻涌，紧跟着也不等江九一停车，便将头伸出车窗，拼命呕吐起来。吐了一半时又问，"你个瞎子怎么知道这些旁门？"

"北平城西有个'妆奁鬼市'净卖些从古墓里盗取来的'地仙货'。我去过两回，闻到过这人头菇的鲜味，故而识得些。"说完这些，闻桑生给出结论，"这女人不简单。就算和'飞尸案'没关系，也绝对和鬼市有大渊源。"

"娘嘞！山珍海味里掺这么阴损的料。"江九一感叹，"没想到这兰艾艾的店还是家黑店。这蛇蝎女人，堪比《迷人馆》里的九花娘呀。"

在江九一感慨的时候，张树庭的呕吐也终于停止。寻了个不那么恶心的空闲，张树庭回身冲闻桑生抱怨："那你也不用装中毒吧，得空在我耳边告诉我一声不就行了。"

"你那会儿入了魔一般，我得得了空闲吗？"闻桑生不满意，"还有，你本来是调查兰艾艾的，最后呢，也太不务正业了吧。"

张树庭想着自己在宴席上的表现，自知理亏。不过出于一个巡警总长官的尊严，他还是辩解："我是想借机更深入地调查一下兰艾艾，你不懂。"

"我是不懂，呵呵。"闻桑生讥讽完，又道，"咱这一趟虽然没问出啥来，不过也不算是全无收获。"

"还不算全无收获呢？"前排的江九一皱眉，"除去吃了一肚子恶心饭，还干了啥？"

"把兰艾艾抓起来了啊。"闻桑生回答，"现在能堂堂正正地提审她，再不用像今晚这般藏着掖着，怕这怕那。"

"哦，对对对。"经闻桑生一提醒，张树庭又兴奋了起来。他用衣襟擦了擦嘴，吩咐开车的江九一，"九一，马上回监狱，趁着吴总长还没救她，赶紧询问她飞尸案的事情。"

"好嘞。"应答间，江九一发动了汽车，没多久车便又沿着暗夜的道路颠簸起来。

夜里行车，张树庭又喝了酒，故而很容易便有了迷糊的感觉，就在他准备小憩一会儿的时候，江九一却疾速踩了刹车。

这突然而来的刹车让张树庭措手不及地摔到了座下，他从车座下爬起来，大声质问江九一："你怎么开的车？"

面对质问，江九一没有回答，而是伸出一根手指，直直地指向车头前大灯照耀的位置。张树庭顺着他的手指方向缓缓抬头向前望去，旋即瞳仁一缩。他看见就在车前那两束明亮的聚光灯下，正有一个身着红衣、双膝跪地、披头散发的女人冲他们笑。

　　她微笑的嘴角以及眼眶中泛着红色，应该是缓缓流淌出的鲜血。闻桑生看不见，也不知道汽车为什么停下。但是他知道，江九一和张树庭的呼吸都变得紧张起来，还知道那明显是受到强烈刺激后的反应。

　　品着这些声讯，闻桑生忐忑地问："你们看见什么了？"

　　"是个人，"张树庭咽了口吐沫回答，"穿着红衣裙，跪在地上的长发女人。"

　　张树庭说完，江九一又胆怯补充："那是个鬼吧？她脸上在淌血，好像还掉皮。"

　　"邪门了。"说话间，张树庭从腰里拿出防身的大眼撸子枪，自告奋勇，"莫非是被歹人祸害的闺女，我去看看。"

　　闻桑生品着这俩有眼人带给自己的信息，急忙开口劝阻："大半夜的，良家妇女不会出来，我感觉没那么简单，咱们还是绕开走吧。"

　　江九一略有犹豫。

　　"绕吧，听闻先生的，他熟悉夜。"张树庭顺从了闻桑生的意思。

　　随着张树庭的命令，江九一开始倒车，但倒了没多久，闻桑生便听见张树庭和江九一的喘息声变得更加急促慌张。

　　"又怎么了？"闻桑生忙问。

　　张树庭回答："那女的站起来了，正向咱们跑过来。"

与此同时，闻桑生听见车外响起了一声极端刺耳的尖叫，好像是蝙蝠的叫声，又似乎是狰狞的鬼笑。

随后，张树庭大吼："她，她在捣……"

张树庭的话没喊完，闻桑生便听见前方响起了几声"砰、砰"的雷鸣之音。那是打枪的声音！枪声覆盖了张树庭的喊话，而随着这炸雷般的响动，张树庭伸手将闻桑生的脑袋死死摁在车座下，同时举起自己手中的撸子枪还击。

"砰砰砰！"张树庭连打三枪，大吼了一句"假鬼"后又"砰砰"打了两枪。

被火药烧灼到滚烫的子弹壳从张树庭的手枪里抛射出来，弹了几下后，掉在闻桑生的面颊上，烫得他一个哆嗦。与此同时，他们乘坐的汽车风挡玻璃全碎了，玻璃碴儿由外自内迸溅开来，扎了闻桑生一头一脸。

随着玻璃碴儿的扎入，闻桑生的脸上一阵阵刀割火烧般的疼痛，就好像有人将整瓢的热油都倾倒在他脸上一般。

全乱了，飞舞的子弹间，闻桑生听着四面八方都有枪声，明白了一切。刚才那装神弄鬼的女人之所以出现，就是为了迫使张树庭的汽车停下，而后让四周埋伏的敌人有机会将他们乱枪打死。

这是一场有预谋的刺杀。乱枪中，闻桑生明白了事情的真相，但已没了用。张树庭的子弹很快耗尽，他抱着闻桑生趴在车座下，一遍遍呼喊着江九一的名字，命令他倒车冲出去，他的副官却没有给予任何回应。而早在枪战一开始，闻桑生就听见江九一身上传来一阵骨骼破碎的声音，感到有一块头皮之类的玩意儿，从他的方向飞向自己的面颊。

在车外枪声的压制中，血的味道、汽油的味道、火药的味道充斥在车里，混合着拥堵了闻桑生的嗅觉，让他失去了最后的感知力。一切只能听天由命了。

也不知道过了多久，枪声停了，而后车门大开，闻桑生感觉自己被车外的人用极大的力量硬狠狠地拽了出去。这时，他原本惶恐的心反而在瞬间变得澄明。这个不服输的鬼市报丧鸟以最快的速度掏出防身的手雷，冲那拽着自己的人大吼："都不许动，敢乱来咱们同归于尽！"

闻桑生一声狂吼，当即让那硬拉他出来的人停了手脚。不过接下来，那人却冲闻桑生说出了一句让他愕然的话："哥，是我，燕子。"

说话间，单飞燕伸出手，摸了摸闻桑生满是血迹和玻璃碴儿的脸。

"还有我！"闻桑生又听见了老丈人的声音。

闻桑生感觉着单飞燕那熟悉而温热的手掌，惊愕道："燕子，爹，怎么，是你们袭击了我们？"

"不是。"单飞燕又拽起了正从车里往外爬的张树庭，讲，"这事说来蹊跷，你俩先和我走，到了安全的地方再详细讲。"

闻桑生点头。

单飞燕又从车里将死狗样趴着的张树庭拽出来搀扶着，而后四个人顺着街道快步走着，没多久他们幸运地碰见了一队听闻枪声赶来查看的值星警察。这队侦缉警见巡警总长遭到刺杀，自然不敢怠慢，马上拱卫着张树庭进了一处分局衙门。在分局衙门里，巡警又从就近的西医院请来了急诊大夫，大夫拿镊子把闻桑生和张树庭头上的玻璃碴儿一片片夹出，缝合上药。

伤口撒盐一样的痛楚中，闻桑生并没有忘了问今晚的这件怪事。几乎在医生为他初步处理完毕的同时，他便急切地开口问自己的媳妇："燕子，我不是让你回娘家去，你怎么出来了，又为啥正撞见我们被人袭击？"

　　单飞燕自来不是磨叽的人，但这一回，她还是先打了预告："哥，我在家里撞邪了，说出来，你别不信。"

　　"先说。"正在缝针的张树庭龇牙咧嘴地催促，立马又接了一句"痛"。

　　这时候，单飞燕拉着闻桑生的手，把她今天晚上所遭遇的离奇事情讲了出来。这两天，单飞燕一直都如闻桑生吩咐的那样，躲在老爹家里等他消息。但就在今夜近三更天的时候，她忽然听见老爹家的门外响起了一阵急促的敲门声。

　　半夜敲门定不是好兆头，为了以防万一，单飞燕便拿着她从恶霸柳东升处顺来的那把花口撸子枪，去门口探头。谁知当她打开门后，并不见一个人影，院外街道上只有来来回回的乱风和阴尘，显得冷清死寂。

　　没瞅见人的单飞燕持枪观察了一会儿后，以为是谁在恶作剧，就准备往回走。不过就在她回到院里，关好门准备回屋时，突然感觉脚下有什么很硬的东西硌了她一下。寻着这不自在的感觉，她低头发现在自己脚下有一个黑乎乎的东西，好像是一个布兜。

　　冷不丁出现在脚下的物件，惊了单飞燕一个哆嗦。

　　她发现那是一个又细又长、用帆布包裹的玩意儿。帆布包裹严实，看不见包裹的内瓤，又怕里边有机关，单飞燕便回屋将她爹叫起来一起查看。

　　单老汉随着闺女来到屋里，皱眉观望了那布包一会儿，微微摇头，口中下意识道："莫非是……"

说话间，他伸手将帆布包打开，里边的东西露了出来，竟然是一把军用步枪，步枪的枪身在月光下油亮油亮的，透着隐隐的煞气。单飞燕对军用步枪不熟悉，故而忙问她爹这是什么枪，为何会出现在这里，单老汉却凝视着那把步枪，沉默不语。

"九子连珠毛瑟枪。夜里送枪，还看不见人。"

在观察了一阵步枪后，单老汉忽然冲单飞燕道："在包里再找找，看还有什么别的东西没有？"

单飞燕立刻弯腰翻找，没多久后果然又从中翻出了一张巴掌大的草纸片。她不认识字，只知道草纸片上写了一行东西，还有一个用黑笔画的，同心圆套椭圆的，很像眼珠子或者孔雀翎似的图案。她将这让人费解的玩意儿交给单老汉查看，可没曾想单老汉在看过之后便愣住了。紧跟着，一种恐慌表情浮现在了他的脸上。

费解于老爹的表情，单飞燕便问那纸上写的是些什么，但单老汉摇了摇头，只回答了她三个字："夜天子。"

说完那三个字后，单老汉收起了草纸片，让单飞燕拿好她的花口撸子和那把军用毛瑟，便带着她出了家门。就这样，单飞燕跟着她爹一路小跑，很快来到了闻桑生与张树庭被伏击的地方。不过单飞燕他们初到那里时，并不见张树庭的汽车，只看见一个穿着红衣戴着吓人面具的家伙在街口和另外两个人聚在一起。三个人手中都拿着长枪，正鬼鬼祟祟地交头接耳，没多久便分散开，在胡同里各据一方，布置了一个简单的口袋阵。

口袋阵布置好没多久，张树庭的汽车就进到了这阵里，被那些人乱枪伏击。单老汉带着单飞燕在胡同的房檐上观察到那些人伏击张树庭后，立刻用带来的步枪进行还击。单老汉毕竟是猎户，放枪很稳。随着他的枪声，先后有两个歹人被放倒，第三人因为站立角度刁钻的原因，虽然击中，却没能打死。

最后一个歹人挂彩后便往北平幽深的街巷里逃去。单飞燕不甘心让他逃了，奋力追了过去。当时的她有手枪，歹人则受了外伤。按理说在这种情况下，追上那家伙易如反掌。可让单飞燕万万没有想到的是，自己寻着那人追出两条巷子后，眼睁睁地看着那家伙在一个拐口突然消失不见。

"人没了，"说到这里，单飞燕困惑满满，"地上的血迹和脚印同时消失了，在那人消失的地方只留下，留下……"

"留下什么？"张树庭忍不住催促。单飞燕没有答话，而是将手伸进自己的衣兜，拿出了一样东西递给众人看——那是一个用白棉纸裁剪出来的纸人。

纸人在灯光下泛着诡异的洁白光泽，它的做工不甚精细，虽然也被人裁剪出了五官头脸，但是每个窟窿都歪歪扭扭的，好像是在狞笑。更引人注目的是，这纸人的腹部也有燕子所说的那种椭圆的图形，似眼球又似孔雀翎。

面对这表情古怪的小人，在场的每个人都露出费解的神色。偏偏在这个时候，分局的屋子外响起了急促的敲门声。

"报告！"

"进来。"张树庭喘着粗气命令。

随着喊话，一个穿灰布大褂的侦缉警长走了进来。那警长慌慌张张的，一见到总长官连礼都没敬，便磕巴着大喊："长，长官，闹鬼了。"

"号什么丧！"张树庭呵斥了那警长一句，又命令，"舌头捋顺了，从头说。"

"是这样。"那警长告诉张树庭，"您遇袭后，我带着人去现场勘查，您猜怎么着？没找到袭击您的人，只在地上看见了这个。"

说话间，那警长哆哆嗦嗦地拿出了几个与燕子手中玩意儿类似的白纸人，只是它们的表情更怪，像鬼又像兽，似哭又似笑，多看一会儿就让人觉得后背发冷。最关键的是，那白纸人身上有几个枪洞，枪洞处还有一点点血迹，望着这几个纸人，在场每个人的呼吸都变得异常急促。

越来越怪异的气氛中，张树庭首先开口质问自己的侦缉警长："混蛋！你们什么意思？你们的意思是说袭击我的是这些小纸人？"

侦缉警长回答："兄弟们说，这应该是那夜天子用《天书》的神力幻化。"

"化个屁！"张树庭愤怒，"如果《天书》真有那本事，要洋枪洋炮干什么；如果《天书》真有那本事，他夜天子还用在夜里装神弄鬼吗？直接跑金銮殿当真皇帝去了，也省得我抓。"

张树庭的话有理，侦缉警长和单飞燕的话有据，双方谁也说服不了谁，恐怖窘迫的气氛却愈演愈烈。就在双方僵持不下的时候，抱着烟锅抽闷烟的单老汉突然开口，说了一句让所有人惊讶的话。

"我见过夜天子，他确实有这以纸杀人的手段。"单老汉一句话，当即让在场的所有人都安静了下来。

望着纸人，单老汉缓缓讲道："前清时，我当过袁宫保手下的新军，后来承蒙统领抬爱，当上了营长。"

单老汉当营长那会儿，正赶上北平西边的太行山里闹匪。后来清廷怕乱匪坏了清西陵的风水龙脉，便派他的队伍前去剿匪。单老汉的部队是正牌的北洋新军，有当时最新式的德造毛瑟、英造马提尼以及水冷的马克沁、格林快炮等重武器。因为武器威力巨大，所以仅仅一天不到，这一个营便在太行山拔了七八个匪寨，灭了百十号人马。

但到了晚上，单老汉的部队安营扎寨的时候，有一个男人孤身前来找他。来人见到单老汉后，直言自己是北平鬼市的夜天子，还说自己已经收了山贼进贡的三十万大洋，要帮这帮人消灾去难。希望单老汉看在他的面子上，放过剩下的残匪，即刻收兵，免得全军覆没。

单老汉当时正是意气风发的年龄，听到这人的痴言妄语后，呵呵大笑："你算个球，你个鬼市的夜么虎子，拿什么和我正规军斗？"

那夜天子摇了摇头，平淡说了一句："只我一个人便够了。"

"来了个疯子。"单老汉挥手，当即便让自己手下把那自称夜天子的狂妄家伙五花大绑丢进了监狱，准备等剿匪结束后送官请赏。

绑了夜天子后，单老汉没多想便去睡觉了。他本以为迎接自己的会是第二天的胜利，可不曾想在当天夜里，他驻防的营地就出了大事。

后半夜，单老汉正迷迷糊糊做美梦时，营地内突然响起了巨大的爆炸声。爆炸声震人心胆且接连不断，单老汉被惊醒之后，抱着头爬出了帐篷，紧跟着在营区里看见了让他永生难忘的一幕。他看见自己的营地里尸横遍野，漫天飘散着单飞燕捡到的那种白纸人，到处都在起火爆炸，宛如末日天劫。在这噩梦般的景象中，单老汉最后看见的正是那夜天子的身影，夜天子当时悬浮在半空中，冷冷地俯视着一切。

"夜天子浮空而立，以一人之力灭了我整个营。"单老汉感叹，"乱军里我虽然捡了条命，但自知没脸回去见上峰，所以就隐居在山里当起了猎户。"

说完自己的过去，单老汉又从兜里拿出了一张巴掌大的草纸片。他把那纸片递给张树庭："这纸片和步枪是夜天子一同送来的，上边写着你们将要遇险的地点，我是循着这纸片先到了那地方，才救的您和我姑爷。"

"夜天子？"张树庭诧异，"又没个落款，你怎么知道这是夜天子留下的东西？"

"看见那个圆了吗？"单老汉伸出手，指着草纸片上像眼珠子又像孔雀翎的图案，"西山一战后，我不甘心，偷偷调查过夜天子，十几年下来虽然没什么大的发现，却知道那图案是夜天子所有之物的一个标识，唤作'劈天目'。"

"劈天目？"张树庭不断重复着这三个字。

单老汉则感叹："夜天子有《天书》，凭借《天书》的神力，他能浮空，能请阴兵，能预知旦夕祸福，你们谁也斗不过，斗不过的。"

就在大家都快绝望的时候，坐在角落里一言未发的闻桑生却忽然笑了。他语不惊人死不休地说道："诸位，你们恐怕都被自己的眼睛骗了。"

作为一个眼差的，闻桑生关注的点永远和正常人不一样。正常人最先关注的一定是表象，而闻桑生关注的则是内在。所以，在他们讨论有关夜天子杀人行凶的诡异手段时，闻桑生关心的却是夜天子为什么要这么做，他做这些事情的动机又是什么。

至于到底是纸人杀人，是飞尸杀人，还是别的什么匪夷所思的手段杀人，在闻桑生这里反倒没么重要。因为他坚信等找到《天书》，一切秘密定能揭开。

忍着伤口的疼痛，闻桑生站起身缓缓走近单飞燕，说："各位，夜天子是鬼市的主宰，他厉害不假，但再厉害也得遵循鬼市的基本规则。可你们知道鬼市的基本规则是什么吗？"

张树庭思索了一下，回答："藏真身？"

"对，"闻桑生点头，又对他说，"让你的人先下去吧。"

张树庭照做，而后闻桑生才又继续说："在鬼市上，我见过太多藏真身的手段了，有装神弄鬼的、装聋作哑的、男扮女装的，甚至还有装死人的。但不管装什么，他们的真身都是人，和你我一样的普通人。"

闻桑生将单飞燕手中那一片白棉纸的纸人要过来，用力握紧后又讲："夜天子是鬼市的夜么虎子，所以不管怎么装，他必然只是个人。不管多厉害的手段，也都是人在作祟。"

听了闻桑生的话后，张树庭质问："你是不是已经有对付夜天子的办法了？"

"有些想法。"闻桑生回答后，又问张树庭，"总长不感觉奇怪吗？我媳妇来救我，是因为夜天子的提醒，咱们遭遇伏击的手段，也是出自夜天子的'神力'。他夜天子一面叫人救咱俩，一面又派人杀咱俩，不矛盾吗？"

闻桑生的话只说了一半，而另一半则是：夜天子早先委托他来寻找《天书》，现下又派人来杀他，阻止他继续调查，也明显太矛盾了。

张树庭略微思考后回答："是有点矛盾。"

"如果各位不光用眼睛看这事情的话就能发现，里边的事情并不矛盾。"闻桑生低头而言，"通过今天晚上的劫难，我明白了一个道理。"

"快说。"张树庭催促。

"我们都错了，从我接手调查《天书》开始便错了。因为夜天子广布消息，飞尸案闹得满城风雨，并不只为寻找《天书》。他还有别的诉求，他在找别的东西。"闻桑生的话，让张树庭原本沉闷的呼吸又急促起来。

张树庭言辞恳切："你这话我听不太懂，能不能说明白些？"

面对张树庭的请求，闻桑生却摇头："还不能说破。"

"为什么？"张树庭质问，"只有咱自己人，有什么不能说的？"

在张树庭质问的时候，闻桑生也一遍遍思索着心中的盘算，思索着最近与夜天子的接触，思索着他们今晚遇袭前后的细节。终究，他还是选择把话暂时咽进肚子。因为他知道，现在他头脑里的东西并不能和眼前的任何一个人说。更加戏剧性的是，眼下真正配知道这个真相的人，并不是他的朋友，而是他的一个对手，甚至有可能是敌人。

怀着复杂的想法，闻桑生告诉众人："各位信我一句，如果我把我调查事情的方法说出来，那么咱永远破不了飞尸案，大家也都得死。而如果咱们想活，则必须马上去找一个人。"

"我都让你弄糊涂了。"张树庭抱怨了一句，又问，"别卖关子，找谁？"

闻桑生回答："兰艾艾。"

"兰艾艾。"张树庭恍然，"对对对，刚一抓她咱们就遭伏击，这太蹊跷了。依我看，她八成就是夜天子本尊，眼瞅着逃不了，才使这下三烂的手段想'围魏救赵'呢。"

闻桑生对张树庭的奇葩想法不置可否，只恳求："总长大人，带我去见兰艾艾吧，见到她我应该就有办法帮您查真相了。"

"现在不能去。"张树庭意外地否决了闻桑生的话。

"怎么了？"闻桑生费解。

张树庭没有回答他，而是将门外警戒的侦缉叫了进来，问："江九一的尸体在哪儿？"

"隔壁。"那侦缉回答。

张树庭语气沉重地命令："带我去祭拜一下。"

说完，张树庭出了房间，没有带闻桑生。张树庭的祭拜非常短暂，没过多久闻桑生便听见他从屋子里走了出来。他没有磨叽，一进屋便径直道："去'鬼打颤'。"

第七章　鬼打颤

夜里四更时，闻桑生一家和张树庭换了一辆车，在众多侦缉的护送下，很快便到了关押兰艾艾的"鬼打颤"。汽车刚刚停稳，闻桑生便听见两个急切的脚步声快速走近他们。

"敬礼。"首先喊话的是青东洋的副官吕焕文。

"总长，听说您遇袭了？伤得严重吗？需要看大夫吗？"随着这些虚伪的关切话，青东洋伸出手想要搀扶张树庭。

张树庭并没有回应青东洋的搀扶，而是自己迈着伤腿出了汽车，然后冷冷地问："兰艾艾呢？"

青东洋马上回答："嫌犯正在接待室休息。"

"嫌犯不是应该关在号子里吗，为什么在接待室？"张树庭大声质问，"你在徇私枉法？"

"这……"青东洋言辞犹豫。

"马上把兰艾艾押送到一号特别审讯室，我要提审。"

"这么晚？要不明天……"

张树庭冷哼一声，提醒青东洋："要是你感觉我这个总长官号令不动你特别科的话，我不介意单独执法，懂吗？"

张树庭的话字字重音，是人就听得出他正在气头上，大有撕破脸皮的意思。青东洋属于较为滑头的那种人，绝不会轻易和人翻脸。果然，在听了张树庭的话之后，他立即回答："总长教训的是，我现在就给您安排审讯，您先去我办公室休息。"

"要密闭间，不能窃听的'一号'。我劝你别和我玩猫儿腻，我也在这里待过，都懂。"警告完青东洋，张树庭就带着闻桑生一家，在其副官吕焕文的引导下去了青东洋的办公室。到了青东洋的办公室，张树庭撵走了吕焕文。

"一会儿提审兰艾艾，我单独问她话，你和青东洋的人别掺和。切记，切记！"为了不让张树庭有所怀疑，闻桑生还特别强调，"那女人树大根深，比猴还精，我必须用特殊手段才能套她的话，而且这地儿可是她和她干儿子的地盘，你要负责盯紧那些'猴崽子'。"

张树庭道："懂了，但你得尽快拿出个成果，过了今天晚上，吴总长必然会知道这事情，到时候可就关不住她了。"

"放心。"闻桑生握紧了满是汗水的导盲棍。

没过多久，那吕焕文便进来说已经准备好了提审兰艾艾的事宜。张树庭让单飞燕和单老汉留在办公室，自己则带着闻桑生出去了。在吕焕文的引导下，他们跨过一道又一道铁栏杆，走过一道又一道警戒哨，于阴森恐怖哀号不断的"鬼打颤"里不停穿梭着。走了许久后，闻桑生听见众人停了下来，紧跟着一道厚重的铁门被人打开。

"兰艾艾就在里边，"张树庭提醒闻桑生，"我给你把门，不会有问题的。"

闻桑生点头，而后跨步走进了审讯室。当背后的铁门关上后，四周一下寂静下来。闻桑生的耳朵里只剩下了位于正前方的、兰艾艾的呼吸声。

为了保险起见，闻桑生又用手拍了拍墙壁，并通过回音了解到这房间是埋在地下的，极难被人偷听。彻底放心后，他这才将注意力集中在兰艾艾的身上。可能是这里比较阴寒的原因，兰艾艾的呼吸有些抖，但那种抖很机械，没有任何愤怒或者惊慌的意味。想想也是，人家有陆军总长吴光真这样的干爹罩着，想必这趟"鬼打颤"之旅，也只是被当成了一日游玩而已。

了解完兰艾艾的状态后，闻桑生摸索着找到了凳子。可还没等他坐下，兰艾艾便先开了口："闻先生，您不是中毒了吗？这唱得是哪一出？"

"谢谢您还记得我的姓，"闻桑生点头，旋即又"纠正"，"不过在这儿请不要叫我闻先生，该叫报丧鸟。"

"报丧鸟？"兰艾艾咀嚼着这几个字，而后语气和缓地问，"先生可真有意思，换个名字是为什么啊？"

"您心里明白，"报丧鸟回答，"现在早过了三更天，我又亮了鬼市里的名号，那么从此刻起，便按照鬼市的规矩来了。"

"我听不懂您在说什么。"

"不懂没关系，我给提个醒。"报丧鸟回忆着昨天晚上和鬼八爪的见面，问兰艾艾，"兰小姐有个弟弟？"

"没有。"

虽然兰艾艾否定，报丧鸟却依旧自顾自道："您这弟弟不一

155

般，他在鬼市里化名'鬼八爪'，年纪轻轻就掌管着北平最大的赖王城鬼市，手下强将如云，厉害得紧。"

报丧鸟的话当即让兰艾艾的呼吸变得急促了，她沉默了一阵后，吐言："我是有个弟弟，但是我不知道他在干什么。"

"不。"报丧鸟打断兰艾艾的话，"他白天干啥夜晚干啥你都知道，因为你没少掺和他的事情，只是他自己不知道而已。"

报丧鸟点透其中关节，又故意疑惑地说："其实我一直想不通，一个至多十六七的小年轻，怎么能有手段控制北平最大的鬼市？又怎么能在短短的五六年里，崛起成一方的恶霸？更重要的是，我和他接触的时候，发现他竟然不认识北平的夜天子，稍微吓唬吓唬，就一副诚惶诚恐的模样。"

说完自己察觉的状况后，报丧鸟又讲："夜天子是夜里的天，赖王城则是北平夜色下最大的一座山头，这最大山头的掌门人却连'老天爷'都不认识，实在太不正常，所以我想，他并不是赖王城真正的主宰。"

"我听不懂你在说什么。"兰艾艾回答。

"事到如今还在装蒜，我佩服您这定力。"报丧鸟笑，"摊牌讲，你是夜天子的手下，代号'柔蛟'，是赖王城鬼市最大的掌权者。真正掌握赖王城的是你，而不是你弟弟。鬼八爪只是你的一张'画皮'，他之所以能到今日这般地位，都是因为你和夜天子暗中相助。"

"柔蛟"两个字从报丧鸟的口中说出后，兰艾艾的呼吸彻底乱了，这让报丧鸟最终确认了对方的身份。只是，这并不是报丧鸟的终极目的。在他挑明一切后，兰艾艾始终沉默，没有任何辩解。报丧鸟揣测着她的态度，又继续说："其实我挺佩服你的，因为你控制一个人往往不需要直接的命令，而是'取心'，就如今儿晚上你对张树庭施展的媚术一般。能让人不由自主地跟着你走，随着你做。所以，你弟弟始终都不知道他只是你的一个傀儡。"

说完这话，他伸出大拇指："利用人的最高境界就是让人被利用而不自知，高明。"

兰艾艾冷笑了一声，终于扯下了自己的面具："人家都说你报丧鸟的'心眼'厉害，今天我柔蛟算见识了。"

"这么大方就承认了？"报丧鸟有些意外。

"承认了你又能怎样？不过我还是很想知道，你从哪里怀疑我是柔蛟的？"

"你做的菜。"报丧鸟回答，"我结婚那日承蒙夜天子照顾，吃过柔蛟烹调的海参。但那时候你关在监狱里不可能制作，所以我想你定是派了个徒弟之类的给我做了那东西。徒弟做的菜虽然味道差了一些，火候也不如你掌握得好。但用的龙爪姜和无事草还是你本店的调料，产自玉泉山，和今天晚上菜料的味道一样。"

兰艾艾惊恐地从椅子里起身，后退了几步："你连调料的细微差异都尝得出，你这眼差之人的舌头竟能比得上'天狗'。"

"人瞎了，嗅觉和听觉就会变得更加灵敏，老天爷总归是饿不死瞎家雀的。"报丧鸟囫囵带过了这个话题。

"呵呵。"一声充满敌意的冷哼后，兰艾艾恢复了常态。

"恭喜你'看'出了我的真身，但那又怎么样？"兰艾艾不屑一顾，"你成亲时我没能去，但夜天子他老人家向你下的命令我知道。他让你找的是《天书》，不是我。你不务正业，带着巡警围着我转悠什么劲？"

"这正是我纳闷儿的地方。"报丧鸟回答，"范秘书收藏的照片里为啥有你？"

"与我合影的人多了，你想的话我也可以和你同框。"说完，兰艾艾又顺带讥讽道，"不过可惜你看不见。"

"那为啥每一次《天书》出现的时候，你都在旁边？"报丧鸟又问。

"为了替主上分忧。"兰艾艾倔强地回道，"姓范的把书弄丢后，我是最先找到《天书》线索的人。一开始，我准备借李宏吉的手把书买回来，结果他连人带车被'飞尸'了。后来我又查到书可能在汪节手里，可还没等我调包换回来，他又连人带船一起消失了。"

"果然有人从中作梗。"报丧鸟品着兰艾艾的话，又笑，"这么说，你还是个忠臣？"

"哼！"兰艾艾不屑地应声，而后坐回了自己的椅子。

这女人身子很轻柔，坐回椅子的时候一点儿声音都没有。

兰艾艾坐定后，语气轻松地冲报丧鸟道："好了，既然都是为主上做事情的人，大家打个照面也就算了。书的事情你去办，我呢，等着干爹来救我。"

"我已经知道《天书》怎么找了，不过……"报丧鸟略一停顿，而后伸手指着兰艾艾，"我需要兰小姐帮我一起找。"

"老娘没那闲工夫。"兰艾艾本能地拒绝。

"您不能拒绝。"报丧鸟用威慑的口吻道，"因为如果您拒绝，就得死。"

报丧鸟那充满杀意的话，让兰艾艾愣了一瞬。但紧跟着，她便用嘲讽的语气道："我好怕，我好想看看你拿什么弄死我。"

虽然这女子满口称怕，但气势间没有丝毫畏惧的意思。想想也是，她有吴总长这样的干爹、青东洋这样的干儿子，还有夜天子这样的幕后大佬撑腰，可以说通吃黑白两道。这样的女人虽是贱籍，但背景太厚，巡警总长张树庭都不能把她怎么样，更何况势单力薄的报丧鸟。

所以当报丧鸟说出那样一番话后，兰艾艾必然是不屑一顾的。面对着对方的嘲讽，报丧鸟平静地回答："兰小姐想错了，杀你的人不是我。"

"张树庭？"兰艾艾更加不屑，"他更不敢，而且只需要一晚上的工夫，我反而能让他心甘情愿地杀了你。"

报丧鸟直接挑明："其实，现在最想杀你的是夜天子，你那个真主子。"在鬼市"夜天子"三个字永远是有杀伤力的，也只这三个字能让兰艾艾收了她那张狂的表现。

那女人惊愣了一阵，声色俱厉地质问报丧鸟："主上为什么杀我？我没办错……"

"他必然要宰了你这条柔蛟的。"报丧鸟下完定论，又撂下话，"想听听其中的道理吗？"

"快说。"兰艾艾的呼吸有些紊乱。

报丧鸟缓慢地说道："其实从我接手《天书》这事开始，就有一个困惑。"

和常人不同，报丧鸟自始至终的困惑不是神书的内容和接触神书之人的离奇死法，而是那夜天子为什么要找他来办这件事情。报丧鸟虽然眼差，但见识过夜天子的手段，见识过他的庞大势力，知道夜天子在北平暗夜下几乎无所不能。就是这样一个似乎掌控一切的存在，却要让一个与此事毫不相干的眼差之人来替自己寻书，实在有些荒唐。无论如何也解释不通，任何说辞都牵强附会。

故而报丧鸟从一开始就隐隐约约地感觉整件事情都是另有隐情的，似乎在寻找《天书》的名义之下，夜天子还想得到另外的东西。夜天子隐藏的目的报丧鸟始终没参透，直到他今天晚上与张树庭一起遭到了白纸人的伏击之后，才突然想通了这其中的道理，想通了为什么夜天子独独找他来接手《天书》的事情。夜天子选得真对，他也确实另有目的。

　　报丧鸟先和兰艾艾简单说了他们今晚的悲惨遭遇后，如是言："纸人袭击我们的手法，是夜天子的惯用手段，我媳妇救我的武器和书信却也出自夜天子的援助，你知道这意味着什么吗？"

　　"就好像……"兰艾艾回答，"有两个夜天子一般，他们两个在争夺那神书。一个在帮你，另外一个则想除掉你。"

　　"两个谈不上。"报丧鸟挑明，"但是在你们内部一定有一个想颠覆夜天子，夺取那《天书》的叛徒。"

　　"叛徒！"兰艾艾倒吸一口冷气，"'家'里出了'枕边刀'。"

　　"对。"报丧鸟又继续分析，"夜天子手眼通天，势力庞大，丢失的《天书》却反反复复搜寻不得。这只能说明和他作对、盗取《天书》的人非常熟悉夜天子的行动和本事，甚至也会用些他的神通。"

　　而也只有那种熟悉夜天子手段的内部人反水才会导致现在的混乱，才能真正威胁到夜天子，才能把那《天书》弄到手，又借着《天书》的名号，屡次用夜天子"下凡"的本事害人，进而让闻桑生有了两个夜天子的错觉，一个帮他，一个害他。

　　报丧鸟伸手重敲桌案："所以说夜天子让我找《天书》的真正目的，其实是为了把内部的这个叛徒揪出来，然后除掉。"

160

"主上身边出了个'枕边刀',"兰艾艾低声惊慌地嘀咕,又费解,"若真有叛徒,主上让我等除掉就好了,为什么让你这局外人拐外抹角地……"

"这才是重点,也是你家主上最聪明的地方。"报丧鸟冷笑,"我想那叛徒一定是藏得太深,故而纵是夜天子恐也不知道你们内部谁才是叛徒,更不知道在自己那庞大的势力中还能真正相信谁。所以,他便出了一招'借鸟食虫'之技,来帮自己揪出这叛徒。"

"借鸟食虫?"兰艾艾困惑。

"传说南方有一种神牛,体大力强,毛厚肉多,连猛虎都无可匹敌。这神牛虽强,却爱生一种蟹虫,那小虫钻进牛毛之下吸髓食肉,大牛奇痛难忍,虽然力大无穷却无可奈何。"

"我懂了。"被报丧鸟一点拨,兰艾艾立刻恍然道,"神牛无可奈何,痛苦中心生一计,找了种能吃那肉虫的鸟,请鸟把它身上的寄生虫都捉去。"

"对。"报丧鸟指自己,"我,就是那只帮牛捉虫的鸟。而此刻拿着《天书》的人,就是那只寄生在夜天子势力内部快将他搞死的虫。我找到《天书》的同时,也就等于帮你主子揪出了那叛徒。今天晚上袭击我们的家伙,一定是那'枕边刀'指派的。"

"懂了,全懂了。"兰艾艾嘟囔着。

"不,你远没有懂。"报丧鸟极其严肃地提醒,"柔蛟,我是局外人。既然是局外人,夜天子终究不能向我示弱,不能把他内部人的真身和脉络都告诉我,让我摸清他的底细,所以,他还想了一个更毒的办法。"

"什么办法?"

"夜天子在我成婚那日,以你、宝蟾、飞鹰、刀鳅四个手下的名义分别给我送了活海参、宝夜壶、文明杖、金子弹四样礼物。夜天子能控制鬼市，他的手下必定不只这些，但为什么独独让这四人来送东西呢？为什么独独要提到你们四个人的名字？"

说话间，报丧鸟在审讯室里来回踱步："这里边的问题现在我想明白了。夜天子虽然不能确定那个叛徒是谁，却通过某种方法大概圈定那叛徒一定是你们四个人中的某位或者数位。所以他才让你们四个给我备礼，又在送礼的时候刻意提到你们在鬼市的名号。"

报丧鸟言至此，思维敏捷的柔蛟接茬："照你这样说，这四样礼品其实是四个线索。通过他们，你就能一一找到我们的真身，进而调查是谁拿了《天书》，谁是主上的叛徒。"

"很聪明。"报丧鸟夸赞了兰艾艾一句。

"我没有背叛主上，"兰艾艾激动地辩驳，"主上为什么怀疑我？"

"这得问你自己，"报丧鸟揣测，"你一定是做了什么让夜天子起疑的出格事，他才如此对你的。而如果你想洗清自己的嫌疑，那就配合我，在接下来的八天里，找到那个叛徒，夺回那本书。"

兰艾艾依旧犹豫："为什么找我帮你？"

"毕竟，你对夜天子终究是比我熟悉的，和其余三位我想也有交集，我想要追查剩下的人，就必须要有你这样熟悉内情的人来为我辅助。"

报丧鸟时间紧迫，没法儿给兰艾艾过多的考虑时间，因而他索性威胁："兰小姐可没选择的余地，如果您不帮我，等我的时间一到，我就会告诉夜天子，您就是叛徒，就是盗取《天书》的人。到时候他会怎么对你，还用我说吗？"

"诬陷！"兰艾艾咬牙切齿，"你好毒。"

报丧鸟苦笑："您是深水之蛟，比泥鳅还滑溜，比水蛇还难缠，我不耍些手段又怎么能驾驭得住您。"

威胁完，他又提醒："况且，就算我不这么说，或许等八天之后夜天子就会拿出壮士断腕的勇气，把你们四个甚至你弟弟都解决掉，免得夜长梦多。"

听着报丧鸟的话，兰艾艾满脸惊恐。显然她没有想到这一层。惊诧后，她的身体猛然陷进了椅子里，虽然像只泄气的皮球，但她轻柔的身段依旧没有让那椅子发出太大的响声。但报丧鸟还是感觉得到，兰艾艾屈服了，彻底没了和自己对抗的心思。

那女人在一声沉重的叹息后，果然说："好。你想知道什么，我告诉你。"

兰艾艾妥协后，报丧鸟立刻问："你是怎么加入夜天子的势力的？在里边什么地位？可见过夜天子的真面目？"

兰艾艾回道："我没见过主上。"

原来，这个兰艾艾虽然是夜天子的得力干将，却并未见过夜天子的真身。她知道夜天子有十分庞大的势力，但并没有真正参与过夜天子的管理。甚至可以说，她和自己那号称"鬼八爪"的弟弟，都只是夜天子手下最底层的"走卒"而已。和几乎所有自称接触过那位夜天子的人一样，兰艾艾也是在极端潦倒之时，被那夜天子主动收入麾下，慢慢栽培的。

兰艾艾说第一次遇到夜天子，是她与弟弟刚到北平的时候。当时姐弟俩初来乍到，处处受到地头蛇的排挤和勒索。其间有一个叫"白拐子"的小混混儿看上了兰艾艾，就在那小混混儿掳了兰艾艾，在偏僻处逞凶将成时，兰艾艾却突然看见那家伙的胸口处贯穿出了一把杀猪的尖刀。至今她还记得那尖刀的样了，记得刀尖破胸后带着热气和鲜血，记得人血顺着刀刃一滴滴地滴在自己的脸上、嘴边、眼里。

恶人的血让她慌张，也让她兴奋。她知道自己得救了，在那小混混儿的背后，定有好汉拔刀相助。被刀扎透的小混混儿很快瘫软下去，兰艾艾也穿好衣服，准备起身照规矩向恩人致谢。就在她顺着刀柄望向那人时，却惊讶地发现那个持刀捅死恶人的家伙根本就不是人，而是一个头贴黄符、脚踩麻鞋、无眼无脸、浑身上下咯咯作响的人样"木头傀儡"。面对着持刀傀儡这般诡异的东西，再淡定的人也受不住这刺激，兰艾艾当时便愣住了。偏偏在兰艾艾惊慌失措之时，傀儡人不知从什么部位出声，竟吐人言："我救得了你一回，救不了你第二回。你想一辈子都被这种人欺负吗？你还想看着弟弟被人活埋吗？"

兰艾艾本就是心智过人的奇女子，被这木头人一问，顿时便从惊慌中跌落回那个名叫现实的炼狱。虽然她不知道这木头人如何探得自己的往事，也不知道这家伙到底是什么来路，但她还是猛地摇头回答："不想。"

"好。"木头人继续告诉兰艾艾，"只要过了我的考试，你便能从此平步青云，更可将世人玩弄于股掌之间，再不受这般地狱煎熬之苦。"

面对对方的诱惑，兰艾艾只问了一句话："让我听你的，可你又是图什么呢？"

"他只回答了我三个字'夜天子'。"回忆至此，兰艾艾又对报丧鸟讲，"为了我和我弟弟，我硬着头皮通过了夜天子的考验，然后又在他的关照下，成了现在的柔蛟。"

"哦。"报丧鸟点点头，忍不住好奇，"夜天子当年给你设的什么考验？"

"让我处理尸体。"兰艾艾艾一语惊人，"他让我把那白拐子的尸体用一晚上处理干净。"

"一个晚上。"报丧鸟咋舌，"你办到了？"

"嗯。"兰艾艾用愤怒、解恨且毫不顾忌的声音说。

报丧鸟听得有些心悸，急忙岔开话题："后来呢？你没见过夜天子，他又怎么联系你？"

"主上吩咐我将他的木傀儡替身收好，每次他要找我吩咐什么事情，都是那具木头傀儡主动开口，或者他手下别的人前来传达。"

"与我差不多。"报丧鸟恍然，又问，"那你帮夜天子干什么？"

兰艾艾回答说，她主要负责招待与引诱被夜天子看上的男人，收集公府之人的龌龊事，偶尔还帮夜天子处理棘手的尸体。

略微盘算后，报丧鸟继续问："那夜天子别的手下呢？刀鳅、宝蟾、飞鹰与你有来往吗？你感觉他们哪个是叛徒的嫌疑最大？"

兰艾艾犹豫思索了一下才答："夜天子禁止我们私下接触，偶尔我们有需要时会碰头，但也都是戴着面具尽量隐藏自己的身份，一切都和鬼市上的规矩一样。他们三个人的本事和地位，我只是略微知道点。"

"那他们有什么本事，说来听听。"报丧鸟催促。

稍稍思考后，兰艾艾开口："先说那个宝蟾吧，传闻里他是北平鬼市中最有钱的主。"

在夜么虎子的口口相传中，宝蟾最大的本事是理财。据说他有外国人的渠道，纵然北平政局再乱，也有办法弄到美元、金银等外汇和硬通货，堪称是鬼市的财神爷，更是夜天子管理账目的西家。

说完宝蟾之后，兰艾艾又提起那个给报丧鸟送了一盒金子弹的刀鳅，并言及刀鳅乃是在鬼市中帮夜天子打理"软生意"的。所谓"软生意"，是指鬼市中各种各样的药材，可能也因管理药材的缘故，刀鳅还是个用毒高手，一直帮夜天子干一些以毒鸩杀之类的脏活计。

"毒……"报丧鸟想起了自己的媳妇，忍不住问，"夜天子有一种毒叫'刀血药'，是他弄的吗？"

"那东西就是此人发明的，且只有他爱用。"兰艾艾用有些惊怕的语气回答，"那玩意儿又叫'三月红'，初入人体的时候，能让人的外伤恢复得奇快。但是时间长了就会变成血毒，血毒爆发的时候，人会死得很惨。"

"这，怎么个惨法？"报丧鸟皱眉问。

"你不会想知道的，我也不忍去想那画面。"

兰艾艾的态度，让报丧鸟更加了解了单飞燕现在的危险。他强迫自己不去想那最恶劣的情况，又问："最后一个飞鹰呢？他是什么样的人？"

"他？"兰艾艾有些犹豫。

"你不知道吗？"闻桑生追问。

"还是知道一些的，"兰艾艾回答，"他是给主上跑货运的，是水路旱路通吃的神人。本事很大，曾夸海口说除了天上的星、水里的龙，只要世界上有的，再稀罕的东西他都能弄到。"

报丧鸟猜想自己结婚那天，夜天子带给他的活海参八成就是这家伙弄到手的。

"我知道的就这些了。"说完那另外三人的情况后兰艾艾结语。

不知道为什么，报丧鸟感觉兰艾艾最后说话的语气很怪。虽然她是用很胆怯的语气，报丧鸟却感觉她的话如绵里藏针一般。或许兰艾艾并不是真心服他的，因为他报丧鸟与夜天子一样在用恐惧和姐弟俩的命来驾驭自己，而且更加低劣直白。这样做无耻，但管用。

思索了片刻后，报丧鸟站起来吩咐道："您今夜恐怕还得和我去趟我家，帮我品品那另外三样'礼物'，看能不能从中发现什么可以找到另外三人的线索。"

"好。"兰艾艾应答，之后又言，"先生，我还有句话不知道当不当问。"

"你是想问我，我为什么找你和我合作？万一你就是那个夜天子的'枕边刀'怎么办？"

"对。"兰艾艾回答，"你如何就确定我不是那叛徒？"

报丧鸟摇了摇头："我不能确定，我是在赌。"

"赌？"兰艾艾愕然。

报丧鸟坚定地说道："被夜天子怀疑的手下有四个，我又必须找你们其中一人合作才能查清楚这件事情。算下来你不是叛徒的可能大概有七成半。相对来说，我赌这一把的赢面还是比较大的。"

"你这是在赌命。"兰艾艾感叹，"你的胆量真大，若你不是个眼差的，定然能成大事。"

报丧鸟平淡地回答："废话就甭说了，耳朵起茧子。"

当闻桑生从审讯室里出来时，门外候着的青东洋和张树庭同时走了过来。"怎么样？盘出什么了？"张树庭问。

闻桑生先是摇了摇头，而后严肃地告诉他们二人："二位，事情复杂了。这兰艾艾的嫌疑我一时半会儿捋不顺，如果想找到《天书》，得把她带到我家继续盘问。"

"什么，你家？""鬼打颤"的过道里发出了一阵十分震惊的惊叹，那声音里充斥着极端费解的味道，明显他们全都弄不懂这兰艾艾和闻桑生之间到底发生了什么样的猫儿腻。

"胡闹！"青东洋最先抗议，"我干娘去了你的地方要是有个三长两短，我没法儿和我干爷爷交代。"

闻桑生不满意道："兰艾艾和我去我家，是她心甘情愿的，没人逼迫。"

"扯淡！我干娘是红透北平城的厨娘，八抬大轿都请不动，连干爷爷想吃口菜也得亲自登门，怎么可能……"

"是我自愿的。"正在闻桑生和青东洋争执的时候，那兰艾艾却在审讯室门口打破了他们的胡乱猜测。兰艾艾说完这句话，又坦白道："我承认，是我怂恿李宏吉买那《天书》的，也知道此书的内幕。但是如果想让我透露更多，我只能对闻先生一个人说。"

"荒唐！"张树庭特别不满意，"你作为警察局的嫌犯，擅自出审讯室，还如此猖狂，是可忍孰不可忍。"

"张总长，"兰艾艾语气间丝毫不惧怕张树庭的威慑，反而还颇有气势地质问，"您为什么关我呀？"

"你把我兄弟吃中毒了，还涉嫌袭击公府要员。"

"是吗？"兰艾艾冷哼，"可我看见您这顾问活得好好的，您遇袭时我正在这儿蹲号子呢。"

"你！"张树庭一愣，旋即道，"总之不能放，就算是放，你也得告诉我，为什么你只愿意跟闻先生走。"

"简单啊。"说着，兰艾艾伸出细嫩纤指，毫无征兆地拉住了闻桑生的手，一边与他十指相扣，一边回，"他比你们更有胆量，

168

更像男人。我服他，所以我只对他说。"

"啥？"张树庭、青东洋乃至吕焕文都发出了一声充满醋意的疑问。

这堆人里闻桑生最怕张树庭误会，便只好硬着头皮拱手告诉他："总长，您要是不放心就开车跟着，而且我身边有媳妇和老丈人呢，能做什么出格的事情？您犯不上和我这眼差的较劲吧？"

张树庭最终只说道："我能不担忧吗？我怕你被人家煲了汤。"

说完这负气的酸话，他撇下闻桑生气呼呼地走了。不过在皮鞋声消失之前，他还不忘在走廊里撂下一句："让她填释放证明，保释的那种，别到时候小报说咱手续不全，胡拘乱放。"

张树庭走人后，这"鬼打颤"里再没有了和兰艾艾故意做对的人，她的干儿子青东洋更是在张树庭的脚步声消失后，讨好地冲兰艾艾道："干娘，我把您送回去？"

"我说了，去闻先生那里过夜。"

青东洋犹豫："这么晚了。"

"少问两句，"兰艾艾向青东洋许诺道，"今儿少问两句，赶明儿我见到吴总长，多帮你说几句好话。"

青东洋是个官迷脑袋，听了兰艾艾的承诺，当即如被灌了迷魂汤一般笑回："好嘞，不问了，您走好。"

青东洋和吕焕文带路，恭恭敬敬地将兰艾艾以及闻桑生一家人送出了"鬼打颤"。在门口，青东洋按照张树庭的吩咐给兰艾艾填写了一张保释的单子。那单子在兰艾艾手中很快填完。她停笔之后，却并没有将单据交给狱警，反而是把那纸张递给闻桑生："先生，这保释单需要一个保人，您适合做。我已经写了您的名字，麻烦您摁个手印，画个押。"

说完，也不管闻桑生同不同意，兰艾艾竟直接以指尖捏住了他的手掌，引导着放在保释单上："这里。"

　　兰艾艾的指甲又滑又尖，轻掐在闻桑生的手掌，顿时便将一种酥麻的刺激传入了闻桑生的身体。这有意无意的动作，流露出浓浓的风情。若换成别的场合，绝对能让男人感到享受。但可惜的是，今日里闻桑生的媳妇和老丈人就立在他身后，故而他被兰艾艾这样一勾，只感觉到说不出的别扭和紧张。无视掉兰艾艾的"勾引"后，闻桑生接过印泥，涂了手红，在保释单上画了押。

　　画押过程一切顺利，但闻桑生的手指与保释单的纸面发生接触时，他突然感觉到这张保释单的凹凸纹路和质感有些熟悉，似乎在什么地方见过类似的东西。心中怀着不安但又无法确切核实的新发现，闻桑生并没有表现出什么特别的情绪。

　　在画押之后，他只是淡淡地问了周遭人一句："你们这纸好韧性呢，似乎是裱糊的纸吧？"

　　"没错，就是裱糊纸。"有狱警随口答了一句并解释，"监狱太潮湿，用别的纸会发霉。"

　　"哦。"闻桑生点了下头，再没有也更不敢多说什么。

　　签字画押过后，兰艾艾他们便算是正式出了"鬼打颤"，而后那副官吕焕文开着车，将这一行人送到了闻桑生家。

　　闻桑生下车后，立刻让单老汉和单飞燕守在院口，以防不测，他自己则带着兰艾艾进屋去观察另外三样宝贝，企图从中找到有关夜天子夺书叛徒的线索。当闻桑生弯着腰，从地砖下把那三样东西取出来后，兰艾艾上来便好奇地问："那不是死人王的八宝金夜壶吗？为什么送你礼的人里没他？"

　　"他被夜天子弄死了，"闻桑生回答，又点明，"这东西是夜

170

天子以宝蟾的名义送给我的。"

"这就怪了。"兰艾艾伸出手，轻轻敲击了几下那只八宝金夜壶，又告诉闻桑生，"主上这么安排，说明这金夜壶和宝蟾定有联系。"

"所以我需要参悟。"说话间，闻桑生将金夜壶递给兰艾艾，"兰小姐，您是有眼睛的人，帮我看看这夜壶有什么与众不同之处吧。只要咱参悟出来，我想定能顺藤摸瓜找到那宝蟾的真身。"

兰艾艾应了一声，接过那夜壶摸索着端详起来。在她观察金夜壶的这段时间，心负重压的闻桑生手心始终在出汗。他迫切地需要知道结果，迫切地需要知道自己是否赌对了。沉寂了一阵后，那抱着金夜壶的兰艾艾有了动静。但是让闻桑生意外的是，她并没有开口说话，而是突然弄出了一种特殊的"滴答"响动。

起初，闻桑生听着这动静有些莫名。但没过多久，他终于反应过来，这明显是兰艾艾的泪珠滴在这镶金夜壶上的声响。兰艾艾竟然哭了，对着个夜壶哭？这让闻桑生有些始料不及。诧异中，他主动问："这夜壶是不是让兰小姐想起了不好的往事？"

"是。"兰艾艾缓了缓，用悲伤的口吻回答，"我刚到北平的时候没活路，和弟弟靠刷马桶过活。但就算是在那种日子里，也有混账家伙变着法地欺负人，甚至还把刷马桶的水往我……"

话说到一半，兰艾艾收了声，只剩下忧愁的哀叹。闻桑生知道那必然是一段极其痛苦的回忆，这种回忆还是不说为好。

因为兰艾艾的哭泣，闻桑生的思路有些断了，再加上她忧伤的哀叹，闻桑生意识到经过这一晚上的折腾，每个人都太疲惫，不能再这样硬耗下去了，否则于事于人都无益处。故而他建议："兰小姐，今儿到此为止吧。如果不嫌弃，就在我这儿休息一晚可好？房子虽破，但床和被褥都是新的，尽管用。”

“这不好吧？”兰艾艾踌躇，“红缎绿被，一看就是你的新婚之物。”

闻桑生微笑：“这话说的，我这里地方狭，只有这屋安全。你又是客，自然要睡在万全的地方，这也是规矩，待客的规矩。”

或许是出于良心的不安，闻桑生又语气和缓地告诉她：“兰小姐与我现在是一条绳上的蚂蚱了，想活命只能互信对方，来不得半点虚假。所以我对你再不敢挂上鬼市的面具、规矩什么的。”

“信任。”听了闻桑生的话后，兰艾艾的声音越发细小。闻桑生与她说完那掏心窝子的话后，随即拖着疲惫的身体出了房间。

在房门外，闻桑生见了单老汉与单飞燕，先和他们说了兰艾艾要留宿于此的事情，并有取舍地讲述了一下他现在面临的问题和飞尸案。在得到自家人的谅解后，闻桑生便在本就不大的外屋里拼凑了桌子和板凳，勉强安置了老丈人和媳妇。至于他自己，则只能卷着铺盖去了他刀把样的小院子，头枕一只倒扣的海碗，做了次“天当被，地当床”的露营。

闻桑生枕着海碗睡觉，不是因为没有枕头，而是想在休憩之余，利用海碗汇声的原理听地音，给满屋子的妇女老人收集院外的声讯做警戒之用。

闻桑生想法不错，但可惜他透支的体力不足以支撑这一想法。几乎在头碰海碗的瞬间，他便陷入了混沌的睡梦。闻桑生虽说睡了，却睡得并不安稳。梦中，他脑子里闪过许多稀奇古怪的画面，然后又渐渐感觉那些画面聚合在一起，变成了一个人一样的东西，就立在他身处的漆黑院子中，冷冷地盯着他。

闻桑生疲惫的身体在感觉到有东西盯着自己后，便挣扎着想要

172

起身，但无奈他松弛的肌肉并不听他的号令，无论如何也动弹不得，直到他忽然又感觉到脸上的皮肤被某种东西触碰刺激着。皮肤上的触感非常怪异，它凉凉的软软的，就像是湿漉漉的舌头在舔他的脸。

随着感受到的刺激，闻桑生终于从梦魇中清醒，紧跟着猛然从铺盖里坐起身惊问："谁舔我？"

身边传来媳妇单飞燕的笑声："不是舔你，是我拿毛巾给你擦脸呢。"

"燕子。"闻桑生惊慌的心缓缓压下了些，而后问，"现在是什么时辰？"

"还早。"燕子回答，"你刚睡了一个时辰，再躺会儿吧。"

"才一个时辰？时间还这么早，你怎么不去躺会儿？"

"没法儿睡。"燕子解释，"听见你呼噜打得震天响，就知道你不可能放哨的，所以我就替你的班来了。又看见你身上的血吸引了不少蚊子，就顺带着帮你赶赶，不过就算这样也还是叮了不少包，弄了点碱水给你擦擦，省得你明儿痒痒。"

单飞燕轻描淡写的话，听在闻桑生心里暖暖的，他由衷感叹有个媳妇疼着真好。他握了握单飞燕被湿毛巾弄得冰凉的手："燕子，等这飞尸案的事情完了我就出息了，咱们换间房子过好日子。"

"到时候都听你的，但现在，"说话间，单飞燕又将闻桑生摁回地铺，"先睡吧，我帮你扇扇子。"

"你要不回去吧？"

"睡吧。"单飞燕坚持，"总得有一个盯梢的，你已经盯不住了，不得我替你吗？"

单飞燕说完，扇声又起，一股凉风很快拂过闻桑生的面颊，紧跟着他听见媳妇用清亮的嗓音轻哼小曲："风和日暖好春光，桃红柳绿百草香，九妹修行五百载，练成宝珠放红光……"

单飞燕唱的是花鼓戏《刘海砍樵》的段子，在北平算是杂调。虽说是不入流的曲子，但听在闻桑生耳朵里，却比得上九天的《凤凰吟》。在单飞燕的歌声中，闻桑生暂时放下了心里的担惊和对师仇的执念，进入了梦乡。这次他睡得很踏实，直睡到日上三竿，直睡到闻到一阵阵香熟的味道。

昨日忙着奔命，闻桑生的胃早唱《空城计》了，故而当他嗅到那味道后，立刻便坐起身子，问："什么这么香？"

"焦圈和蛋花汤，"一旁的单飞燕立刻回答，"你带回来的那个姐姐给咱做的早点。"

恰在这时，满嘴嚼咕的单老汉往院里招呼道："醒了？快进来吃口吧。"

闻桑生本就很饿，经老丈人这么一招呼，也不推辞什么，立时便借着单飞燕的搀扶坐到桌前，摸索着拿起碗筷品尝焦圈。

兰艾艾的焦圈是用胡麻油炸出来的，松脆油香妙不可言，咬一口能酥脆到骨头里去。她炸出的圈子外形还极美，圆润得简直就像戴在手上的镯子，品着这简单但精致的吃食，闻桑生在由衷享受之余也不由得感叹这世间的事情真是神奇。兰艾艾这样一双食能勾魂的妙手，谁能想到还干过洗涮马桶这样的事情呢。

当闻桑生吃到八分饱时，兰艾艾迈步从他家灶台处走来，冲他道："醒了？我见厨房有些菜料，就越俎代庖做了些果腹，别嫌粗简，尽量吃。"

这时候的闻桑生已没了饿意，嘴也有机会腾出来冲兰艾艾讲："谢谢，您做的早点妙不可言。"

"谢不得。"兰艾艾谦逊地回答，"倒是我得仰仗您赶紧找到《天书》，还我一个清白。"

听着兰艾艾的话，闻桑生无奈摇头："我没那找书的本事，咱们想活命，真正要靠的还得是夜天子留下的那三个物件。"

"对了，"经闻桑生这么一提醒，兰艾艾忙言，"今儿一早我又看了那金夜壶一遍，有了点发现。"

"什么发现，快说说。"闻桑生紧张地问。

"你随我来。"兰艾艾起身移步，径直抓住闻桑生的手，把他拉到了内屋。

到内屋后，兰艾艾又引着他摸索那镶金的夜壶。在闻桑生的手摸到夜壶上一个特定的地方后，兰艾艾提示："能摸索出什么不同吗？"

闻桑生此时摸的地方，是金夜壶上雕刻的一只镶金骷髅头的眼眶子。在那眼眶周围，有一些毛毛躁躁的刮痕，与别处平滑完整的表面有些格格不入。

品着手指间传递来的独特质感，闻桑生微微皱眉："这颗眼睛好像被人撬动过。"

"是的，但是没撬下来。"兰艾艾告诉闻桑生，"而且这里的眼眶子里镶嵌着的是一颗假宝石，谁会无缘无故打一颗假宝石的主意呢？"

"假宝石？"闻桑生追问，"什么样的假宝石？"

"红的，料器。"兰艾艾带着些得意道，"交通系的曹部长曾送过我许多红宝石的宝钿，我接触得多了，便能一眼认出真假。"

"红的，料器。"闻桑生低头嘀咕，细细品味。

自八岁被乌鸦啄伤眼睛后，闻桑生对于颜色和视觉的记忆便开始逐年消退。时至今日，他那模糊的记忆里，只残存有被乌鸦啄瞎前看见的一些可怕画面，故而对于红色，他几乎想不起，也不太理解那是什么样的颜色。

不过也得益于此，闻桑生对于"红"字的理解与正常人是全然不一样的，更明白夜天子不会平白无故将一种颜色暗示给他这个眼差的。

于是乎这个"红"，便有了特殊的含义。想着"红"字可能的含义，还有送此礼物的宝蟾的一些信息，闻桑生猛拍脑袋，兴奋道："我知道怎么查那宝蟾了。"

"这就能查了？"兰艾艾有些意外。闻桑生没有回答，而是转身急切地往外走。

"干什么去？"兰艾艾在身后问。

闻桑生则回答："我去找张树庭，只有他能帮我找出这个宝蟾。您也别闲着，现在就拿着剩下的那两样宝贝回玉香亭等我消息，我让我老丈人和媳妇护您回去，千万注意安全。"

闻桑生不是一个磨叽的人，出了屋门便将自己的想法和单老汉他们说了，而后叫了一辆黄包车直奔张树庭的总长府。

第八章　刀血药

　　当张树庭在总长府见到来找自己的闻桑生时，先惊了一跳，闻桑生今早少见的喜笑颜开。

　　"张总长，"闻桑生一打照面便抢着对他道，"我知道飞尸案怎么查了。"

　　"快，快说。"张树庭催促。

　　闻桑生点头哈腰间，把他昨天晚上盘问兰艾艾所得的"内容"，向张树庭讲述了一遍。原来那兰艾艾听汪节和李宏吉谈论过这买卖《天书》的卖家，知道卖给这二人《天书》的共有三个人，都是夜么虎子，在鬼市上的名号分别为宝蟾、飞鹰、柔蛟，号称是夜天子的手下。

　　"想必夜天子见财起意，就以《天书》为饵，得了钱后又耍手段杀人灭口，让这仨人把《天书》夺了回去，才有了今日的混乱。"闻桑生最后抛出了他的结论。

"是有几分道理，但那兰艾艾怎么一开始不说呢？"张树庭挠了挠头，又问，"闻先生，你到底用什么方法让她吐露这些的啊？能不能教我两招。"

　　"教个屁，"闻桑生一口回绝，"为了给您查案，我把身家性命都搭上了。"

　　被闻桑生一顶，张树庭竟真感觉有些不好意思了。含糊了半天，最终只问道："有办法查到那仨老鼠吗？"

　　"算有吧。"闻桑生说，"那个宝蟾我听说过一些，坊间传闻他真名里带个'红'或与之类似的字，是给夜天子打理账目的主。"

　　"带'红'字还管账目，"张树庭挠头想了想，"太笼统，没法儿查啊。"

　　"有法子。"闻桑生提醒他，"您想想，能给夜天子这样庞大势力打理账目的人，恐怕头脑必须得好，还得是个有经验的老账房吧？"

　　"对。"张树庭点头。

　　"您之前查过夜天子，他在银行里开了许多户头，很多大宗买卖都是从跨国银行进出的款项，对吧？"

　　"对啊。怎么了？"张树庭依旧费解。

　　"这不明摆着吗？"闻桑生挑明道，"如果宝蟾真的管理夜天子账目的话，他一定是一个对洋行系统非常熟悉，且现在已经被解职的、名字里还带个红字的人。"

　　"可你怎么知道对方被解职了？"张树庭一愣。

　　"我虽不懂账目，但也知道做账是个技术活，需要大量时间。他如果不解职而是兼职为夜天子做账打理的话，没有精力也易被

178

人发现，所以这个宝蟾必定是个已被解职或者破产的洋行高级雇员。"闻桑生强调，"被解职的银行高级雇员，人在北平，名字里带个'红'字，这些信息拼凑在一起，合适的人可就屈指可数了，以您张少爷在金融系统的关系，查起来不难吧？"

在闻桑生说话的时候，张树庭已经激动得连呼吸都变了。

"不困难，而且我心里已经有了个嫌疑人。"

"这么快？"闻桑生急问，"谁？"

"徐赤金，"张树庭回答，"一个我应该管他叫叔叔的人。"

"叔叔？"闻桑生听愣了。

张树庭点头，告诉闻桑生："他是我爹的好友，搞金融的。"

张树庭又说，这个徐赤金前清的时候在大名府当"钱粮师爷"，是个十足的老官僚，头脑灵活。清朝完蛋的时候，徐赤金没有如李宏吉那般搞什么宗社复辟，而是投入了洋人的怀抱，利用自己在官场的人脉和经验，与法国人合办了处银行，也风光了一阵。可后来，那银行因为"金佛朗案"受牵连倒闭，他没了事业不说，还欠了一屁股债，最后被客户逼得实在没辙，就在东交民巷附近买了间公寓，躲债主去了。

说完此人的背景，张树庭续而评价徐赤金："我这位叔叔虽然名字里没有'红'字，却有'赤'字，我想也算是名中带红。而且我这叔叔不服老，他躲在靠近东交民巷的那种地方，据说原因之一就是靠近各国洋行，方便东山再起。"

"这种人有振复之心，容易受夜天子蛊惑，再加上他闲居在家且做过银行业务，确实有大把的时间帮夜天子打理账目。"闻桑生听着张树庭的话评论道。

"你说得太对了。"张树庭猛拉住闻桑生的导盲棍，"事不宜迟，我现在就带你去东交民巷找他。但是你记住，东交民巷是使馆区，没有确凿证据不能擅动。所以这次去，咱尽量找到实证。"

"明白了。"闻桑生擦了擦额头的汗水。

飞尸案又有了嫌犯，这算是闻桑生带给张树庭的一个天大的好消息。在这个消息的刺激下，张树庭有了干劲，稍微准备了一下便带着闻桑生出门，准备直奔东交民巷。

只是张树庭刚出了巡警总衙门，就看见那特别科科长青东洋的汽车缓缓开了过来。那挂着"666"牌号的崭新福特敞篷车在二人面前停稳，青东洋立刻从上边蹦跶下来，紧跟着笑嘻嘻地冲张树庭问："二哥，出门查案子啊？"

"叫总长。"张树庭望了望四周警卫，又问青东洋，"你不是正在扩建'鬼打颤'吗，不监工跑我这儿干吗？"

"吴总长让我来的。"青东洋从包里拿出一张公文递给张树庭，"我升官了，现在除了管'鬼打颤'，还是特侦专员。"

听着这陌生的头衔，张树庭满脸疑惑地将那公文接过来，仔细看着。那是将军府的一张临时委任状，上面有市政处和陆军部的双料签押，在红头印戳之下，则是他顶头上司、陆军总长吴光真的字迹。

吴光真在委任状上写道：

恣委任青东洋为特侦专员，协助巡警部限期破获飞尸案，惩治凶手，寻回国宝《天书》，令到上任。

张树庭一字一句读完了委任状上的内容后，颤抖着将手放下来，用恶狠狠的眼光盯着满脸贱笑的青东洋："你跑吴总长那里告

180

我黑状了，他派你监视我的？"

"我也是没办法，"青东洋挠挠脑袋，"你总是三番五次抓我干娘，这事我不告诉我干爷爷，别人也会捅。我这当干孙子的不早吭气，显得不孝敬，这以后……"

"你！"张树庭猛地举起手，做殴打状。

"别打。"青东洋捂住脸，如小丑一般畏声畏气，"二哥，看在我当年替你挡枪的情分上，让我掺和这事吧。我也没想到吴总长给我派了这么一份监差，现在是赶鸭子上架，不行也得行了。"

张树庭攥了攥拳头，终究没有打下去，倒不是因为看在过去的情面上，而是因为自己手里的公文。

一阵沉默后，张树庭转身问一旁表情特别严肃深沉的闻桑生："闻先生，您怎么看？带他一起去看我叔叔方便吗？"

"青科长是自己人，自然方便。"虽然闻桑生给了张树庭一个相当客气的答案，但不知道为什么，张树庭总感觉似乎他还有什么话，想说又不能说。

青东洋的突然出现和介入是闻桑生始料不及的，虽然与张树庭一样不待见这个告黑状的小人，但碍于青东洋手里的委任状，他知道无论如何都甩不掉此人了。既然甩不掉，闻桑生觉得还不如顺水推舟，把他弄进来，在他监督张树庭的同时，自己也好查查这个人是否与此事有牵连，是否也在惦记《天书》。怀着复杂的目的，闻桑生接纳了青东洋，三个人共坐一辆汽车，向东交民巷飞奔而去。

汽车在北平的大街上开了很久，一直到闻桑生耳朵边嘈杂的人声里渐渐夹杂着稀奇古怪的外语才变缓。街道上那些洋人的语言，闻桑生不解其意，却也明白那标志着此时大家已进了东交民巷的地界。

东交民巷在北平可是有名得很，有名到闻桑生虽瞎，也知道这里乃是外国人的使馆区，是北平一等繁华安全的地段。各国大使馆、银行、西餐厅、邮局和洋百货鳞次栉比，高大的建筑间穿行着的多是外国人、交际花、巡捕和官僚。

这里没有北平别处街道上经常听到的乞讨声，没有大令和巡警的吆喝，也没有别处胡同里经常能闻到的屎尿气味。有的是高档香水、奶油面包和油印外汇的丝丝飘香，有的是在那些香味下隐藏着的铜臭味道和国家博弈。

这里是另外的一种光怪陆离的诡市场，虽无鬼市之名，却有鬼市之实，也难怪鬼市里的夜么虎子对东交民巷有二十个字的形容：美女交际花，间谍巡捕狗。衣冠禽兽居，杀人不见血。

三个人到地方后，张树庭率先下了汽车，走出七八步后立身停下，摁响了一处房门口的门铃。

"叮咚"的声音响动不久，一声铁闸门的"哗啦"又紧跟着响起。

而后，闻桑生听见从那门里边走出了一个踩着高跟鞋的女人，那人一见到张树庭便含笑问话："Good morning, What can I do for you?"

闻桑生虽听见了张树庭和看门人叽叽喳喳的对话，却一句也没听懂，故而他忍不住向一边的青东洋请教："张总长在对黑话吗？"

"不是黑话，"一旁车座里的青东洋哼笑，"他俩在对洋文呢，我估计人家说的话张树庭根本就不懂。"

"他不是在欧罗巴留过学吗？"闻桑生好奇。

"欧罗巴分好几国的，而且就算是同一国，估计也分南北口音、乡下郊外之类的。"

正在青东洋拿张树庭调侃时，张树庭和门口女人的交涉也有了结果。

"敢情你会中国话啊，"张树庭愤怒道，"那你和我拽什么劲！"

"对不起，"那白人女子用异常熟练的中国话回答，"我以为你们又是日本人。"

张树庭狠狠攥了攥拳头，对那女人说："我找徐赤金徐叔叔，麻烦通报一声，就说晚辈张树庭求见。"

女人闻言回身进屋，走了没多久又回来道："请进。"

张树庭等人也不磨叽，当即便在这女人的带领下走进了徐赤金的公馆。

在这四个人的队伍中，闻桑生走在最后，他始终竖着耳朵仔细听辨着这公馆里的动静。随着步伐和导盲棍传来的回音，闻桑生发现这公馆并不如他想象中的大。地面的地板虽然也是西洋式，却不是上等的橡木或者时下流行的白蜡木，而是比较廉价、能发出独特声响的软桦木，还是厚度最薄的那种，听着像随时要散架一般。

众人进屋后，闻桑生被徐家的洋保姆带到了洋沙发前，他摸索着坐下去，发现这沙发都是布面，并不像豪门阔佬以及六国饭店那般用牛皮之类的高档玩意儿。

这公馆寒酸的装修让闻桑生有些意外，而正当他细品这里的环境时，公馆里的一扇侧门被打开了。随着开门声，一个兴奋又有些无力的嗓音冲张树庭道："哎哟，贤侄公务繁忙，怎么有空到叔叔这里来？"

说话的人，毫无疑问是徐赤金。徐赤金出来后，闻桑生等人全

183

部起身以示尊重，张树庭更是快步走到那老头儿身边，一边搀扶，一边恭敬地回答："徐叔叔，我和同事公干路过，就顺道进来看看您。您最近身体怎么样？"

"老啦，现在就是活一年赚一年啊。树庭啊，既然来了就吃点饭再走吧。你们一定要尝尝这东交民巷里的'吊炉马蹄'，据说俄国和德国的公使吃了之后流连忘返，还带回去给他们的皇帝进贡了呢。"

徐赤金说完，也不管张树庭乐不乐意，径直从兜里摸出一些铜板来："普洛斯，拿着钱去给这三位买些火烧，再弄点烤肠和啤酒——酒要英伦的友啤，去吧。"

"不用了徐叔叔，我们待会儿就得走。"张树庭欲推诿。

"普洛斯，拿钱。今天谁也不许走，"徐赤金气哄哄道，"谁要是走了，我这把老骨头和他玩儿命。"

在徐赤金和张树庭的争执中，闻桑生微微笑了下。因为他通过钱响声听出那徐赤金的手里只有三枚十文的铜板。那么点钱在平时或许能买顿饭，但在现今物价飞涨的北平城，别说啤酒烤肠，就是光买吊炉火烧都不够。能说出这样幼稚的话，闻桑生觉得这老头儿要么是在公馆里独居太久，不了解市面的物价，要么就是诚心装傻，在干扰大家的判断和调查。

一番推诿后，张树庭终究没拗过徐赤金，最后还是让那个叫普洛斯的洋保姆拿了钱。徐赤金糊涂，可那洋保姆并不傻，在拿到铜板后，闻桑生听见她掂量了一下，紧跟着没有直奔门口，反而去了别的房间，在里边翻箱倒柜地找着什么。八成，是去凑钱了。

洋保姆走后，青东洋惊讶地问徐赤金："老人家，您够时髦啊，请的保姆还是洋丫头。"

184

"普洛斯？"徐赤金摇头，"她是我早些年认的干女儿，曾经做过我的秘书，银行倒闭之后就留在我这里当保姆了。"

闻言，青东洋颇为佩服地问道："您养这么一个保姆，得花不少钱吧？"

"花什么钱呢，"徐赤金呵呵笑着，"关键是……"

"关键是你得有钱。"这个时候，张树庭突然接了茬，而且语气颇为严肃。或许是因为昨日兰艾艾的刺激，这回见徐赤金，他没有再犯那被人套路的错误。

仅仅几句寒暄后，张树庭便直奔主题："徐叔叔，您的钱如果来路正，爱干什么随便。可我只怕您见财起意，受某些别有用心之人的利用，干杀人越货、飞尸盗窃的事情啊。"他故意将"飞尸"两个字掺进去说，已是一种非常明确的提示，但可惜徐赤金似乎并不买账。

在听了张树庭的明示后，徐赤金回应："树庭这话有理，所以昨天日本人找我出任顾问我一口就回绝了。老子虽然穷，但不卖国呀。"

"怎么扯到日本人上了。"青东洋忍不住插嘴，"直说吧，我们怀疑您参与了飞尸案，杀了汪节和李宏吉。"

"我杀人？"被青东洋一挑，徐赤金愤怒地拍打着沙发扶手，"原来你们不是来看我的，是怀疑我杀了人，要抓我？咳咳……"

徐赤金不断咳喘，瞬间让屋子里乱了套。张树庭怎么说也是晚辈，瞅着自己叔叔被气得要死，自然不能坐视不管。当他过去搀扶时，却又被徐赤金连打带骂："小兔崽子！怀疑我杀人，亏我和你爸爸还是八拜之交，亏我还给过你长命锁和百岁衣……咳……"

徐赤金咳得上气不接下气，没多久竟有了休克的倾向。这样的乱局中，张树庭不可能再去盘问什么，他、青东洋还有那个保姆只能互相搭手，让老头子在沙发上躺下。三个人又好一阵急救，徐赤金的呼吸才重新恢复正常。

"徐叔叔，您消消气。"张树庭无奈地说，"我们就是有点怀疑而已，其实您就算是宝蟾我也……"

"啪！"一个耳光重重打在了张树庭的脸上，紧跟着徐赤金大吼："你才蛤蟆呢！"

徐赤金这一耳光下来，顿时便让张树庭哑口无言了。就在这个混乱的时候，坐在沙发中久久不曾动弹的闻桑生却站起来，用手中的导盲棍指着道："行了，别装了，你就是那夜天子手下管账的宝蟾，我全听出来了。"

"诬陷我！"徐赤金大吼。

"我说的不是您，"说话间，闻桑生导盲棍一偏，"我说的是你，普洛斯小姐。"

闻桑生的话，瞬间将徐赤金的保姆普洛斯推至风口浪尖。普洛斯后退了几步，说："你在说什么，我听不懂。"

"你就是夜天子的手下，那个负责给他管账的宝蟾。"闻桑生重复了一遍。

普洛斯听完闻桑生的话后沉默了，反倒是青东洋开口质疑："眼差的，你也太逗了吧？普小姐一外国人，怎么可能给夜天子当手下。"

不等青东洋说完，闻桑生就打断道："人的模样就是一层皮，夜天子利用她这身皮，才让你们都猜不出宝蟾的真面目，这就是他高明的地方。"

普洛斯矢口否认："我不认识你说的什么夜天子，我是美国加

186

州人，我妈妈是爱尔兰的移民。"

闻桑生没有听普洛斯的辩解，只是用冷酷的语气分析："普小姐，你以前当过徐行长的秘书，熟悉银行业务。东交民巷是租界，巡警没有调查的权力，你躲在这里自然能帮夜天子把账目做得隐蔽漂亮。但你终究是个漂亮女人，既然是女人，便有瞒不住的小心思，我就是循着你的小心思才认出你的。"

闻桑生用手里的导盲棍指了指她的头："刚才搀扶徐先生的时候，我听见你的项链动了几下，金的吧？上边还挂着块琉璃珀？琉璃珀的金首饰，这种东西在鬼市能卖两三百块银圆。"

闻桑生又用导盲棍指了指她的手部："纯金的手环，我刚才听响，发现上边还有珐琅彩。这可是当年老佛爷和隆裕太后才用得上的玩意儿，在鬼市能卖上千块，还得是势力大的人才敢接。"

闻桑生又用导盲棍对着普洛斯周身画了一个圈："从你刚才走路，到把徐老爷搀扶起来的这段时间，我一直在听你身上的响动。你这一身首饰穿戴，少说值五六千大洋。都能买两栋这样的公馆了，这正常吗？"

闻桑生狠狠踹了馆公寓劣质的木地板："徐赤金破产之后，已经穷得叮当响。兜里只有几十个铜板能用，这样的人能付你几个工钱？"闻桑生说出了他心中能摆在明面的疑问。而除了那些明面的东西，他其实还有一个独有的佐证没有提。他还记得今天早晨兰艾艾与他探讨那金夜壶上的刮痕时，发现那是围绕一颗料器的假红宝石做出来的。现在他想了想，发觉这个提示的意思不仅仅指代一个"红"字，还表示"红"的主人是假宝蟾，而真宝蟾就在他的周边。几证并举下，宝蟾已然原形毕露，虽然结果极其意外，可没什么怀疑的余地。

闻桑生说完一切后，青东洋立刻拿出一副手铐把那女人控制了起来。张树庭则一边搀扶着徐赤金，一边感叹："今儿我算开了眼了，谁能想到给夜天子做账目的宝蟾，竟然是个金发碧眼的洋人。呵呵，真是高！"

"一条大鱼，马上抓回去好好地审。"青东洋兴奋地说。

"别！"闻桑生突然提出不同意见，"诸位忘了昨日咱们遇袭的事情了吗？以防万一，我看还是低调一些，青科长先去找几个便衣来接应，张总长和我在这里先审着。"

"这……"青东洋犹豫。

"去吧。"张树庭命令，"东交民巷这边非比寻常，低调点没错。"

闻桑生这几句话，听着是担忧安全，其实主要目的是为了支开青东洋，而当青东洋走了之后，便只剩下张树庭需要支开了。

在青东洋走后，闻桑生又小声对张树庭道："张总长，您叔叔惊得连话都说不出了，赶紧把他扶到房间里好好安慰一下吧。"

"宝蟾呢，"张树庭问，"她怎么办？"

"我先审着，"闻桑生笑着指指自己，"这事适合我干。"

"怎么又是你来审？"张树庭略微有些不满。

"要不您来，我照顾您叔叔？"闻桑生指指自己眼睛，"不过说好了，您叔叔回头要是有个三长两短，我概不负责。"

"算了算了，你审就你审。"张树庭无奈妥协，之后便将普洛斯与闻桑生关进了一间小屋，自己则陪着徐叔叔说安慰话去了。

房间里，闻桑生和普洛斯起初都没有说话。沉默中，闻桑生不知道普洛斯的所思所想，但是却知道这女人远比兰艾艾好对付。

普洛斯没有兰艾艾的巧舌如簧，所以被戳穿身份之后，她用沉

188

默来代替反抗。这样的人心思往往比较简单，只要能找到她最脆弱的点，肯定能一举击碎她的防御。而更加幸运的是，普洛斯心中最脆弱的点，闻桑生早就听出来了。在确定无人偷听后，闻桑生对她说："普洛斯小姐，和我做笔买卖如何？"

"买卖？"普洛斯困惑。

闻桑生用手敲击着桌子："如果你回答我的问题，我就不拿走你最稀罕的物件；如果你能坦诚，我就力保你无恙。"

"最稀罕的东西？"普洛斯不屑，"你知道我爱什么？"

"当然，"报丧鸟坚定地回答，"徐赤金的命。"

普洛斯对于闻桑生的答案不置可否，呼吸却急促了不少。而她那急促的呼吸声，已经彻底把自己出卖了。于是闻桑生更加放心大胆地说："徐赤金老而无用，连市面行情都不知道，却有肉吃，生活无忧，这只能说明你伺候得殷勤，甚至很大可能是你在贴钱养活这个落魄老人。"

而后，闻桑生用佩服的语气道："一没了钱就跑的女人我见多了，但你这样拿钱贴补男人的我还是头一回见。所以我想徐赤金于你必有大恩。否则作为宝蟾的你，早已能远走高飞，另谋它处过富贵日子了，何必低三下四地给那老头儿做保姆？"

在闻桑生说出这番话后，宝蟾普洛斯突然哽咽了。须臾，她告诉闻桑生："我不是美国人，是个北平的土著。"

"本地人？"闻桑生听傻了，好半天才继续问，"可你不是金发吗？"

"不怕您笑话，八国联军进犯那年，我妈被个洋教士污了身子生下了我。要不是干爹收留，我早被亲娘溺死在缸里了。"

闻桑生伸出大拇指："别人是假干爹，唯独你这干爹是

189

真的。"

"你要问我什么，报丧鸟？"普洛斯直奔主题，并特意说出了闻桑生在鬼市中的名号。

"看来你知道我是干什么的，既然这样我也不再瞒你。"

之后，报丧鸟将夜天子派他调查《天书》的种种原因和推论都对宝蟾讲述了一遍。最后自然也不忘告诉她，她现在是夜天子的怀疑对象，如果找不到那书，给不了夜天子一个交代，那么她和另外的三位都可能会被夜天子处理掉。

说完这其中的因果，报丧鸟才正式开问："我问你，夜天子的《天书》是不是你拿的？"

"不是。"普洛斯答得干脆利落。

"空口无凭。"

普洛斯解释："我给主上当账房，每月进项何止万金，有必要铤而走险，偷那本看一眼就送命的玩意儿？"

报丧鸟假设："或许你感觉自己的权力不够大，或许你感觉自己能取代夜天子？"

"这种想法我是最不敢有的。"普洛斯解释，"你知道吗？我以前犯过错误，夜天子他老人家动怒，在我身上下过'刀血药'。如果他感觉我没用了或者有了反叛之心，就会催动那毒药杀了我。"

"刀血药？"报丧鸟立刻想起夜天子也给自己的媳妇单飞燕下了同样的毒药，故而赶紧问道，"刀血药到底是什么东西？发作会怎么样？"

"是什么我不知道，但是发作起来会很惨。"普洛斯答，"浑身像刀割一样痛，最后会从人体的七窍往外喷血，那痛苦和生割活

190

剐没有区别。"

普洛斯对刀血药的形容让报丧鸟胆寒，他忍不住想象着那极有可能会发生在单飞燕身上的一切。他调整心态继续问："那你对飞尸案到底知道多少？是否清楚那些看过《天书》的人为什么一个个都惨死异处？"

普洛斯反问："你想知道夜天子杀人的手段？"

"是，我感觉那飞尸之案，并不是什么神力。"言至此，报丧鸟用近乎恳求的语气道，"如果你知道，如果你不是那叛变的人，我希望你告诉我。毕竟我知道得越多，救你和你干爹的可能就越大。"

普洛斯沉默了一下，最终回答："我只是个做账目的，回答不了这问题。"

报丧鸟略微失落，退而求其次："那和我透露一下你帮你主上打理的账目行吗？我有朋友是懂金融的，或许他能从账目上看出些端倪，进而从中找出夺了《天书》的'枕边刀'。"

这一次，普洛斯没有拒绝："最近一阵，主上突然给外国兵工厂打过款项，其中有一家美国工厂，是新……"话说到一半，她突然无故停住了，呼吸也猛滞了一下。

"怎么不说了？"报丧鸟困惑。

普洛斯依旧一言不发。

"普洛斯？宝蟾？"报丧鸟又叫。

普洛斯坐着的地方突然传来泉水叮咚一样的声音，突兀而怪异。循着那声音，报丧鸟起初以为是什么地方漏了水，滴在普洛斯的身上。但是当他伸出手，却意外摸索到了这女人的脸。此时，普洛斯那充满弹性的脸上到处都是水滴流淌的湿润痕迹，那些痕迹企歪曲曲的，全来自普洛斯的眼睛。

"哭了？"报丧鸟诧异问，"我有什么话说到你的伤心处了吗？"

"咳、咳、咳！"普洛斯没有答话，只突然剧烈地咳喘。而随着她的咳喘，报丧鸟感觉自己的手臂和胸口衣物都湿了。

他本能地抬起手臂，放在鼻前闻了一下。那是血的味道，普洛斯在咳血，眼睛里也在流血。意识到对方正在咳血的报丧鸟顿感事情不妙，于是他一边急切地呼喊着张树庭的名字，一边搀扶普洛斯，企图做些什么。

只是当报丧鸟再次碰到那女人的脸时，他傻了。因为他感觉到，此时不光普洛斯的眼睛，就连她的鼻孔、口腔乃至耳朵，都在渗出黏稠的液体。

普洛斯七窍流血！报丧鸟当即呆在原地，不知如何是好。此刻报丧鸟满脑子只剩一个词——刀血药。那种能让人浑身出血，痛苦到宛如刀剐的可怕毒药，那种单飞燕也同样身受威胁的恐怖玩意儿。

这东西，药如其名。如果发作在单飞燕身上，报丧鸟想都不敢想。心中恐惧茫然的他呆站着，直到感到有东西在拉自己的鞋子。随着突然的拉扯感，报丧鸟终于回过神来，意识到拉自己的是奄奄一息的普洛斯。察觉到人还活着的他急忙低头，顺触感摸索到了一只冷冰冰还带着浓郁血腥味的手臂。与此同时，他听见普洛斯用极其沙哑的声音，艰难地说："飞，飞……咳咳咳……"

那一个字之后，报丧鸟听见一阵并不算大的咳喘声，紧跟着便感觉自己的面颊以及肩头的衣服全被喷湿了。那味道强烈刺激着报丧鸟的鼻子，更刺激着他的心。最终，普洛斯的身子彻底瘫软了下去，再无动静。

虽然看不见，但报丧鸟明白宝蟾死了，而且一定是被刀血药杀死的。但为什么刀血药偏偏在这个节骨眼儿发作，报丧鸟不清楚，也不敢去想。太快了，一切仿佛是梦，噩梦。

当张树庭随着叫嚷声打开房门后，闻桑生接连在门的方向听见"咕咚、啪啦"两声响动。虽看不见，但闻桑生听出第一声是徐赤金晕倒在地的响动，第二声则是张树庭瘫坐在地上的动静。他非常理解张树庭和徐赤金的表现，因为眼前的一切足够让任何人感到惊恐，更不用说这里还是东交民巷，一个死条狗都可能引发外交纠纷的敏感地带。

恐惧终究不能解决任何问题，所以闻桑生扶着打颤的双腿，一边勉强站起来，一边告诉张树庭："一会儿青东洋回来，你们一定要把尸体和徐赤金偷运出东交民巷，要是洋人看见了，您这官绝保不住。"

说话间，闻桑生伸出血手，指了指自己："给我找身衣服去，我不能带着血出门，快！"

待闻桑生吩咐完一切，张树庭竟磕巴着质问："闻先生，说句实话。她是你杀的吗？是不是她掌握了什么东西，你才杀人灭口？"

"她死成这样子像是人杀的吗？"闻桑生用颤抖的双手紧紧捂着脑袋。

闻桑生知道普洛斯死得太不正常，太过蹊跷，是需要彻查的。但他依然强迫自己不去想"刀血药"这三个字和那诡异的死法。因为这样他就能不去想自己的媳妇也被夜天子下了同样可怕的东西，"刀血药"三个字已经深深刺入了闻桑生的骨髓。

张树庭虽然被普洛斯的惨死吓了一跳，但毕竟是上过战场见过大世面的人。在短暂的惊慌之后，他立刻行动，先按照闻桑生的意思找了衣物，然后把死人装进了麻袋，方便随时搬运。

料理完这些事后，两个人坐在沙发上，在钟表的嘀嗒声中等待着青东洋的到来。在令人作呕的血腥味中，闻桑生回想起普洛斯临死前说的那个字。

"飞……"思考间，他忍不住将那个字念出了口。

"飞？"听闻桑生嘴里念出了这样一个字，张树庭旋即追问，"什么意思？"

"这是宝蟾临死前说的遗言，就这一个字，但这个字定然和飞尸案有关系，要不然她不会在死前告诉我。"闻桑生告诉张树庭。

"一个字？没法儿猜啊。"张树庭困窘。

闻桑生想了想，又提起："她还说，夜天子最近给外国的军火商打过钱，恐怕是在买兵器。"

"飞？兵器？"张树庭挠了挠头，"从'飞'字我能想到的兵器，只有飞机和飞镖了。"

"飞镖肯定不是，但飞机……"闻桑生再次被张树庭拉回到了飞机这个他勉强能理解的东西上。想了许久后，他问张树庭，"你再重新想想，飞尸案会不会真的是夜天子派人用飞机干的，目的正是为了夺回他丢失的《天书》。"

"我早说过了，没可能。"张树庭一口否认，"别的不提，只说汪节吧。他死的时候画舫是在湖水中央停着的，飞机能不能抓起那么大的船咱先不考虑，它首先得能在湖水里降落啊。"

"降落？"闻桑生困惑地思索，又问，"我听说大雁之类的鸟是能在水上降落的，这飞机如果真的和鸟差不多，那会不会……"

194

"水上飞机！我怎么没想到呢。"张树庭猛拍了一下自己的脑袋，告诉闻桑生，"有一种飞机，确实能在水上起飞降落，而且北平城里就有一个会制作这种飞机的洋匠师，最关键的是这个人也在范秘书珍藏的那张黑白照片里。"

"是谁？"

张树庭往闻桑生身边蹭了蹭，回答："此人叫吴……"

"咚咚咚"的急促敲门声打断了张树庭和闻桑生的谈话。紧跟着，徐公馆的门口响起青东洋的声音："二哥，我带兄弟们来了，开门。"

张树庭与闻桑生的谈话只能无奈停止。张树庭一边起身开门，一边回应青东洋："小声点，别让外国人听见。"

青东洋带着三五个人进了屋子，并回答："放心，都有乔装。二哥，屋里味道不对啊，怎么一股血腥味？"

"你鼻子倒挺灵，是那麻袋。"

"麻袋？"青东洋诧异，"里边装的该不会是……"

"普洛斯。"张树庭回答。

青东洋快步走近那只大麻袋，掀起来看了一眼，紧跟着大吼："张树庭，你干的好事！"

"不是我。"张树庭辩解，"她七窍流血，就算是……"

"别说了。"青东洋突然变得异常愤怒，"张树庭，你太狠了，为了破案你在使馆区用私刑，把一美国人打成这样。你知不知道这是外交纠纷，你我都会被枪毙的！"

"我说了不是我。"

"不是你，难道是闻先生吗？"说完，青东洋转身就走。

"你干什么去？"张树庭惊诧。

"报告吴总长去，我还想多活几年呢。"

张树庭一听青东洋又要去告黑状，当即炸毛："老五你不许走，这事捅出去咱俩都没好果子吃。"

青东洋拉住门闩，回过身忐忑地说："二哥，别怪兄弟，我是从泥腿子和死人堆里爬出来的，没你那根基和家世，我玩不起。"

"瘦猪，你回来。"随着青东洋的话，张树庭唤了一声青东洋的外号，紧跟着竟然做了一个让所有人意想不到的动作。

他将随身佩带的大眼撸子枪从后腰里抽出来，拉好了保险，上了枪弹。愤怒的张树庭举枪冲青东洋大吼："你要是敢开那门，我就一枪毙了你。"

张树庭这一手威慑所有人都没想到，故而当他举起手枪的时候，在场的每个人都屏住了呼吸，仿佛游走于钢丝之上。

那青东洋更是忍不住失声："二哥，你家里有交通系的人脉，弄死个把美国人肯定也死不了。可我不一样，我如果被当成共谋，就全完了啊。"

"我没杀人，"张树庭愤怒，"是她自己死的。"

"对。"闻桑生也急忙帮腔，"而且这女的不是美国人，她是一个本地女人，回头徐赤金醒了，你可以亲自问。"

"哎，"青东洋突然开口，"徐赤金醒了嘿。"

"啊？"张树庭的身体微微动了一下。

"坏了。"听着张树庭和青东洋两边的动静，闻桑生心中绝望。

虽然瞎，但闻桑生却能品出青东洋的话乃是一招分心之计，因为徐赤金的呼吸始终没有很大的变化，一时半会儿根本醒不过来。但一切终究为时已晚。就在张树庭分神去观察他叔叔的时候，那狡猾的青东洋也将自己腰间的配枪拔了出来。

"二哥，让我走。我人多，你杠不过的。"手里握枪的青东洋底气一下子足了很多。

"瘦猪，你阴我？"

"你先举的枪！"

张树庭手里有枪，青东洋手里也有枪，大家还偏偏身处这谁也不敢胡乱开枪的东交民巷，一时间情况变得异常复杂。

听着动静，闻桑生知道现在是个僵局。如果他不站出来澄清其中的误会，张树庭和青东洋便只剩下鱼死网破了。为了防止最可怕的事情发生，闻桑生甩了甩掌心的冷汗，无奈地朝这二位爷迈出脚步。

很快，闻桑生凭借听力和导盲棍走到张树庭与青东洋之间，而后他停下步伐，冲这二位的方向轮流笑了笑，那是颇为无奈的苦笑："二位，大家再怎么说也是兄弟。各自退让一步，都有余地。"

"对！还有余地，咱们放下枪谈。"青东洋附和。

"你人多，要放也是你先放。"张树庭不满意道。

听着两边的口风，闻桑生知道让任何一方先把枪放下都是绝无可能的。他只得硬着头皮继续说："我明白当下二位谁也信不过谁，先消消气听我说几句话成吗？"

"讲。"青东洋先开口。

闻桑生把手指向那死人麻袋的方向："你们有车，把这尸体运出去偷偷处理掉不就没事了吗？退一步讲，就算这女的是个美国人，但依靠你们两位巡警长官的力量和手段，只要出了使馆区，她怎么死的不就是二位一句话的事吗？"

197

"闻先生说得在理。"不想把事情弄大的张树庭立刻附和。

"青科长，"闻桑生又劝青东洋，"我知道您怕受张总长连累，可您就算把他告发了，依旧得有人查飞尸案吧？这案子查到现在死了这么多人，已经是口锅了。这一口黑锅张总长不背的话，接下来谁背，我想您心里有谱儿。"

青东洋没有回答，但呼吸明显犹豫了。

"让你的人把尸体抬走，"张树庭回答，并催促，"咱俩就当没发生过这事。"

"你先放枪。"

"你人多，你先放。"张树庭依旧不依不饶。

"好啦。"闻桑生早知道这二位会为谁先放枪的事情争执不下，因而索性自己伸出手来道，"二位，我有个建议，你们把枪同时关保险，然后放在我手里。"

说完自己的建议，闻桑生又解释："我一个盲人，身体不便，不可能袒护谁，还正好可以做个挡箭牌。就算有一方要滑头开枪，依二位的身手，想必也大可以拿我当肉盾。不过话说回来，在这使馆区开枪的那一位，恐怕也不会有好果子吃吧？"

"这……"青东洋依旧犹豫。

"我可是豁出命来调解二位的矛盾，这样你们还不信我吗？"闻桑生有些气愤地问。

"好，我信闻先生，我先放。"张树庭首先回应了闻桑生。须臾，闻桑生感觉青东洋的手也有了放松，紧跟着两个人的枪几乎同时到了他的手里。

一场险些同归于尽的危机被闻桑生化解了。可就在这缓和的气氛中，那亲手化解了危机的闻桑生，脸色反而更加阴霾。因为他忽然品出自己手中两把相同制式的大眼撸子枪竟然有细微的差异，而正是那种细微到只有他这个盲人才会察觉的差异，瞬间在闻桑生心里掀起了一场惊涛骇浪。

闻桑生双手平伸，肌肉紧绷地捧着那两把手枪，心头忽然生出一个恐惧的想法。正因为这想法，他身上渐渐全是冷汗，身子也像块木头一般僵得厉害。

可能也因为闻桑生过于紧张的原因，当张树庭把尸体差人抬出去后，便问道："闻先生，你脸色不对啊。"

"啊？"闻桑生应了一声，随后收敛神色，"两把要命的家伙放在我手里，怕。"

"别怕，枪不咬人，狗才咬人。"张树庭回答完，又感激地对他说，"难为你冒险调停，回头等案子结了，我好好犒劳你。"

青东洋带来的便衣动作麻利，半小时不到便将那女人的尸体和血迹处理干净了。一切妥当后，闻桑生将两把手枪同时递还给张树庭和青东洋，大家开着车匆匆离开了东交民巷，奔着那座特殊的监狱——"鬼打颤"的方向而去。

可能因为张树庭和青东洋彻底闹掰的原因，在路途间张树庭没有与任何人说过一句话。直到他们将普洛斯的尸体运到停尸房，找来检验吏开始勘验时，张树庭才在等待的空隙边抽闷烟，边对闻桑生讲："不管这个宝蟾是不是偷了《天书》，这条线都废了。"

"不见得。"闻桑生提醒张树庭，"她临死之前不是说过一个'飞'字，你先前不是也从这个字上悟出了个洋匠师？"

经闻桑生一提醒，张树庭忍不住道："我怎么把这茬给忘了。"

说完，他在身上摸索着，片刻后拿出了一张纸。虽然看不见，但听抖动的声音知道那是一张照片，联系最近几日发生的事情，闻桑生问："这是从范秘书家的椅背里找到的那张照片？"

"对。"张树庭讲，"这照片里有一个叫吴助的家伙，就立在兰艾艾左边，挺一表人才的。"

"吴助，你认识？他和那个'飞'字又有什么联系？"闻桑生忙追问。

"吴助是和我同批出去留学的人，虽然去的不是同一国，但他的事迹我还是知道些的。"

张树庭将手里烟头掐灭，而后把关于吴助的一些情况告诉了闻桑生。据他说，这个吴助乃是他们那一年留洋生里学习最好、最顶尖的人才。也因为头脑聪慧，故而他出国后并没有选择回来就能升官发财的船科或者炮科，而是选择了当时在国际上都颇为新奇的航空专业，专攻飞机制造。苦学三年后，吴助以数科第一的成绩毕业，还拿了硕士学位，摇身一变成了飞机制造领域的专家。

在当年，飞机这种东西虽然还是个顶新鲜的玩意儿，其军事用途却是有目共睹的，故而世界各国都不惜重金挖掘这方面的人才。也正因为如此，吴助在学成之后并没有第一时间回国效力，而是被美利坚的航空公司聘请成了首席工程师，专门负责新式飞机的研发。

吴助在美利坚工作了三年，设计了许多飞机。他帮美国人组建了他们的空军，还开辟了航空邮政等事业，可谓名利双收。那些美国人也看重他，据说每年光底薪就给他五万美金，折合下来能抵得上十几二十万银圆。

吴助原本在国外混得风生水起，但让所有人都想不到的是，这个已经在美国安家落户的飞机制造专家，四年前突然卖掉了他在美国的所有房产、股份，辞去了首席工程师的职位，回到国内的南苑航校当了一个飞行教员。

"吴助回国的原因没人知道，但我听说他在南苑航校也没闲着，整天鼓捣一些没人看得懂的玩意儿，还设计了一款能在水上起飞降落的飞机，据说挺成功。"

听着张树庭的话，闻桑生微微点头："这个人需要留意，或许他就是夜天子手下的飞鹰。"

一阵刺耳的开门声打断了张树庭和闻桑生的讨论，紧跟着青东洋走出来，用急促的声音说："检验吏有结果了。"

"快说。"张树庭急切地问。

青东洋将手里的一张纸展开，说道："那个女的死于大出血，检验吏剖开她胸腔的时候，发现五脏六腑都融化了，在她血里还检测出了一种含氰和氟酸的聚合物，至于聚合物是啥就不清楚了。"

"恶心事就别说了。"张树庭阻止了青东洋的复杂描述，问，"简单点，她怎么死的？"

"中毒。"青东洋果然言简意赅。

"中毒我懂，可她的毒为什么偏偏在咱们抓她的时候发作？"

"这恐怕就只有夜天子知道了。"青东洋说了一个不算答案的答案。

调查似乎又一次陷入了僵局。就在大家为这种玄之又玄的僵局而想破头脑时，闻桑生却突然抓住张树庭的手："有件事我想和您说。"

张树庭激动："你有什么新想法？"

"没想法，我想让您送我回家。"

"回家？"张树庭有些意外。

"不回又能如何？"闻桑生语气颇为无奈地道，"既然大家都想不出个所以然来，还不如回去睡一觉，养足了精神再说。"

"你心真大。"张树庭从椅子里站起来，说，"走，我亲自送你回去。"

"多谢。"闻桑生笑答，并在张树庭的引导下出了"鬼打颤"。

当闻桑生坐上汽车后，张树庭并没有立刻发动汽车，反而问他："现在出来了，周遭也没了青东洋的眼线，你有什么话想和我说，说吧。"

闻桑生诧异："您怎么知道我要和您说机密？"

"多新鲜。"张树庭苦笑，"我和你也接触了不短时间了，你会从我说话的语气中品出我的所思所想，我就学不会从你的语气里猜测你的想法吗？"

闻桑生突然意识到这位张少爷也是不可小觑的，不愧是晋商少爷的出身，脑子果然不错。略微正色后，他告诉张树庭："您还记得兰艾艾说过，掺和飞尸案的人有几个吗？"

"除了柔蛟，还有宝蟾、刀鳅、飞鹰三个。"张树庭回答。

"宝蟾死了，另外的两个，外号飞鹰的似乎像是您说的那个吴助，至于刀鳅我想我应该找到了他的真身。"

"是谁？"张树庭激动。

出于种种原因，闻桑生并没有立刻告诉张树庭刀鳅是谁，只是说："确定刀鳅的真身必须谨慎，以防万一，我还得另外去找一个人核实一些细节。"

闻桑生的话只说了一半，张树庭却如未卜先知一般："你莫不是又要找兰艾艾？"

"哎哟，您连这都能猜到？"闻桑生惊叹。

"在这案子里，除她之外的知情人都快死绝了，我还真想不出第二人来。"张树庭回了一句，又用颇为佩服的语气对闻桑生道，"闻先生，我自当了公差以来，经办的案子不少，见过的侦缉手段也不少，像您这样全靠女人来推动案情的，却是头一回见。"

闻桑生窘迫，面对张树庭的调侃不知如何作答。不过很快，张树庭就发动了汽车。十几分钟后，汽车停下了。虽然张树庭没说到了什么地方，不过从街道上的吆喝声以及空气中飘散出来的气味，闻桑生还是品出这里就是兰艾艾坐镇的玉香亭的门口。

汽车停稳后，张树庭亲自给闻桑生打开车门，又亲自把他送进了菜馆，临走时不忘顺手拍了拍他的背。闻桑生知道，那是拜托的意思。怀着复杂的心情，闻桑生冲张树庭拱了拱手，而后跟着玉香亭的伙计，来到了兰艾艾的屋门口。

敲门后，里边有女人问："谁呀？"

问询的声音让闻桑生有些意外，因为耳尖的他听出来，女人是自己媳妇单飞燕。今天早晨，闻桑生拜托单飞燕和老丈人送兰艾艾回家，但并没有想到她会留在这里。故而在诧异间，他隔着房门问："燕子，咱爸和兰小姐呢？"

闻桑生问话的时候，单飞燕已经将兰艾艾的闺阁门拉开了。

"兰姐姐好客，正教我做烫面饺子和粉蒸肉呢，都是宫廷手艺，回头我学会了给你做。至于爹……"单飞燕用鄙夷的口吻说，"太没出息了，人家给了两瓶'秋露白'就胡天海地地喝，现在跑客房里睡觉去了。"

随着单飞燕的话，立在闺阁深处的兰艾艾也在她身后用热情的声音附和道："快进来坐，我沈个手就招呼你。"

"哦。"闻桑生应了一嗓子，而后在兰艾艾洗手的时候冲单飞燕道，"燕子，你能不能先出去一趟？我问兰艾艾些事情。"

"又是飞尸案？"单飞燕质问。闻桑生沉重地点了点头。单飞燕沉默了一下，而后拉住他的手说："你和张树庭说说，这案子咱不办了行吗？"

听着单飞燕的话，闻桑生一时有些恍惚，他又何尝甘心当那夜天子的走狗呢？可是一想到潜伏在单飞燕体内的刀血药，一想到那普洛斯惨死时的动静，他便知道这条狗自己是不当也不行。

虽然心中忧郁，但闻桑生不想表现出什么，更不想让单飞燕知道分毫。他伸手轻轻摸了摸单飞燕的脸，微微一笑："燕子，这案子很快就能破了。我受了这么多罪，不能半途而废。"

单飞燕嘴里不知道嘟嚷了些什么，终究没有多问。

单飞燕关门走人后，兰艾艾迎上来，满含着笑意对闻桑生道："伉俪情深啊，你媳妇在我这儿也光说你的好，听得我都心酸了。"

"您心酸什么？"闻桑生调侃，"凭您这做菜的手艺，北平城谁不想娶您回去供着，还有吴总长这样的干爹罩着，您应该高兴才对吧？"

"别挖苦我了，都是一帮大我几十岁的遗老，除了……"兰艾艾没有继续往下讲，转而问闻桑生，"找到宝蟾了？"

闻桑生点头，如实回答："我单审的时候死了，浑身大出血，检验吏说她是从里边烂掉的。"

"刀血药！"听到闻桑生那骇人的描述，兰艾艾也是一阵胆寒。

"不提她了，我这趟找您是为刀鳅的事情。"闻桑生挑明来由，又问兰艾艾，"我上午曾要您把那日夜天子送我的三样礼物都带来，您带了吗？"

"当然。"

"那就好，"闻桑生催促，"把那盒刀鳅送的子弹拿来给我。"

"我去取。"兰艾艾转身而去，并很快在一个什么盒子里找到了那盒金头子弹。

闻桑生摸索着拿出其中一些子弹，仔细地掂量了几下，心中的一块巨石突然落了地。他举起手中的子弹，以颤抖的声音说："知道盗取夜天子神书的叛徒是谁吗？知道今日杀宝蟾的人是谁吗？"

"谁？"

"说出来您可别意外，那人正是您的干儿子，'鬼打颤'现任的主宰——青东洋！"

"东洋？"兰艾艾震惊道，"不，不可能啊。他，他怎么会是刀鳅？他……"

"越是不可能便越可能，这就是夜天子选人的高明之处。"闻桑生告诉兰艾艾，"还记得您填写的保释证明吗？"

兰艾艾点头。

"那张纸的质感和我媳妇捡到的白棉纸人的质感别无二致，分明出自同源。"

"可……"

"孤证不立，我懂，但再加上这个呢？"不等兰艾艾说话，闻桑生便捧着那些子弹道，"今天上午我同时摸过张树庭和青东洋的手枪，他俩的手枪型号完全一样，但青东洋的偏偏更压手，重心还更靠后，明显是弹仓的部位多了许多重量。"

闻桑生指着那些金子弹:"金比铜沉,我刚才仔细品了,那青东洋的手枪里多出的重量,恰好就是一颗子弹头从铜换成金后的重量。"

"这你也能品得出来?"兰艾艾都有些听傻了。

闻桑生摇头:"若没有张树庭的手枪,我也比对不出。"

在兰艾艾的震惊中,闻桑生又讲:"我记得您曾说过,这个刀鳅是给夜天子弄药品的家伙,会用毒。如果他知道宝蟾身上有刀血药的话,完全可以用某种手段把那药效激发出来,让她惨死。"

"可,可你说过,宝蟾死的时候,东洋不在她身边。"兰艾艾依旧不信。

"他走之前,给她戴了一副手铐。"闻桑生顺着回忆的细节,又提出,"身体接触的瞬间毒害死一个人,对高手来说可绰绰有余。"

兰艾艾在闻桑生的推测面前彻底没了说辞,即便如此,她还是口中喃喃道:"怎么会是他?青东洋怎么会是最毒的刀鳅?"

听着兰艾艾的话,闻桑生有些警惕地问:"事情到了这个地步您还在替他辩护,您喜欢他?"

"不,我早知道他是个势利小人,所以连正眼都没瞧过。"兰艾艾一口否决,但转而依旧以难以置信的语气说,"我只是实在想不到,青东洋这个只会阿谀奉承的人,竟然……"

"鬼市的人是不可捉摸的,在我之前,谁又能想到大名鼎鼎的柔蛟是个厨娘,日进斗金的宝蟾是个假洋人?"在发出长长的感慨之后,闻桑生又补充了一句,"谁又知道那个你我连面都没见过的夜天子,会有着什么样的身份呢?"

第九章　鸿门宴

闻桑生感叹着，只感觉身边能信任的人越来越少，每一个人在白日的面具之下似乎都有可能隐藏着不可告人的身份和隐晦。相对而言，面前这个已然确定了真身的兰艾艾，反成了他最值得信任的"同伙"，这真是极其矛盾的事情。

两人沉默了许久之后，兰艾艾问："接下来您要怎么对付青东洋？"

闻桑生道："青东洋是公府的权臣，这样的人也只有张树庭能够制伏。所以得让他出面，另外您是他干娘，您出面指证一下，咱们抓他才有十足的把握。"说话间，他站了起来准备往外走。

"您干吗去？"兰艾艾疑惑地问。

"去总长府找张树庭啊。"

"不用走着去，"兰艾艾告诉闻桑生，"我这里有电话，您不用出门就能通知他，这稀罕玩意儿全北平女子中，除了齐二姐和陈杏娘，也就只有我这儿有。"

"电话？"闻桑生皱眉，对这个名词感到很陌生。

"传声的机器。"兰艾艾解释，"顺着根电线就能让千里之外的人听见你的声音。"

闻桑生想象不出电话的样子来，不过既然能少跑些路，他自然也乐意试试那新鲜玩意儿。没过多久兰艾艾就将一个圆圆的小筒子递到了他的手里。

"说话吧，"兰艾艾道，"张树庭就在筒子那边。"

"这么小，张树庭怎么钻进去的……"闻桑生摸索着那筒子，有些困惑地质疑。

就在他犹豫的时候，张树庭用强忍着笑意的声音回道："闻先生，您甭管我怎么钻进去的，能听出这是我就行。您有什么话和我说，我能听见，而且只有咱俩能听见。"

"他还真在里边！"听着张树庭的声音，闻桑生十分惊愕。

"这叫科技，和飞机火车一样，都是洋匠师鼓捣出来的玩意儿。"电话那边的张树庭用闻桑生能够听懂的话解释了一遍，又催促道，"闻先生，您给我打电话到底什么事情啊？是不是案子有进展了？"

"确实有。"闻桑生大声道，"我现在确定刀鳅是青东洋。"

"他？"电话那边果然传来了张树庭震惊的声音。

"对。"闻桑生将青东洋的种种疑点在电话里和张树庭详细地讲述了一遍，唯独没提那金子弹的事情，却另外编造谎言说兰艾艾之前也看见过自己的干儿子和鬼市的人打交道，而且最近更是无端地密切关注着《天书》和飞尸案的进展等。

说完那些证据后，闻桑生怂恿道："青东洋弄死宝蟾的嫌疑最

208

大，在使馆区又急着把你的罪做实，分明是心里有鬼，让你当替罪羊，这种人其心可诛。退一步讲，就算他不是刀鳅，你如果不趁着这个机会把他拿下，他早晚也会弄死你的。"

张树庭在电话那边沉默了很久，回道："青东洋现在已不是个小人物，而且手里有武装，抓他需要从长计议。"

为了救媳妇，闻桑生已经急得火烧眉毛了，听见张树庭说从长计议，他自然不干。

"不能细想慢干。"闻桑生刺激张树庭，"您不会忘了白纸人和江九一的事情吧？他已经对咱俩动手了，如果再磨蹭你我可能还会遭殃。"

"九一……"

闻桑生听出张树庭变得愤怒了很多，但即便如此，在愤怒的喘息后他也只是说："我比谁都想给九一报仇，但公府里的事情盘根错节。"

张树庭一句"盘根错节"说得无比沉重，也说得闻桑生心里冰凉。瞬间，闻桑生仿佛如坠冰窟。或许张树庭很快便会想出一个收拾青东洋的万全之策，但是闻桑生等不起，因为随着时间的流逝，他媳妇的命也在快速流逝着，他不想让她有任何的风险。在冰冷的现实面前，闻桑生甚至都忘记了自己是怎么挂掉电话，又是如何坐在椅子里的。

在挫败感的刺激下，闻桑生混混沌沌，直到感觉有一只透着些许冰凉的手，轻轻握住他的手臂时，才缓过了一丝精神。虽然碰触的次数不多，但闻桑生知道，那用纤指抚摸自己手臂的人是兰艾艾。兰艾艾拉住闻桑生的手臂后，缓缓半蹲在他面前，笑问："叫你半天也不理我，是不是有心结？我感觉你帮夜天子调查《天书》，不仅仅是因为名利那么简单吧？"

闻桑生犹豫着要不要告诉她实情。

"不信任我？"兰艾艾用近乎撒娇的口吻质问，"咱们是一条绳上的蚂蚱，这话是你亲口讲的吧。既同在一条船上，又有什么可隐瞒的呢？"

闻桑生权衡了一下利弊，最终开口："我媳妇，你看见了吧。"

"燕子，挺好个丫头啊，胆大心细手也巧。"夸赞过一句之后，兰艾艾用担忧的语气问，"难道说？"

"没错，夜天子就是拿她的命在吊着我。"闻桑生无奈摊手，"他在燕子身上下了刀血药！"

"怪不得。"兰艾艾一声苦叹，"主上也在我弟弟身上下了那毒药，咱俩同病相怜。"

在向兰艾艾叙说完自己内心的郁结后，闻桑生心中舒服了一些。而兰艾艾在听说了闻桑生的苦闷后，又一次拿起了那个叫电话的东西。她拿着电话告诉闻桑生："闻先生，我帮您一回，保管能让您今天就抓住那刀鳅，了却主上和您的一桩心愿。"

"今天就能？"闻桑生诧异，"怎么做？"

说完那番让闻桑生十分意外的话后，兰艾艾冲电话里讲："总机，帮我接巡警总署总长厅。"略微等待一阵后，兰艾艾忽然又笑着讲，"喂，张总长，我是兰艾艾，就是那个被您抓进去放了，又抓进去又放了的厨娘。没错，我能设局抓青东洋。不过我先声明，我不是帮您，而是帮闻先生。怎么帮？简单！今儿晚上我亲自做一桌宴席请您和青东洋吃'和解宴'，您让您的人提前埋伏好，等青东洋一进屋，您把他抓住不就行了？没证据？呵呵，您真逗，我不

210

是证据吗？最后还有一条，如果你们在青东洋那里寻到了那本《天书》，我一定要见识见识。没什么，太好奇而已。"

随着兰艾艾的话，闻桑生很快明白她这是为青东洋摆了一回鸿门宴，也终于彻底明白为什么张树庭和青东洋都会对这女人有几分畏惧了。

兰艾艾挂掉电话走回来，自鸣得意地对闻桑生道："闻先生，我这里安排好了，今天晚上九点半我准时邀请青东洋吃鸿门宴，只要他一进我这个门就只能束手就擒，您安心等着就好。"

"谢谢。"闻桑生微微点头。

"谢什么，这不正是你我都需要的吗？"兰艾艾坐在距离闻桑生极近处的一张椅子里，又言，"咱们做夜么虎子的都不容易，只希望闻先生您日后能多向着我些。"

兰艾艾说完，闻桑生还是对她的电话十分感兴趣，问道："您家这电话实在是方便，我从没想过世上还有这么神奇的洋玩意儿，很贵吧？"

"是很贵，但是光有钱可不一定就能有这稀罕物件。"兰艾艾的语气中不自觉流露出一丝得意，"我听人说过，这世界上不光有能千里传音的电话，还有其他好多好多神奇的东西，比如……"

"比如飞机？"闻桑生随口接道。

"对，飞机。"兰艾艾应了一声，口气有些意外。

一提到飞机，闻桑生便很自然地想起了张树庭曾经和他提起过的那个会制造飞机的吴助，想起他很可能就是夜天子的另外一个手下飞鹰，更想起此人曾经和范秘书以及许许多多的洋匠师合影的那张照片。当然，那里边也有和这些匠师八竿子打不着的兰艾艾。

随着自己的所思，闻桑生好奇地问："兰小姐，我有件事情希望您能解释一下。"

"您讲，我知无不言。"兰艾艾顺从道。

"先前我和张总长在范秘书家找到一张照片，我听张总长说，照片上有许多功成名就的洋匠师，都是些专门研究火车、飞机、电话、电影等稀罕玩意儿的奇才。这些人边上还站着您，您曾经也是个洋匠人？"

"这……"兰艾艾呼吸略微停滞了一下，而后才回答，"不是，我只是这里的厨娘。当年，我本不想和他们合照，是他们非要和我照的。"

"这样啊。"闻桑生好奇，"为什么这些洋匠师非要和您合影呢，一定有故事吧？"

兰艾艾踌躇了一下，回道："那些人我都认识，不过我认识他们的时候，他们还只是穷困潦倒的青年。"

兰艾艾说，那张照片拍摄的时间很早，早到那时她这玉香亭还仅仅是食通天门下的一间普通二荤铺。既然是不上档次的私房菜店，那么当年来的人自然也多是一些本地外地的小买卖人，以及许多没钱没权的青年学生。那些人里，兰艾艾最关注的自然是与自己年龄相仿的青年人。

在兰艾艾眼里，那些经常来饮酒聚会的青年都是很有才情的。他们每个人或留学归来，或事业有成，或刚刚起步，或自学成才，都是特别有活力、有想法、有干劲的青年才俊。

这些人在兰艾艾的店里碰面后，往往一聊就能聊半天。他们虽然穷困潦倒，却总是在谈论一些据说能改变整个国家乃至世界的奇迹和发明，更整日说些实业救国、科技兴邦的宏伟理想。谈论到精彩的地方，他们还爱放声高歌，泼墨作诗。

看他们聚会就好像看舞台上的表演，在很长一段时间里，兰艾艾感觉看他们"表演"比看梅兰芳先生的大戏还有趣。再后来，这些有想法的年轻人又介绍了更多的年轻人来她的馆子，甚至还把他们的老师、前辈也拉进来高谈阔论。

那样热闹的日子持续了两年多后，在一次盛大的聚会中，突然有一个年轻人说："既然大家都是为了实业救国，都想成为发明家、科学家、实业家，那为什么不成立一个组织，招揽更多懂科技的人才互帮互助呢？"

"对！"紧跟着有年轻人附和道，"那些清朝遗老有党，官僚大员有派系，官商有财团，地痞有帮会，凭什么我们这些报国的志士不能成立个协会，凭什么我们这些真正忧国忧民的人没有组织？"

一番激烈的言辞，迅速点燃了那些年轻人的梦想和激情。于是就在那一天，这些学有所成的洋匠师成立了一个协会。而那张照片，便是协会第一届会员的全体合影。言至此，兰艾艾又脑腆地强调："协会成立和我八竿子打不着，我本来也不想露这个脸。但我和他们太熟，他们又说这协会是借我的地盘成立的，所以无论如何也得算我一份。"

听至此，闻桑生微微点头："这些洋匠师成立的叫什么会？"

"他们叫天子会。"兰艾艾有些犹豫，但还是如实说了出来。

"天子会？"听着这让人颇为意外的回答，闻桑生立刻又问，"难道这些洋匠师也是受夜天子暗中支配吗？"

洋匠师成立的协会竟然叫天子会，这很难不让闻桑生把这个协会和夜天子联系起来。不过面对他的假设，兰艾艾却回答："您想多了，这个协会和夜天子没有任何关系。"

闻桑生困惑："没关系？"

"它的全称是'天之骄子联合互助协会'，简称'天子会'，只是碰巧而已。"兰艾艾讲了名称的由来，语气中还透着一丝小小的骄傲。

"天子会。"闻桑生重复了一遍，又问，"那他们后来怎么样了？我没听说政坛上有什么天子会的人啊？"

"哎，别提了。"兰艾艾叹息，"这几年国家不是总动乱吗？天子会的人无权无势，自然也就被时事弄得分崩离析。据我所知，会员里有些去了南方投奔了革命党；有些心灰意冷出国发展了；还有些在搞实业、搞实验的时候牺牲了。剩下几个还在北平的，也不得重用，过得挺凄惨，就比如……"

"比如陆军部的范秘书，还有南苑航校的教员吴助？"闻桑生接茬。

"您还知道吴助？"兰艾艾有些意外地问。

闻桑生微微点头，又言："想必他以前也是您这里的常客吧，我现在不光知道他，还怀疑他就是夜天子手下的另一位大将飞鹰。"

"他是飞鹰？"兰艾艾有些意外，不过转而又说，"他这个人喜欢痛斥时事，又一直很有抱负，他加入夜天子的队伍，细想想也不算意……"

正当闻桑生想和兰艾艾深入了解一些吴助的消息时，门外突然响起了一阵颇为急促的敲门声。

"兰小姐，"一个男人在门口喊，"有便衣来找您，说是张总长的人。"

"知道了，你下去吧，顺便把闻太太叫上来。"兰艾艾站了起来，一边向门口走，一边告诉闻桑生，"是张树庭的人来了，我安排一下，您先和媳妇待会儿。"

"好。"闻桑生点了下头。

兰艾艾扭身走了，没多久单飞燕迈着轻快的步伐走进屋子。进屋后，她不等闻桑生开口，便从背后抱住了闻桑生，而后又把脑袋贴在他的背上，这让闻桑生十分受用但又有些不习惯。在这难得的温存中，他对单飞燕道："燕子，在别人房里这样，多不好。"

"我就想闻闻你。"单飞燕将头埋在闻桑生的后背，瓮声瓮气地回答。

"你闻我做什么？"闻桑生不解。

"闻闻你有没有兰艾艾身上香料的味道，看你们俩干没干什么坏事。"

单飞燕将下巴顶在闻桑生肩头，笑着道："还是原来那股味，挺好。你和艾艾姐到底谈什么了，能和我说说吗？"

想着今天的危险计划，闻桑生微微摇头："不能。不过燕子你放心，过了今天晚上这事估计就了了，咱们就能帮张树庭立功啦。"

"今天晚上一切就结束了吗？"听着这些，单飞燕不由得兴奋起来。

"当然。"闻桑生感受着背上媳妇的重量，紧紧握了握她的手，又对她说，"燕子，我和你商量件事。"

"你说。"单飞燕回应。

"今儿晚上你带着爹先回家住，我怕这里一乱起来再伤着你们。"

"咋？"单飞燕有些意外道，"你们又要和人'打枪架'？"

闻桑生急忙摇头："不不不，今天晚上要抓个人，我只是担心万一……"

"好，我听你的。"单飞燕毫无异议地答应了下来，麻利到闻桑生意外。

"你就这么痛快……"

"不痛快又能咋办？"单飞燕一笑，"我总不能让自己男人担忧吧？其实你担忧我倒也没啥，可我就怕你分心丢了命。哥，答应我，一定把命保住！"

闻桑生什么也没说，只是点了点头。

晚上九点多，张树庭到了玉香亭，并随着门房伙计的引导进了他上次吃过饭的二楼雅间"风花雪月"。

张树庭刚进门，就看见了相当养眼的一幕：兰艾艾穿着一身明黄色的高衩旗袍，手捏兰花指，左手端着一只汤碗，右手捏着一只汤勺，正把那勺里的汤羹以极其优美的姿势喂到闻桑生的嘴里。

美人送羹，这是男人都喜欢的画面，只是那戴着墨镜的闻桑生实在太过于煞风景，让张树庭有点出戏。同时，这位张总长也忍不住佩服闻桑生的手段，平日里看着不声不响，此时竟能让个兰艾艾如此顺从，还能让自己媳妇不吃醋。

张树庭扫了一眼兰艾艾和闻桑生后，紧跟着便看见了桌上满满当当的菜肴。望着席面上五颜六色且香气扑鼻的美味，他忍不住开口："东西真多啊，有驴头肉、爆驴杂、板肠吊儿汤和……"

剩下几道菜，张树庭认不出来，兰艾艾放下羹汤碗后告诉他："舌签、驴焖子和雪夜桃花踏驴蹄。"

"全驴宴，不赖！"张树庭舔着舌头微微点头。夸赞完菜，他又好奇地问兰艾艾："我说兰姑娘，通电话的时候咱们说好了，只要他青东洋一进这屋子，我立马抓人，这一桌子菜他连夹一筷子的机会都没有，放在这儿不是浪费吗？"

兰艾艾回答："我知道他没机会动筷子，但这是我们餐饮勤行里的规矩，只要是来吃饭的，客人纵然一筷子不动，也得把菜上齐了。"

在张树庭眼里，兰艾艾只是个小小厨娘。偏偏就是这个小小厨娘却把所谓的"规矩"看得如此重，这样的行为在张树庭看来既无法理解也没有必要。由此，他内心里对于兰艾艾始终是不屑的。

他刚一坐稳就听见兰艾艾问道："张总长，安排得怎么样了？我这小店可经不住摔打，别一会儿你们斗起来，殃及了池鱼。"

兰艾艾问的自然是抓捕青东洋的事宜。张树庭听了之后，立刻胸有成竹地回道："放心，来的时候我已经和他通过电话，又差人送了请帖，他满口答应必定出席这和解的酒局，九点半之前准到。倒是你把自己的干儿子出卖了，一点也不心疼啊。"

兰艾艾脸上划过一丝鄙夷的笑："青东洋入股我这馆子，又借着我的关系成了科长，一来二去早就赚了个盆满钵满，我不欠他什么。倒是闻先生的恩情，我真怕还不上呢。"

闻桑生咳了两声，道："您也不欠我什么，别说这种话。"

原本张树庭对于兰艾艾以污物做汤的事情还有些芥蒂，不过在看到闻桑生毫不顾忌地吃喝后，那芥蒂便去了许多。再加上这一整天确实也没吃什么东西，故而他急忙拿起筷子，一边做夹菜状，一边说道："哎呀，忙一天下来也没吃什么东西，我不敬一回，先垫一垫。"

说话间，他的筷子已经伸到了那道"雪夜桃花踏驴蹄"处。就在他细长的筷子即将要把那以虾肉为体、鸡蛋为裹、油红冻艳、香

217

气扑鼻的"桃花瓣"夹起来时，却听见兰艾艾忽然如抽风般对他猛喊："那菜千万不要碰。"

张树庭被兰艾艾这么一吓，筷子掉了一只。看着掉在桌边的筷子，他颇为不满地质问："我就吃一口还不行吗？"

"确实不行。"兰艾艾用严肃无比的语气回道，"因为这些，都是为青东洋准备的。"

兰艾艾站起来走到张树庭身边，说："总长，您知道我上的这几样菜都是驴肉宴席，可您知道我为什么偏偏要拿这几样菜来招待青东洋吗？"

"不清楚。"张树庭摇头。

"这里边可大有文章。"兰艾艾细讲道，"我这菜，是明清时皇宫里用来辟邪的。这样的宴席是古时候皇帝过清明或者判刑杀掉贵胄妃嫔之类的犯人之后才会上的一餐，为的就是压制那些犯人的怨气，不让他们在内廷作祟。"

语毕，她将张树庭丢掉的筷子捡起来轻轻擦拭一番，然后颇为优雅地递还给了张树庭，又微微颔首以示抱歉。

"没想到你的私房菜里还有这样的讲究，长见识了。"张树庭盯着满桌子的菜，再没了口腹之欲，但是他看着坐在一边的闻桑生，不太满意地对兰艾艾道，"为啥他能吃？"

"闻先生吃的是我额外加的刨花鱼肚汤，不在这大席之内。"兰艾艾指向门口，"如果总长想要，我立马让伙计给您加一品。"

正当她话说到一半的时候，默不出声的闻桑生忽然伸手，用导盲棍碰了碰她的手臂："有情况。"

"什么情况？"张树庭诧异地问。

闻桑生没有直接回答，而是将耳朵贴在桌面仔细听了听后才说："外边突然来了不少军人，他们正在菜馆的临街上列队，怕是出大事了。"

闻桑生的话让所有人都紧张了起来，张树庭更是将手本能地伸进自己的衣服兜里，摸上了那支装满子弹的撸子枪，跑到窗口向外望去。和闻桑生所说的一样，此时在玉香亭的门外街道上，正有二三十个身穿制服手拿步枪的家伙齐刷刷列队待命，还有几个不由分说，正推开玉香亭的伙计往里闯。

这些人和闻桑生所说的唯一不同之处是，他们并不是北平城常见的宪兵，而是供职于"鬼打颤"的狱警。"鬼打颤"的狱警，可全都是青东洋的人马，望着青东洋那些荷枪实弹的人马，张树庭有些慌了。

张树庭今日请青东洋吃鸿门宴，在玉香亭外边布置了二十个便衣，在玉香亭里边布置了十二个便衣，合计三十二人，装备有手铐二十副、麻绳两条、两把德造盒子炮、一把马牌撸子和一把大眼撸子。他的这些人手装备，对付青东洋一个人绰绰有余，如果青东洋带了三五个随从也够用，但对付十几二十号狱警可是绝无可能的，因为这些人都有长枪。

张树庭根本没想到青东洋会带这么多人来赴宴，望着那些气势汹汹的狱警，他陷入了绝望。胡思乱想中，他意识到今天非但抓不住青东洋不说，只要走错一步，他张树庭还会赔了夫人又折兵。正在张树庭心乱如麻的时候，门外响起了军靴的声音，紧跟着门便被人粗鲁地推开了。

门一被人推开，张树庭便看见七八个穿着军靴全副武装的狱警神色严肃地冲了进来。在那些人里，并没有青东洋。

张树庭望着闯门而入的狱警，知道硬拼是绝打不过的，故而他将枪收好，摆出一副巡警总长的架子，故作镇定。他冷笑着质问那些狱警："青东洋好本事呀，我请他吃和解酒，他请我吃洋子弹，这一手玩得漂亮啊。"

那些狱警个个面面相觑，似乎全然不理解张树庭到底在说些什么。不过这尴尬的场面没持续多久，张树庭就看见一个瘦个子的男人匆忙从那些狱警身后蹿了出来。那人还没见到张树庭，便扯着嗓子大吼："张总长，出事了，天大的事！"

待那人从狱警堆里钻出来后，张树庭才看清他是青东洋的副官吕焕文。这时的吕焕文一脸惊慌失措六神无主的样子，跑到张树庭身边磕巴着说："总长，我们青科长失踪了！"

"失踪了？"张树庭皱眉，旋即又兴奋道，"他是不是畏罪潜逃？"

"不是。"吕焕文摇头，又接着说，"您不是要和青科长吃和解酒吗？我们科长听了特别高兴，八点就让我备了轿车。"

原来出于安全考虑，青东阳当时带着心腹乘坐了两辆轿子车，打头的一辆坐着吕焕文和手下三个弟兄，后面的一辆才是青东洋的"666"牌号座驾。

两辆车从"鬼打颤"出来后，一路上驶过不少大街小巷，但就在即将到达玉香亭的一个街拐处，吕焕文听见身后响起了"嗡嗡"的声音。那声音特别刺耳，听得人心胆剧裂，不过没过多久，那声音便消失了。就在那声音消失后，吕焕文惊讶地发现，青东洋的汽车竟没跟上来。

带丢了长官的汽车，吕焕文紧张无比，于是赶紧掉头回去寻找，但一无所获，后来他又发动监狱未值星的弟兄一起出来找，也没什么进展。

"人和车就这么没了呀！"吕焕文惊慌，"前一秒我看的时候他的车还在，后一秒就没了。您说，青科长会不会……"

"不许胡说！"张树庭一拍桌案，猛然而起。他扫视着在场的狱警，大声质问，"你们几个废物，长官丢了，真就一点儿线索也找不见吗？"

其中一人回答："总长，我们尽力去搜了，几百号兄弟全出来找过，没有任何发现。"

又有人迟疑道："会不会，又是《天书》……"

"胡说！"张树庭打断了那人的发声，同时自己像只无头苍蝇一般来回踱着步子。

无故消失的青东洋让张树庭十分头大，因为他想不出此人是逃了，是被害了，还是躲在什么地方想借此机会用什么损招坑自己一把。无论如何，在张树庭看来，一个突然失踪的青东洋远比一个活着的青东洋要麻烦。所以，现在必须得把他找回来，最不济也得把尸体找着。

张树庭绕了几圈后，眼睛落在了闻桑生的身上。他看见闻桑生依旧稳如泰山地坐在椅子里，保持着始终如一的高深莫测的表情。张树庭是知道闻桑生的本事的，因此他急忙抓住闻桑生的手，问："闻先生，您给想想，什么地方能找到青东洋？"

听着张树庭的问话，闻桑生突然伸出一根指头，直直地指向这雅间的天花板。

"这……"张树庭被他莫名其妙的动作搞得摸不着头脑，"什么意思啊？"

"上边有东西来了，"闻桑生胆寒地说，"至于具体是什么，我也不知道。"

"上边？"随着闻桑生的话，张树庭往天花板上望去。随着张树庭的动作，吕焕文、兰艾艾以及那些狱警也都向天花板望去。但是那天花板上除了一盏巨大的粉红色宫式吊灯，便只有几只乱飞乱撞的蛾子。

沉默的凝视中，张树庭感觉自己的脖子有点酸痛，又望了好一阵后，有点坚持不住的他低下头来，对闻桑生道："您说的到底是……"

"别说话。"闻桑生忽然拿自己的导盲棍指着窗户的方向，"你们听，那是什么声音？"

"声音？"张树庭轻轻嘀咕着这两个字，侧头望向闻桑生所指的窗户。这一次，他果然在窗户处听见了一种"嘶嘶嗡嗡"的动静，那动静起初不大，但随着时间推移，越来越清晰。

在他仔细听那动静时，一个狱警失声道："青科长失踪的时候我听见的也是这个声音。"

张树庭抽出撸子枪，慢慢往窗户处走去。面对未知的动静，他其实也怕。但他更知道，此时最需要做的是稳定军心，而要想稳定军心，他这个总长就必须做出表率。

张树庭很快走到了二楼的格子窗前。可就在他伸出手，即将把那格子窗的窗户打开时，忽然隔着窗户看见浓浓的夜色里，有一个白色羽毛样的缥缈玩意儿，慢慢悠悠地从远处朝他的方向飞来。那东西飘忽不定，时隐时现，于空中绕过几圈后，轻轻地贴在了窗户的玻璃上。

张树庭望着那贴在窗户上的玩意儿，一下子惊出一身冷汗。因为他看见，那是一个白棉纸做的纸人，纸人紧紧地贴着窗户，正冲他露出诡异的笑容，肚子上还画着"劈天眼"。白棉纸人勾起了张树庭遇袭那晚的回忆，在这冷不丁的刺激下，他下意识地后退了一步，猛然喊出了一声："妈呀！"

随着总长官的一声惨叫，一屋子狱警彻底没了主心骨，个个慌得六神无主，更有甚者直接跪地大声念着各路神佛菩萨的名号，场面瞬间有些失控。

"砰！砰！"有几个胆大的狱警实在是受不了这样的刺激，拿着枪往窗户和天花板的方向乱射了几枪。子弹轻易地穿过了木质天花板，留下圆圆的洞口。但让所有人意想不到的是，就在那窗户和木板的枪洞之内，立刻有许多浑浊赤红的液体从房顶上滴落下来。

"血！"一个狱警大喊，"这房子流血了，它活了，它要把咱们都吃了！"

"闹鬼啦，闹鬼啦！"吕焕文发疯似的大喊了两声，紧跟着推搡着人，最先跑出了房间。

吕焕文的临阵脱逃，迅速引发了连锁反应，一时间那些狱警全都如受惊的马儿一般一股脑儿向门口冲去。混乱中，张树庭看见兰艾艾早已躲进了墙角，又看见闻桑生坐在椅子里一动不动，仿佛睡着了一般。虽然不解这房顶流血的原因，但他预感到这屋子里恐怕会有什么可怕的事情发生。

望着毫无反抗能力和反应的闻桑生，张树庭急忙扑过去将他抓住，死命把他往相对安全的墙角里拉。而就在他刚把闻桑生拉到墙角的时候，天花板突然全部崩塌下来。

破碎的天花板发出雷鸣般的响动，紧跟着一阵呛鼻的灰尘铺天盖地。张树庭眼前黑了一阵，等再睁开眼时，便只能看见周遭灰滚滚的尘埃以及许许多多白色的、跳跃在眼前的小东西。这些白色的东西如鬼灯似幽火，有的还沾染着血色和碳痕，张树庭随手抓了一只放在眼前瞅了瞅，惊愕地发现那依旧是用白棉纸裁剪出来的带着诡异笑容的小人偶。

望着曾刺杀自己，现在又毁掉了房子的白纸人，张树庭脑子里"嗡"地响起一声嗡鸣，紧跟着如送瘟神般将那白纸人丢掉。惊恐万分的他脑子里一片空白，直到听见有人高声呼喊自己的名字，他才回了魂。

这个时候房间里的烟雾消散了许多，张树庭顺着声音望去，看见了正在地上摸索的闻桑生。而在闻桑生右手不远的地方，他看见了一块白底黑数的铁牌子。那铁牌子有些损边，但还是能看清上边写着"666"三个阿拉伯数字。

望着那三个数字，张树庭心中一震，又急忙扭头望向兰艾艾摆设全驴宴的桌子。此时餐桌早已荡然无存，代替桌子立在那里的是一辆头朝下、严重变形、到处是血迹污垢、一半还陷入地板的汽车。

闻桑生敏锐的耳朵早就听出头顶的方向有个大东西移动的声音，故而对天花板上掉下东西有一些心理准备。但即便如此，他也没想到雅间的天花板会被压塌，所以缓过神来的闻桑生赶紧问四周的人到底是什么掉落了下来。

"汽车！"兰艾艾用一种不可置信的语气对闻桑生道，"青东洋的汽车。"

"啥？"虽然兰艾艾给出了确切答案，但闻桑生还是惊恐地又问了一遍，"你，你确定？"

"确定。"兰艾艾应答后，轻轻咳了几声，然后接着讲，"他的车牌是'666'这个不会错的。"

正在她说话的时候，闻桑生听见桌子的方向发出了类似打开汽车门的响动。

"青东洋在里边吗？"循着声响，他惴惴地问。

"在，只是……"张树庭十分急促地回答了他，显然他看见了非常不好的东西。

"只是什么？"闻桑生又问。

"他……"咽了口唾沫后，张树庭才鼓起勇气回答，"他和司机浑身是血，骨头外翻，已经不成人样了。"

虽然闻桑生看不见，但是他能闻到空气中浓重的血腥味，还能感觉到此刻天上有无数白棉纸裁剪的小人四处飘散，更能感觉到此时的自己定然身处骇人的地狱之景中。

那青东洋连人带汽车被不知道什么样的东西从公路上高高举起，托移到兰艾艾雅间的上空，又准确无误地扔了下来。汽车带着巨大的冲击力将这雅间的房顶砸塌，顺便也让车里的青东洋粉身碎骨。

这场面是一种施威，是一种炫耀，更像是一种对《天书》无上力量的实验，更明白无误地告诉闻桑生刀鳅死了，他如宝蟾一样死于那个夜天子的叛徒之手。至此，刀鳅这条线也断了。

第十章　吴助

汽车从天而降所带来的损失极端惨烈，张树庭清点了一下，发现仅仅那汽车的一砸，就已经造成他手下六个弟兄挂彩，玉香亭一楼一个伙计和三个客人受伤。若再加上混乱中互相踩踏的、开枪误伤的，伤亡不下二十人。更麻烦的是，因为这事情弄得太大，凌晨四点不到他便被叫去吴光真的陆军总长府开会去了。

张树庭临走时担心闻桑生的安全，便以拘押的名义将他关进了拘留所。在拘留所的干草床铺上，闻桑生反复思索着刚刚发生的事情。很明显，青东洋的汽车是被什么力量抬到老高又摔下来的，但到底是什么东西能达到这样的效果呢？真的是那个南苑的吴助发明的飞机吗？还是说《天书》本身所拥有的某种神奇力量？

最关键的是，这些人死的时机非常蹊跷，总是在闻桑生的调查即将有所突破之时不期而至。这一切都太玄了，就似乎是有什么看不见摸不着的力量在监视操纵着一般。那种被无形力量支配的感觉让闻桑生异常困扰，更让他对自己原本坚持的想法产生了动摇。

亲身经历过飞尸之事后，闻桑生开始怀疑，是不是人人趋之若鹜的《天书》真有某种神力，能打开某种门让物体在天地间穿梭自如，还是说这书有守卫天机的神灵，会在凡人偷窥天机的时候降下惩罚？闻桑生明知道那些神神鬼鬼的假设于"看"透真相无益，但就是忍不住去想。他太惶恐了，太需要一个能说服自己的解释了。

中午，闻桑生刚吃完巡警带给自己的午餐，便听见张树庭迈着急匆匆又异常疲惫的脚步走进了拘留所。

"饭怎么样？"张树庭上来先问。

"粥稀了些。"说着，闻桑生拍了拍身边的草垫，"进来说吧，里边反而比较安全。"

"好，也有日子没和你一起蹲号子了。"张树庭让狱警开了门，自己钻了进去。

闻桑生品着张树庭的呼吸，在他坐稳之后便问道："挨骂了？"

张树庭屏退了左右，而后才说道："事情越闹越大，吴总长急了。他给我三天时间，三天之后如果还查不出个所以然来，我就什么都没了。"说话间，他拍了拍自己的脑袋，"包括这个东西。"

"脑袋掉了碗大个疤，"闻桑生先调侃了一句，接着直奔主题，"到现在为止，因飞尸案而死的人有春日、李宏吉、汪节、范秘书、普洛斯、青东洋。这案子查得如此一地鸡毛，姓吴的还给了你三天，是兰艾艾从中求了情吧？"

"呵，果然什么都瞒不了你。"张树庭一声苦叹，"吴总长是动了真怒，要不是他这个干闺女替我求情，我当时就被拉出去毙了。"

"大难不死，必有后福。"闻桑生安慰了张树庭一句，又问，"接下来打算怎么办？"

"我的命都按小时算了，还能怎么办。"张树庭一拍大腿，"回来的路上我想了想，感觉青东洋的死有三种可能。"

"说说。"

"第一，青东洋就是拿了《天书》的刀鳅，他因为泄露了天机遭了天谴，才有此祸。"

"按你这么说，应该派人去搜查他的家里和办公室。"闻桑生又问，"第二呢？"

"第二，青东洋就是刀鳅，只是他败露之后畏罪潜逃不成，反被自己的主子灭口绝了后患。"

"有道理，但咱们现在没能力没时间查到夜天子头上，再说说别的。"闻桑生拐着弯否定了张树庭的第二个假设。

"第三，这事情都是你与兰艾艾所说的那个飞鹰干的，他破坏调查并想独吞《天书》，所以杀人灭口。"

闻桑生点点头："最后这个最有道理，那咱们现在能干的就只有两件事情：第一，找青东洋的遗物，看看有没有那书；第二，马上去抓很可能是飞鹰的那个吴助，对吗？"

"对。"张树庭站起来，又道，"我已经派人去'请'那位教书的吴先生了，你和我一起去，帮我好好审审。"

闻桑生没有立刻答应，而是对他说："我去可以，但去之前您要先帮我办一件顶要紧的事。"

面对着闻桑生的要求，张树庭问："都这个节骨眼儿上了，还有什么比我的命重要？"

"给我纸笔。"闻桑生要求。

"钢笔可以吗？"说话间张树庭将钢笔和笔记本递给了闻桑生。闻桑生摸索着拿到笔之后，写下了几个字：燕了，事情有变，晚归三日，安全无恙，勿念。

写完后，他将纸笔交还给张树庭："麻烦帮我把这封书信交给我媳妇，她现在住煤巷胡同108号。"

张树庭接过纸笔的同时好奇道："你个眼差的会写字？"

闻桑生点了点头："这要感谢我师父，感谢他老人家当年给我定的第三条规矩。"

提起师父，闻桑生感觉鼻子酸酸的，难免又想起那个害死他师父的夜天子。想起只为了一把三弦，他不惜坏规矩出毒计害人！这样的家伙，有什么资格自称夜里的神！这样的家伙，闻桑生恨不得食其肉，剥其皮！

张树庭立刻叫来了一个联络员把信送走，而后搀扶着闻桑生坐上汽车，快速往他的总长衙门奔去。在那里，他们要审讯飞尸案最后的嫌疑人：南苑航校的教员吴助。

当闻桑生跟张树庭到达总长衙门后，竟意外地在门口听见兰艾艾呼唤他们两个。张树庭问道："哎哟，兰姑娘不去收拾你那残局，来我总长府作甚？"

兰艾艾回答："看您这话说的，你们巡警的人把我的房子都拆了，我不找总长您找谁呢？"

"那是我拆的吗？"张树庭带着火气回，"谁能想到汽车会从天而降啊。"

"我不管。"兰艾艾不依不饶，"汽车是你们巡警的汽车，饭局是你们的饭局，出了这事，我就得找你们赔偿。"

"你！"张树庭相当委屈地喊了一声，而后从衣服口袋里取出了什么，"这样行不行，赔礼的事另说，先给你损失费，三千够不够，支票立取。"他拿出钢笔写了什么，而后撕下一张纸递给了兰艾艾。

张树庭的做法既保全了巡警部的颜面，又解了对方的难处，不可谓不大气。但谁知道那兰艾艾并没有伸手接那支票，反而冷着声道："张总长，我不缺那仨瓜俩枣，我要的是你们巡警衙门的一个说法。说白了，我要的是巡警总长的赔偿，不是您张少爷的赔偿。"

　　兰艾艾一句话，顿时让事情陷入了僵局。不过夹在中间的闻桑生却听明白了，这兰艾艾并不是来胡搅蛮缠的，而是抱着更深的目的故意难为张树庭。她想要的，是知道那只飞鹰的情况。

　　这时，闻桑生向兰艾艾和张树庭拱手道："二位，你们看这么着行吗？张总长去审飞尸案的犯人，兰小姐先去会客室休息，等我们了结了飞尸案，给青科长报完仇，大家再详细商量赔偿的事宜不迟。"闻桑生又特意给兰艾艾鞠了一躬，道，"事有轻重缓急，看在我的薄面上您就先退一步？"

　　闻桑生一席话，应该是全说到兰艾艾心坎上了。待他说完，兰艾艾立刻回答："看您的面儿，好吧。不过飞尸案这么快就有进展了吗？"

　　"当然。"闻桑生借坡下驴，"我们怀疑是南苑航校的飞行教员吴助干的，据说他有一种水上飞机，能够把人抓上天。"

　　兰艾艾一声惊异："吴助干的？"

　　"没错。"张树庭警惕地问，"听语气，你认识他？"

　　"他来我这里喝过几次酒。"兰艾艾说罢又告诉张树庭，"总长，我提醒您一句。这个吴助脾气古怪刁钻，还很有些不同寻常的手段，依照您的本事，恐怕拿不下此人。"

　　"拿不下也得拿，"张树庭抬手，似乎看了看手表，"我现在就剩下六十八小时的命了。"

　　"那祝您二位好运。"兰艾艾转身走了，闻桑生听着她高跟鞋离开的方向，判断她应该是往总衙门的会客室去了。

"别耽误工夫啦，"兰艾艾走后，闻桑生拉了拉张树庭的衣襟，"快审吴助去吧。"

张树庭阴沉地应了一声，而后带着闻桑生去了总长府的拘留所，闻桑生很快"见"到了被张树庭手下人"请"进来的吴助。

侧耳倾听后，他听出吴助的手脚上都套着铁链，脖子上还戴着实木重枷锁。可能是因为那枷锁太重的原因，吴助整个人的呼吸很不顺畅。听到这些，闻桑生眉头一皱，立刻问身边的张树庭："您给他上的这是'虎挂龙钳'，是抓燕子李三和康小八这类大匪才用的桎梏，吴助只是个教员，这么做是不是太过了？"

张树庭却用《白门楼》里的词缓缓回答："缚虎不得不急。"

张树庭的答复让闻桑生无言以对，就在这时，那个陷坐在椅子里的吴助却发出了阵阵冷笑。吴助的笑声听在闻桑生耳朵里极度不适，因为他感觉这笑声有些与众不同，那是一种嘲笑，更是一种冷笑。

"你笑什么？"张树庭愤怒地质问。

"我笑自己蠢。"吴助喘了一口气，接着讲，"我现在才想通，上着课你们就把我抓过来，又给我上这么一套大刑具，恐怕是有什么天大的罪名要强加给我吧？说说，是汉奸，还是革命？"

"你化名飞鹰勾结夜天子，盗取《天书》制造飞尸案，在北平城里制造恐慌。"张树庭直言不讳。

"笑话。"吴助辩驳道，"你是说昨天晚上发生的飞尸案？我一个手无缚鸡之力的教员，有什么能耐把汽车举起来砸到人家二楼上去。"

"你有飞机。"张树庭急切地大吼，"我早听说你在南苑发明了一架飞机，水陆两用，还能安装武器。"

"飞机，呵呵！"吴助冷笑了两声，说，"段大帅和吴总长怀疑我和南方党人有染，怕我的发明为对手所用，大手一挥给拆了，图纸也烧了。现在零件还在学校的仓库里吃灰，机油都干啦。"

说完自己飞机的状况，吴助伸出手来，敲了敲脖子上的枷锁："我是个被捆死在地上的工程师，拿什么去做那飞尸案。"

"啪！"张树庭重重地拍打了一下桌子，紧跟着愤而起身，挥手吼道："公府拆了你的飞机，你对公府心怀不满，这才投靠了挨千刀的夜天子，又借助他的资金，制造了一架更大载重的飞机来作案，对不对？"

张树庭的话说至此，闻桑生感觉一阵恶寒。很显然，此时的张树庭已经快被吴光真他们逼疯了。为了脱罪活命，他已不是在调查案子和寻找切实的证据，而是在栽赃嫁祸。

张树庭这样做自有他的无奈，于事情的进展却并无益处。更关键的是，闻桑生是夜天子派来找《天书》的人，张树庭把一个无辜的人屈打成招，并不能让自己找到那本书，更不可能救自己媳妇的命，必须得真正搞清楚这个吴助是否真的是飞鹰才行。

怀着无奈的心情，闻桑生在张树庭最癫狂的时候帮吴助说了句话："我说张总长，您火气太旺了，他投没投靠夜天子也不是你我嘴皮子一动就算的，得有物证。"

"马上派人去搜查。"张树庭转身命令，并接着询问，"搜查令还没批准吗？"

"最快明天早上。"有部下在张树庭的背后回答，"嫌犯居住的是航校的集体宿舍，我们怕贸然去搜会引起学生和教师的示威，就报了检察院，走了正规程序。"

"不管什么程序，让你的人加快。"

闻桑生又适时劝道："张总长，您歇会儿消消气，由我问这嫌犯几句成吗？"

张树庭仿佛看到了希望一般急忙回答："好，好。闻先生出马想必是与众不同的，您随便问，敞开了问。"

闻桑生点头，转身对着吴助道："吴先生，您戴着枷锁很累吧？"

"脖子快断了。"吴助回答。

"既然这么苦，那么我希望您说实话，说了实话我马上让总长把枷锁给您放下来，让您松快松快。"闻桑生先给了吴助一个承诺，而后才开口，"吴先生，您说您没参与飞尸案，可有脱罪的证据？"

吴助喘着粗气回答："我是教员，教员是有考勤的，航校又是军事化管理。我几点上班，几点上课，几点出操，几点回宿舍都有记录和人证，你们可以去查。"

闻桑生琢磨着他的话，感觉确实有几分道理。但转念一想，他又问："吴先生，如果，我是说如果啊，您真的是叱咤鬼市的杀手飞鹰，那么手底下应该有不少高人吧，您完全可以派手下人用飞机作案。"

"哈哈哈！"吴助嘲讽地笑道，"能提出这种假设，你这人不是个无知狂徒，就是瞎子。"

闻桑生被人扎到痛处，但还是压着火问道："此话怎讲？"

"飞机自己是飞不起来的，它需要地勤，需要机场，需要柴油，需要零件，需要定时检修，需要高水平的技师，缺一个就是机毁人亡。那么复杂的东西，我怎么可能藏匿，又怎么可能和些江湖之人合作？"

闻桑生仔细在心中盘了盘他的话，了解了七八分。鼓捣一架飞机不是大街上捏面人、天桥上拿大顶那般撂下挑子就能做的"独揽活"，而是需要由许多个洋匠师组成的团队才能玩得转。这样的团队人才估计段大帅和吴总长手下也没几个，更何况鬼市的夜天子和飞鹰。

况且能把汽车抓起来的飞机个头儿肯定不小，再加上这七零八碎的人员和设备，所需要的场地也小不了。如果想把这些玩意儿藏在北平这人口密集、楼房林立的城市里，随时使用还不被人发现，也实在太难了些。

闻桑生感觉十有八九此人并不是传闻中给夜天子搞运输的飞鹰，但是他也知道吴助现在是张树庭的救命稻草，当下让张树庭放掉他也是不可能的。

心中略微权衡了一会儿后，闻桑生问吴助："吴先生，您之前说的那些话我都信。我再问您最后一件事情，希望您如实回答。"

"说。"吴助这一声"说"字讲得十分虚弱，似乎他已经快要喘不上气来了。

闻桑生最后问："您当真一丁点儿都不知道飞尸案的内幕吗？"

问出这句话后，闻桑生便立刻支起自己的耳朵，全神贯注地细品着吴助呼吸的细微变化。也在他一句问话之后，吴助的呼吸果然紊乱了一瞬，喉头更是快速地动了几下。闻桑生知道，这是一个人心中有着激烈波动的征兆。若没猜错，他对于飞尸案是知道些内情的。

但是让闻桑生意外的是，吴助在一番挣扎后，告诉他："我不知道。"

"不知道？"闻桑生陷入了巨大的困惑中。

"他说的是真是假，能听出来吗？"张树庭期盼地问。

在久久的沉默后，闻桑生回答："他说的应该都是真的，先把他的枷锁给取下来吧。"

"真的？"张树庭用失落的语气问，"你没开玩笑吧？"

"先取枷锁，人快憋死了。"闻桑生焦急地喊，又低声道，

235

"您和我出去，我有几句特别要紧的话要和您单独说。"

闻桑生知道自己和张树庭还是有默契的，对方应该能明白其中几分意思。张树庭在听见闻桑生叫他出去后，一边命人将吴助的枷锁打开，一边带着闻桑生往外走。一直走到没人的过道，张树庭才开口问："有什么要单独和我说的？"

"今天先别审这家伙了，他比咱想象的难对付。"闻桑生讲完，又安排，"最好先给他吃一顿好的，掉掉他的戒心。"

张树庭惊愕："哥们儿可只剩下六十六小时的命了，你不让我连夜审，我咋办？"

闻桑生摇头："这个人死都不认罪，你就算是屈打成招，他也拿不出《天书》来证实啊。"

说话间，闻桑生伸手指了指张树庭的脑袋："张总长，我知道您保脑袋要紧，但是找不到《天书》遏制不住那夜天子，恐怕这北平城里还会继续出飞尸案的，到时候您一样是渎职，一样得死。"

张树庭犹豫了一下，又问："那你说咋办？"

"鬼市里流传出来的事情，我感觉还是得去鬼市问问。"闻桑生继续道，"我总感觉这案子和鬼市有莫大的联系，有些关键的证据应该会在鬼市上出现，可到底是什么证据……"话说到一半，他突然闭了嘴，而后伸出导盲棍指着走廊的另一端怒喝道："哪个耳朵长的在墙角偷听，出来！"

"出来！"张树庭严厉呵斥，同时将身上带着的撸子枪拔了出来。

"哎哟，对不起，是不是打扰二位公干了？"说话的人是个女声，闻桑生听出她就是柔蛟兰艾艾。

被闻桑生发现后，兰艾艾大大方方地走了出来。可能仗着有干

236

爹的庇佑，被发觉的兰艾艾毫无惧意，反而还主动冲张树庭道："张总长，您把我晾在屋子里那么久，到底什么时候给解决问题呢？"

"姓宋的，"张树庭愤怒，"你擅闯军警禁区，信不信我毙了你。"

"哎哟，连我本姓都知道啊，是不是喜欢我？"兰艾艾迈着猫步走到张树庭极近处，冷哼，"为什么早晨在我干爹那里您没这么大的火气呢？我给您求了三天的活命，难道您就用这三天来枪毙自己的恩人？"

兰艾艾一席软中带刺、刺上涂毒的话，当时便让张树庭蔫了。在这位总长的沉默中，闻桑生感觉到他握着枪的手在抖。

为了防止张树庭做出出格的举动，闻桑生主动拉住了兰艾艾的手腕，开口道："兰小姐，您昨天不是和我说，要为我单独做一品我从未吃过的'白扒鱼肚'吗？正好您今天生意也做不成了，不如晚上给我做吧，咱俩顺带聊聊天，解解闷。"

兰艾艾或许是看出了张树庭脸色不对，或许是明白闻桑生的话中有话，在闻桑生给了台阶之后，她立刻笑着回答："看我这记性，快和我回去，我好好给你补补。"

说话间，兰艾艾紧紧地抓住了闻桑生的手臂，迅速出了总长府。拉着闻桑生出了总长府后，她立刻叫了一辆巡街的人力车，两个人并排坐上去，离开了张树庭的地界。

在车上，兰艾艾小声问："那吴助审得怎么样？"

闻桑生微微摇了下头："很不顺利，他不像是杀青东洋的人，不过他应该知道些飞尸案的内幕。"

兰艾艾点头说道："审问吴助我可以帮你一把，让他心甘情愿地说实话。"

闻桑生诧异："怎么帮？"

面对质问，兰艾艾回了一句："一句两句说不清楚，先到我那里，我细细告诉你。"

下了人力车，到了兰艾艾的玉香亭后，闻桑生立刻和那女人保持了距离，并在进了她的闺房后义正严辞道："兰小姐，您心里想什么我知道，您无非就是想让我在夜天子面前为您说好话开脱，对吗？我懂，我办，只求您告诉我怎样让吴助开口。"

兰艾艾闻言弯腰俯身在自己的床底下摸索了好一阵，闻桑生听见她拿出了什么瓷器，紧跟着又把那瓷器放在了桌面上。

品着瓷器的响动，闻桑生问兰艾艾："这里边是什么液体？"

兰艾艾回答："酒，这酒有个名，唤作'情殇醉'。"

"情殇醉？"闻桑生皱眉问道，"为何有个如此怪异的名字？这酒能帮我审犯人？"

"这里边可有大讲究了。"兰艾艾拿起酒瓶，郑重说道，"这种酒乃是我师父独传给我的秘诀。是以五谷、五果、五仙水为基，再配合人的喜、怒、思、忧、哀、恐、惊'七情之泪'所酿成的'咒酒'。"

"咒酒？"听着这闻所未闻的名词，闻桑生又问，"有什么特殊之处吗？"

兰艾艾信誓旦旦："这酒，人只要三杯下肚定说实话，是我们'食通天'门人专门用来勾魂拿人的宝物，也是我之所以能把生意做到这么大的密术。"

"有这么神奇？我怎么听着特像吹牛呢？"

"你拿过去让吴助试试就知道了，又毒不死他。"兰艾艾将瓷

238

瓶轻推到闻桑生这边，又言，"书里说得好，'解嘲破惑有常言，酒不醉人人自醉'。这情殇醉虽然能勾人魂魄，但还要好言引导，他才会说实话。"

"好，我试试去。"说着，闻桑生拿起酒瓶，站起来就要走。

在闻桑生起身后，兰艾艾颇为意外地喊道："你干吗去啊？不吃饭了吗？"

"不了，我找张树庭去，他那里安全，办事也方便。"说完，闻桑生转身走了。

当天晚上，闻桑生拿着酒去找了张树庭，并骗他说这是自己从鬼市上一高人手里淘换的，是能让人吐实话的宝物。

听完这酒水的神奇，张树庭的反应也和闻桑生一开始听到时差不多，都是又惊又疑。不过如果不是闻桑生让他沉住气，他当天晚上真就要把这瓶东西全部都灌进吴助的嘴里去了。虽然闻桑生极力安抚住了张树庭，但第二天这位总长还是在六点不到的时候，就把闻桑生叫起来去提审吴助。

再一次于审讯室里"见"到吴助，闻桑生听着他的呼吸比昨日平缓了许多，双手双脚虽然依旧被镣铐桎梏着，但铁链划拉的声音明显比昨日脆响了很多。显然，他昨天吃了东西，再加上休息了一阵，恢复了些精气神。

可能是因为昨日闻桑生帮吴助解开了枷锁的原因，他对闻桑生的态度不错。刚一照面，他便主动向闻桑生道歉："昨日您走时我才看出先生眼不好，我为我曾说过的话道歉。"

"没什么，事实而已，我还接受得了。"说话间，闻桑生将手中的白瓷酒瓶拿上桌子，推给了吴助。

吴助拿起瓶子晃了晃，而后苦笑道："酒？昨天给我吃了酥肉

239

拌饭和卧果儿汤，今儿又给我酒喝，这是要上刑场了吗？"

"不不不，还不至于。"闻桑生又将一个事先准备好的玻璃酒盅递给他，"我听说牢房阴寒，故特意备下薄酒，让您喝些暖暖身子，身子暖了咱们再聊。"

吴助有些狐疑。正在这时，张树庭开口了："里边没毒，要想杀你，我还犯不上用下三烂的手段。"

"总长得的是。"吴助伸手将那酒的封泥拧开，轻微晃荡了几下后，倾斜酒瓶，将酒液缓缓注入酒盅。

随着酒液的倾倒，一股绵延香醇、荡人心肠的甜熟酒味迅速充斥了整个审讯室。那味道奇妙无比，宛如美人的薄纱，竟给这冷冰冰的审讯室增加了一丝暧昧而温暖的滋味。

"这酒的味道……"吴助痴痴地说话，精神似乎有些恍惚。

"特香是吧，"张树庭咽了口吐沫，接着催促，"香就赶紧给我喝，身子暖了我们还要办正事。"

吴助将酒盅举起来，放在鼻前微微嗅了下，而后小口抿着慢慢喝尽。闻桑生听出他喝酒的步骤特别讲究，不像是一般酒友，也不是简单酒虫的喝法，而像是一个品酒大家，动作庄重而不失优雅。

在第一杯酒的饮用间，闻桑生竟品出了这人的几分文气。酒尽之后，吴助笑了一声，紧跟着又自酌一杯，同时竟开腔高唱小曲："夫人说我隔遥天，多时不曾见玉颜，娘娘呀，冬年寒节常常念。娘娘说我到人间，要把碧藕赐众仙，夫人呀，怎敢劳动来相见。麻姑说我听人言，娘娘已到蓬莱山，娘娘呀，一樽薄酒来相献。"

吴助没头没尾地唱完这一曲歌谣后，又将浅盅斟满。他依法饮尽第二杯酒，紧跟着"哒"地仰天长啸一声，如个拉纤的汉子般突然站了起来。

这二杯酒，闻桑生品出了此人的几分豪气。随后，吴助敲打着镣铐又唱："那里的娘娘来撒灾，平步丢下相思来，乖乖呀，紧相思就是我先害。连日想来我好呆，待要推开推不开，乖乖呀，见了你只是心里待。铺着长裙枕绣鞋，死在你面前也自在……"

吴助虽唱的是相思之曲，但言辞间皆是慷慨之意。闻桑生听在心中，甚至能感觉到此人的一片赤诚、一身抱负。很快，吴助又喝起了第三杯酒，这回却并没有如前两次那般品酌，反倒是豪气干云地将酒瓶抓起来"咕咚咚"来了个"底儿净"。这最后的一次，闻桑生品出了此人的几分愤慨。

喝尽最后一口酒后，吴助又用哭腔唱道："回头真是一场梦，可笑离合与悲欢，劳劳攘攘真扯淡。忽然把云头落下，旧风景全在眼前。在眼前！"

三杯酒尽，一壶浆空，吴助三段高歌，唱尽七情六欲。随着三杯酒尽，闻桑生知道是时候问正经事情了。不过正在这时，张树庭已急着开口："姓吴的，好饭吃了，好酒喝了，该办正事了吧。现在我问你，你是不是夜天子的手下飞鹰？有没有掺和飞尸案？偷没偷《天书》？"

吴助坐回凳子，将酒瓶一扔。瓷器碎响中，他一边笑着，一边回答："没错，我就是夜天子的手下，青东洋是我杀的。那些贪污腐败，只知道享乐的狗官也是我杀的。至于你们说的书……"略微停顿，他用不屑的语气道，"你们找得到，就也是我偷的。"

"你！"张树庭正准备发作的时候，闻桑生突然伸出手，紧紧拉了他一把。也因为这一拉，张树庭在放肆的吴助面前，终究没有耍官威。

他重新坐回凳子上，又问："既然招供了，那我接着问你，你

241

为什么和公府为敌助纣为虐？"

吴助缓缓地将自己戴着重镣的双手举起来，以一种心寒绝望的声音说道："我抛弃美国的事业回国报效，为的是国家的富强，为的是创建一流的空军。可那些北洋公府里的官老爷呢？他们只把我当成宣传的门面，拆了我的飞机，毁了我的事业，不给我拨一块钱预算，却把千百万的国帑都花在阿谀奉承、拉帮结派和吃喝嫖赌上！现在的公府，阿谀奉承者在上，踏实肯干者遭殃。我曾亲眼看见一个姨太太的首饰身家，顶得上一支空军中队。这样的公府，你叫我如何不恨，如何不报复！"

吴助一番话慷慨激昂、痛斥实事，说得张树庭沉默不语，更让在场的所有狱警低下了头。只有闻桑生听过之后面色冷峻，并无太大的变化。张树庭在沉默了许久后，终于从凳子上站起来，挥手命令："让他在口供上签字。"

说完，张树庭摇摇晃晃地走出了审讯室，闻桑生听出他心中不痛快，也就跟了出去。在审讯室外，张树庭点燃了一支烟，一边沉闷地抽着，一边对闻桑生说："其实他说得全对，我们这些出国的学生，当年又何曾不是抱着回国之后一扫寰宇的志向，但……盘根错节呀！"

一句"盘根错节"，张树庭说得无比沉重。

"你同情他了？"闻桑生问，"想帮他脱罪？"

张树庭猛吸了一口烟："自顾不暇，有心无力。"

"理解。"闻桑生点头。他是真的理解。

等他默默抽完烟后，闻桑生才又开口问："接下来怎么办？"

"口供都招了，还能怎么办。"张树庭丢掉烟蒂，"用刑让他把藏书的地方吐出来，但愿这小子嘴不那么紧，能少受点苦。"

第十一章　备胎

说来也巧，就在张树庭说这话的时候，闻桑生听见一群人迈着急匆匆的步伐向他们跑来。那些人气喘吁吁，还没站稳就高声冲张树庭大喊："张总长，我们去航校搜查了。您猜怎么着？找到《天书》啦！就在那王八蛋的枕头下边。"

派出去搜查的侦缉的一席话，当时便让张树庭兴奋起来。闻桑生听见他快速跑到那些人的身边，将一本册子类的玩意儿抢在手里。来回摸索了几下后，他终究没有打开，而是警惕地问身边的人："你们谁看过里边的东西？"

"没有，绝对没有。"一众人接连否定道，"谁看谁死的玩意儿，我们才不找那晦气呢。"

"嗯，那就好。"张树庭又吩咐，"马上给我拿一个带锁的保险箱来，快！"

吩咐完，他扭头走到闻桑生的面前，激动道："我仔细看了，和我在李宏吉那里看见的一样，就是这本书。"听见张树庭找到了宝物，闻桑生心中也是一块石头落地。

不过出于谨慎，他还是向张树庭伸出手："张总长，我能摸摸吗？"

"当然。"张树庭把那《天书》递到闻桑生的手里，又道，"我现在挺羡慕你的了，你看不见，既不必冒着必死的风险，又有办法一窥《天书》里的秘密。"

张树庭喜笑颜开，不过闻桑生在接过那本书后，呼吸却还是变得沉重起来。

闻桑生手里的册子并不算大，但是特别压手。略微摸索后，他察觉到这东西的外皮是用细腻的金丝绢布缠绕包裹一层黄金制成的，上边还能勉勉强强让他品出《天书》两个字，中间的内瓤都是厚纸制作的，不过最多也只有百十页的样子。

相对于精致的金丝绢布、贵重黄金的封皮，闻桑生也和别人一样，对那内瓤的文字最感兴趣。虽然看不见，但他还是好奇地将整本金册微微翻起，摸索了一下那些平滑密实的纸张。随着指尖传来的特殊触觉，闻桑生起初有些迷惑，紧跟着他突然感到一阵诧异。

"这，这书……"闻桑生颇有骇然之意。

"咋了，"张树庭好奇地问，"你摸索出天机来了？"

闻桑生在最初的惊慌之后，便收起了诧异的样子，也没有向张树庭吐露什么。因为他知道，此时和张树庭说了只会让他无端惊恐，让吴助无端受罪。

压制着心中的惊恐，闻桑生把手从金册中抽出来，微微捂了捂口鼻后摇头："没品出什么特别的，只是这书是金的，实在太贵重了，惊了我一跳。"

"仁者见仁，在您眼里或许罕见，在我看来也就是一顿酒。"说话间，张树庭将《天书》从闻桑生手里拿过来，如捧着个地雷般一动不动。直到他的部下将保险箱拿来，他将此物装进去，又拿出随身手铐把保险箱和自己的手拷在一起后，才慢慢放松下来。

张树庭将两把钥匙装进自己衣兜后，大笑着拍打闻桑生的背部："闻先生，我的命能保下来，全靠您鼎力相助。等我把这《天书》拿给吴总长交了差事，我好好犒劳您。"

闻桑生是替夜天子来夺书的，自然不能让张树庭把这宝贝拿给吴光真，而且在品过《天书》内瓤的纸张后，他反而涌起了一种不安的感觉。随着这书的出现，他感觉事情更复杂了。在恐慌的支配下，他摇了摇头，说："您听我一句，这宝贝先不着急给吴总长拿过去。"

"为什么？"张树庭诧异。

"这还不简单？咱们得先让兰艾艾看看。"闻桑生提醒，"您忘了，您曾经在电话里答应兰艾艾，说找到这东西之后，先让她品鉴品鉴。"

张树庭相当不乐意地说："可那女人欺我……"

"您不会忘了'盘根错节'四个字吧。"闻桑生苦口相劝，"不给她个交代，只怕会出更大的麻烦。"

在"盘根错节"几个字的提醒下，张树庭了然："是我意气用事了，我这就和您一起去兰艾艾那里一趟。"

"这是对的。"

闻桑生微笑，而后在张树庭的搀扶下，和他一起上了驶往玉香亭的汽车。在车上，闻桑生和兴奋的张树庭闲聊了许多。在闲聊之中，两个人难免又提起了吴劼。

闻桑生问道："张总长，这个吴助的家世怎么样啊？籍贯呢？"

"没落文人出身。"张树庭回答，"说起来算是北平人，不过打小就随着父母往河南宫县过日子了，也算半个河南人。留洋之后在美利坚工作，回来之后曾去福建马尾办航空学校，最近几年才又回到北平。"

"哦。"闻桑生平静地应答了一句，心中却如醍醐灌顶般惊醒。吴助竟是河南人，闻桑生刚刚摸索过的《天书》又有一种他颇为熟悉的特殊质感，再加上天子会的那张照片。这一切的一切，让闻桑生整理出了一条脉络。

闻桑生终于确认，在吴助和《天书》背后，有一个极大的阴谋。在吴助这个飞鹰的背后，有一只手在策划更阴险的罪恶。如果处理不好吴助这个阶下囚，他和单飞燕不管如何挣扎都依旧会死无葬身之地，那本《天书》也会成为他的催命符，到时候他们两口子必死无疑，更遑论找出夜天子的真身，为师父报仇雪恨。

到了玉香亭，下车并按规矩做了简单通报后，闻桑生便随着张树庭进了菜馆，很快碰到了正在组织人力修补房子的兰艾艾。兰艾艾见到张树庭和闻桑生后，颇为意外地开口："哎哟，二位爷怎么来了？还红光满面的，有好事？"

张树庭举起手中的保险箱："我们找到《天书》了。"

"呀！"兰艾艾一声惊叹，"这真是'枯树发芽燕子来，喜鹊唱歌柴火笑'呢，您张总长既保住了命，又立了功。恭喜！"

"这也得感谢你的帮衬不是。"张树庭语气谦卑地讲，"兰姑娘，能不能给我们整几个菜，陪我和闻先生浅酌几杯？我借地赔个礼，顺便咱一起见识见识这《天书》的稀罕。"

兰艾艾兴奋地答应："好，您先去我闺房小坐。我这店塌了，别嫌寒碜，就只能先委屈您一下。"

"求之不得。"张树庭回了一句，而后拉着闻桑生的手，径直往兰艾艾的闺阁走去。

在对待《天书》这件事请上，闻桑生虽然未和兰艾艾通气，但两人绝对是互相有默契的。他这会把张树庭叫来，就是要兰艾艾调包《天书》，既让张树庭能给公府一个交代，又让报丧鸟和柔蛟能给夜天子一个交代。也因为这种默契，兰艾艾做好菜，陪吃过三巡酒后，便与闻桑生一起连哄带诱地让张树庭将他身边的亲兵都撤了下去。

而当房间里只剩下他们三个人时，兰艾艾又将他灌了个酩酊大醉。当张树庭醉倒在桌子上时，闻桑生轻轻推了推自己鼻梁上的墨镜，而后道："才喝了七杯酒就醉了，张总长平时不是这么浅的量啊，兰小姐给他下药了？"

"药王庙鬼市王花子的'半日昏'，人喝了宛如死猪，浑然无知。"说话间，兰艾艾竟然抬手往张树庭的脸上"啪啪"打了两个响亮的耳光，而后嘲讽地笑道，"你看，多管用。"

闻桑生听着张树庭的可怜遭遇，微微摇头后，冲兰艾艾讲："汤里加迷药，您要是生在宋朝，铁定没孙二娘什么事了。"

就在闻桑生"夸赞"兰艾艾的时候，那兰艾艾却走向他，腰肢一转缓缓坐到了闻桑生的腿上。坐稳后，她又俯身在闻桑生耳边轻声说："闻先生，我当孙二娘，那您给我当张青呗？咱们俩做一对亡命鸳鸯如何？"

闻桑生以冰冷的语气回答："我早知道您设这一顿酒宴还有别的想法，不过我也有 件事想问您。"

"什么事？"

闻桑生冷笑着说："我其实已经知道那《天书》里写了些什么内容，您想知道吗？"

"急什么。"兰艾艾回答。

"您没兴趣了解，"闻桑生用质问的语气道，"还是您一早就知道那书里写的是些什么？"

听到闻桑生的话，兰艾艾愣了一下，接着略带惊慌地问："您什么意思？"

"我的意思很简单。"闻桑生起身，将坐在自己腿上的兰艾艾推开，迈步走向死猪般的张树庭。

走到张树庭身边后，闻桑生摸索着从他兜里拿出钥匙，将他的手铐和保险箱的锁打开，取出那本金册。之后，他将《天书》毫无顾忌地摊开，丢在兰艾艾面前："看看吧，您的杰作，书上根本没有一个字。"

兰艾艾慌张地向后退了几步，同时困惑地问："你怎么会……"

"怎么会知道书上没字？"闻桑生解释道，"书上的字用油墨印刷也好，用毛笔写也罢，不管多少年过去，总会让纸张变形，总会留下些笔墨的味道。可是您给张总长准备的这本《天书》只有纸张的味道，只能摸索到白纸的质感，它不是空的是什么？"

闻桑生坐回席位，继续讲："不过您这招也真是高，因为《天书》害死了那么多人，恐怕没谁再敢翻看了。而且就算有人翻看，这无字的《天书》也总好过您从什么乱七八糟的地方取些经文，编造一本有字《天书》来得玄乎，对吗？"

"您凭什么说这假《天书》是我造的？"兰艾艾不满意地说，

248

"我可没去过吴助的房子，也不知道你们什么时候搜查的他？"

"您是不知道，也不用知道，因为您有个弟弟呢。"闻桑生拿起张树庭的酒杯，微微闻了闻，继续讲，"您这个弟弟本事不小，夜里是赖王城的鬼八爪，白天就是张树庭手下的搜查员，您让他借着搜查吴助宿舍的机会把假书弄了进去。"

"您如何知道我弟弟是搜查员？"兰艾艾的呼吸越发混乱。

"先前张树庭严打鬼市，数次抓鬼八爪不得，足以说明鬼八爪的真身极其贴近这位总长，对于他的安排一清二楚，再加上……"闻桑生指了指自己的耳朵，"你弟弟说话的声音，从我第一次在鬼市遇见他，到他把《天书》递给张总长没啥变化，太奶声奶气啦。"

兰艾艾坐进了闻桑生原本的椅子里。

"认栽？"闻桑生品着兰艾艾的呼吸，笑道，"那您还得再多认一些，因为我知道的可不止这些。"

"您还知道什么？"

"我还知道吴助根本不是飞鹰，你为了保护真正的飞鹰，让他当了替死鬼。他这个榆木脑袋痴迷于你，也心甘情愿当这个替死鬼。当然，自吴助提审之后你没有见过他，不可能直接诱惑他，让他为你和飞鹰赴死。不过，有你给他喝的那'情殇醉'也便足够了。"

其实，闻桑生从一开始就不相信"情殇醉"能让人吐真言的这类话，而仔细品过吴助在审讯室的应答之后，细心的他又发现吴助并没有完全顺着张树庭的言辞吐露所有"实情"，他的话更像是求死和发泄，而不是坦白。

最关键的是，他一个"北平生河南长的人"竟然在三杯酒下肚后，熟练动情地唱出了三段山东的俚曲，这俚曲的内容还正是兰艾艾所擅长的《蓬莱宴》，而且还是《蓬莱宴》中殉情甘死之节。

闻桑生是拉多了弦子听惯了民调的乌师，他知道听曲辩心，进而很轻易就品出吴助在喝酒之时所思所想的全是一个女人，而这个女人只可能是《蓬莱宴》和"情殇醉"的主人兰艾艾，于是一个悲哀的内情渐渐展现在了闻桑生的脑海里。

吴助必然知道飞尸案的一些内情，但是他没参与，更不是夜天子手下的飞鹰，算是个无辜的人。可惜的是，这位洋匠师和许许多多来过玉香亭的人一样，早被这兰艾艾迷了心窍。而且他和兰艾艾之间有某种默契，兰艾艾需要时，只需一个信号，他就会站出来为她去死，揽下一切罪名。而让吴助去死的信号，便是兰艾艾那浓厚醇香、味道独特的"情殇醉"。

等吴助认了罪，兰艾艾再忽悠自己的弟弟把那无字的假《天书》借搜查之便，往人家宿舍里一放，便算是人证物证齐活，彻底做实了吴助的罪名。

品着这些，闻桑生感叹："柔蛟啊，我从一开始就被你耍了。你自始至终都知道是飞鹰偷了《天书》，他就是夜天子身边的'枕边刀'，但是你不告诉我，还误导我的调查。你害死了青东洋，还想拿吴助当飞鹰的垫背。等我把这无字的假书拿给你主子之后，我和我媳妇也会死。你杀我们这么多人，就是为了保住那飞鹰的命。等风头过了，你和那个飞鹰要么弄死夜天子取而代之，要么双宿双飞过小日子，对吧？"

说完，闻桑生将张树庭的酒杯重重地扔在了地上，酒杯应声而碎，而兰艾艾则大口地喘着粗气。

"全被我说中了，"闻桑生提着拐杖立起身子，"你自始至终都在貌似配合我们的调查，我起初不解其意，不过现在全懂了。"

闻桑生用导盲棍指了指自己："你知道我的心有多好使，我的'眼'有多亮。你早想到我或许能看透你的安排，你怕我坏了你的计谋。"

其实闻桑生心里还明白，兰艾艾做得很好，可以说几乎成功了，如果换了别的正常人，八成就给她蒙混过去了。

兰艾艾笑了一声，终于不再沉默："我应该想到的。"她自斟了一杯酒，一边品一边道，"我没有想杀你，我只希望保住飞鹰的命。"

"他偷了夜天子的书，恐怕不可能了。"闻桑生摇头，又怀着一种说不出的怜悯之心道，"不过你还可以保住自己的命，只要你告诉我飞鹰是谁。"

"我……"兰艾艾犹豫。

"你心里如明镜似的吧？"闻桑生提醒，"四人已去其三，我能'看见'的，夜天子想必也能看见。你也不敢杀我，因为我若死在你这里，就意味着你和飞鹰串通一气，残害主上。"见那女人没反应，闻桑生又劝说，"人之所活，'情义'二字而已。你要是想帮他，也真对那人有情，最好告诉我实话。"

或许是因为兰艾艾绝望了，或许是因为闻桑生的话说中了她的心思。她终于开口："好，我告诉你，飞鹰真名岳建章，是天子会的第一届成员，也是那张照片里的人。建章和吴助是挚友，我、岳建章、吴助，我们……"

"三角恋？"闻桑生代为点破。

兰艾艾千般袒护，万般帮助的那个飞鹰，是个真名叫岳建章的天子会成员。

"岳建章是最早来我店里的人之一，他没有出过国，却有一个华侨老师叫谢缵泰。"兰艾艾告诉闻桑生：

岳建章的老师谢缵泰是个神人，自小文武双全，成年后又在澳洲求学，对数学和匠造颇有研究。他从洋人那里接触到现代航空科技后，醉心于机械与科技创造，并立志要以此报国。他于香港组织参与了许多国际级别的科技创新和飞行器的制造设计，并将之上报当时的朝廷，期望建立空军武装帝国。

只是让谢缵泰没想到的是，当时的清廷面对跨时代的种种发明，竟以"此人亦曾出书画抨击时政，有革命嫌疑"为由全部打入冷宫，让这个发明家辛辛苦苦设计出的飞行器图纸全晾在故纸堆里吃灰。

受到如此冷遇，谢缵泰对清廷彻底失望。既然对方污蔑自己"有革命嫌疑"，他便索性弃笔从戎，真的与孙文等人创办了中兴会，屡次发动起义，成了塑造共和的元勋。清帝逊位之后，谢缵泰曾受新元首邀约，北上来京参加有关组建新政府的会议，其间他结识了正在北洋大学堂读书的岳建章等人，并把自己平生所知的航空学技术、图文资料和强国梦想，都教导给了这些勤奋好学的新派学生身上。

岳建章学有所成之后，与许多天子会的会员一样，也想用自己的所学兴国强邦，为国家创办一流的军队。

按理说岳建章是名师高徒，又有真本事，理应飞黄腾达。实际上他个人的遭遇，却比他老师谢缵泰以及吴助等人还惨。岳建章的老师虽然是铸造共和之人，但是其人脾气古怪很不合群，故而在南方没有什么实权。在北方的旧官僚这边也属于派系之外，备受冷落，最终只落得个隐居香港了却残生的命运。

老师的"苗不正，根不深"，自然也预示着自己的徒弟难以发展。而岳建章在南北都不待见的情况下，果然混得越来越差。虽然他有本事，却在"大兴县邮政股长"的位置上钉着，许多年下来，仕途没有任何进步，活得无比憋屈。

岳建章一无事业，二无家庭，茫然无助间便只能把钱和兴趣都投入到喝酒、画图纸等杂事上。在这个过程中，他知道了玉香亭，迷上了兰艾艾和她的美食，并在这里结识了吴助。

岳建章和吴助属于那种见面就吵，不见还浑身痒痒的朋友。兰艾艾在的时候，他俩为女人争风吃醋；兰艾艾不在的时候，他俩又会为未来航空科技的发展而争论不休。两个人常在天子会的聚会中拉帮结派，拿着各自的设计图纸吵到脸红脖子粗，也曾为了包兰艾艾的一桌美食而互相争价，豪掷几个月的干饷，哪怕以后啃烧饼也在所不惜。

回忆至此，兰艾艾颇为感慨地说："这两个男人都是俊才，但是若说我这辈子倾心所向，甘为其死的，只有他岳建章一人。"

"为什么？总得有个原因吧？"闻桑生问。

兰艾艾口含笑，眼含泪地回答："因为他够'罗曼蒂克'。"

闻桑生想了想，说道："争风吃醋的事咱就不提了，能不能直接告诉我，你是怎么知道岳建章是夜天子手下的飞鹰？按照夜天子和鬼市的规矩，你们应该互不认识吧？"

听见闻桑生的问话，兰艾艾忽然笑得更甜了："看透他也是件挺'罗曼蒂克'的事情呢。"

说起如何识得飞鹰，兰艾艾又陷入了不可自拔的回忆。在她的回忆中，原本只是个股长的岳建章其实是天子会里最穷的一位，但是忽然有一天变得阔绰起来，一连以几百大洋的价格包了兰艾艾十晚"蓬莱宴"，并且还总给她带来一些东海珍珠、福建荔枝、南洋山竹等特别稀罕且以现在的运力根本不可能保鲜运到北平的玩意儿。

岳建章突然的改变让兰艾艾产生了强烈的好奇，面对她的好奇，岳建章当时便兴冲冲地夸下海口，说不光那些宝货，只要天上地下有的，除了日月星辰，他都能给兰艾艾弄来。

兰艾艾当他是在说大话，故而也只当玩笑般地回道："若真那么神奇，我想要天上的云，你能带我摘到吗？"

兰艾艾本是一句戏言，不曾想岳建章却当了真。他当天晚上便告诉兰艾艾："我可以带你摘云彩，不过明天你要歇业一日，还要蒙着眼睛和我去一个神奇的地方才行。"

在好奇和爱意的驱动下，兰艾艾答应了岳建章的要求。第二天她与他双双早起，然后蒙了遮眼布，坐车去了很远的地方。

黑暗中，兰艾艾感觉自己出了北平城，出了近畿之地，下了柏油的大路。换上了一辆汽车，他们又在山区陡坡里走了好远好远。有好几次，兰艾艾想摘下遮眼布看看外边的景色，也担忧这岳建章图谋不轨，但她终究没有那样做。

下车后又摸黑徒步走了不知道多久，岳建章终于说了一声"到了"，而后将兰艾艾的遮眼布摘掉，让她看脚下。

重获光明之后，兰艾艾很快被脚下的画面震惊了。因为她看见此时脚下竟然是透明的，天上的云彩、地上的山脉甚至鸟儿等物，全都在自己的俯瞰之下。

她飞起来了。

猛然瞅见天空间的奇妙景色，兰艾艾吓得几乎站立不稳。不过就在她惊慌时，岳建章从后边一把搂住了她，而后自豪地说："你要我摘云给你，你要海蛟我也能给你，今日你就是天上的仙子，要什么我都帮你弄来。"

岳建章说话的时候，兰艾艾才略微从惊慌中缓过神来，并看到此时的自己正站在一个巨大的由玻璃和金属制作的罩子里。那罩子上边还有一个巨大无比的黑色皮囊，两边各有竹蜻蜓一般的大扇子在嗡嗡地旋转。

兰艾艾问岳建章这是什么东西，为什么能飞。岳建章则直言不讳地告诉她："这玩意儿学名叫'硬骨飞艇'，是当年我师父谢缵泰发明出来献给清廷的飞行器。"

"飞艇？"听至此，闻桑生费解地插话提问，"啥是飞艇？和飞机有啥区别？"

"这怎么和你解释呢？"兰艾艾思索了片刻，而后回答，"飞艇就好比一种能在天上空气里游泳的鱼，能用它的肚子载人载货。又好像神话里的龙，能腾云驾雾、悬空急停。"

"哦，我勉强略懂吧。"闻桑生皱眉点头。

描述完飞艇的样子，兰艾艾又继续讲："后来我从岳建章那里了解到，这飞艇是夜天子网罗的一些能人，在清朝的时候就按照他师父谢缵泰的图纸，一点点购买原料来制造的，不过自他投靠夜天子成了飞鹰后，这艇便全归他运行维护。"

"谢先生的图纸当年不是被清廷没收了吗？夜天子又从哪里购买？"

"这里边有一段隐情。"

原来当年，谢缵泰的设计图纸一共两份。其中一份献给了清廷，以期其能采用，增强国家实力。另外一份则给了他的助手兼挚友——英伦人墨克西。

墨克西是个有眼光的学者，知道飞艇的意义，便将蓝图奉为至宝，还把其中摘要刊登在外国的学术刊物上，引起了欧罗巴各国的轰动。后来各国的大洋匠师闻讯慕名找到他。那完整的图纸，又相继被马克沁爵士、伯尼爵士和齐柏林伯爵等人买去加以利用借鉴，进而促进欧陆各国创建了各具特色的飞艇部队和航空公司。

兰艾艾道："相对于别国的飞艇，谢缵泰的飞艇资料最好搞，也最简单。所以夜天子当年用'Niwa'的化名从英伦弄了一套，但他毕竟是外行，日子久了玩不转。为此，他陆续把范秘书、岳建章这样的天子会成员吸引进来，参与那艘飞艇的制造和维护。"

闻桑生惊诧："夜天子的手竟然能伸到国外去？"

"主上的势力大到你我没法儿想象。"兰艾艾用胆寒的语气道，"后来我通过飞鹰和别的渠道才知道，天子会表面上分崩离析，但实际上一些对时局失望的人都被主上吸引转而效忠他。"

这些人在夜天子的资助下，暗中建立了第二代的天子会。他们为夜天子培养了许多人才，而且现在的他们早已不是纸上谈兵。他们依靠夜天子从鬼市赚取的财富施展了抱负，还制造了许多可叹乃至可怕的洋机器。

"比，比如呢？"闻桑生忐忑地问。

"比如岳建章。"兰艾艾举例，"他已经在他老师谢缵泰的基础上发明了一架叫'劈天'的新式硬壳飞艇，载重更大，飞得更高，还能安装火炮和炸弹。这飞艇藏在夜天子于密云的山洞堡垒里，随时可以用，飞尸案就是它做的。"

说完岳建章的发明，兰艾艾又提起了别的。"还有夜天子给你我传达命令的那种木头人，后来我听建章说过，那是利用一种叫电磁的东西制造的。木头人内里的电磁机关能让主上在千里之外遥控此物说话做动作，和活人无异。而且……"兰艾艾犹豫了一下后，又言，"就连夜天子让你我寻找的《天书》，其实也是那些人鼓捣出来的洋发明。"

"《天书》也是？"震撼中，闻桑生问兰艾艾，"那书里的内容，你知道吗？"

"我没看。"兰艾艾摇头，又以慌张的语气说道，"但建章和我说过，那里边记载的是一种极端恐怖的兵器的制造与使用方法。那杀人利器一旦制造出来，只要在适当的时候动动手指头或者拉拉绳子，就能让整个国家都颤三颤，至于消灭北平公府那些贪官污吏、军阀流氓更是瞬间的事情。"

"北洋政府有十几万军队和官员拱卫，瞬间能把那么多人消灭，那得是威力多大的东西。"闻桑生拍着脑袋，一边穷尽想象，一边问，"那东西要是发动了，你我会怎么样？城里的百姓又会怎么样？"

"得知真相后，我也这么问过建章。"兰艾艾痛苦地说，"他说那《天书》所载之物启动之前，他自会驾着飞艇，踩着祥云来接我'看烟火'。至于别人，无辜牺牲是无可避免的。"

听完兰艾艾的话，闻桑生的心一沉。在他心里，天子会的这些人和夜天子都是疯子，为了达到目的不择手段的疯子，而自己想向疯子复仇，必然是要付出极其惨重的代价的。至此，事情的条理已经很清晰了。夜天子利用自己在鬼市赚取的海量资金做后盾，让他手下的洋匠人制造了一种威力极端巨大的武器。这东西的制造和使用方法就记录在那本伪装成《天书》的金册上。谁得到谁就能瞬间杀几万十几万人，谁得到谁就等于握着全天下人的性命。这玩意儿虽说是人造的，但确实配得上"天书"二字。

拥有骇人威力的宝书原本是由夜天子手下的范秘书保管，但因为范秘书不慎丢失，便流传到了鬼市之内。而后那玩意儿就如里边的内容一般在北平的鬼市上展现了无穷的威力，勾起了许多人的欲望。每个人都带着自己的目的去争夺，去研究，去害人，去赴死。于是乎，《天书》和那些奇怪的死法被联想在了一起，进而越来越玄乎。

　　《天书》在各色人手里辗转流传，最后被夜天子门下一个想取而代之的叛徒盯上了。而这个叛徒基本可以确定，就是那了解一切内情、制作维护着夜天子至少两艘飞艇的飞鹰岳建章。

　　想通这一切后，闻桑生恍然道："岳建章有飞艇，能在天上飞，还能让飞艇像鲲鱼一样把人和汽车吞了，他才是飞尸案的始作俑者。你知道这么多却不和夜天子讲，甚至助纣为虐，也难怪夜天子会把你列为四个怀疑人之一让我调查。"

　　带着对夜天子的畏惧，兰艾艾急忙辩解："不是这么回事。我和建章都是无辜的，虽然他控制着飞艇，但飞尸案和他绝没关系。"

　　"这是什么混账话，太矛盾了，我听不懂。"闻桑生困惑。

　　兰艾艾被闻桑生逼怕了。

　　她慌慌张张地说："其实我在那028师师长汪节营地处，就已经知道这一切只能是飞艇干的，所以从监狱里出来之后，我第一时间就去找他了。"

　　当兰艾艾冒着被夜天子弄死的风险主动亮出身份找到飞鹰后，那家伙却惊慌地告诉她早在十几天前，藏飞艇的山洞就被一群身份不明的人袭击了。袭击他们的人火力强大，杀了他十几个学生助手，策反了飞鹰培养的技师和艇长，还将他研究的最新式"劈天"

飞艇抢走了。

当时飞鹰便判断出做这一切的人应该就是夜天子手下的叛徒，因为只有内鬼才能找到他严密设防、隐蔽无比的基地，才能策反他培养的那些人才和骨干，开走那操作复杂的庞大飞艇。后来，随着飞艇弄死的人越来越多，伤的人越来越多，飞鹰急了。为了给自己洗脱罪名，也为了惩戒叛徒，不让事情失控下去，他数次开着他师父设计的破旧小飞艇，借着北平夜色的掩护去"捉拿"那被人抢夺的大家伙，但都因速度不济和火力不及而失败。

"你媳妇救你的枪和消息就是他留下的，所以绝对不是他，他救过你的命啊！"兰艾艾辩解道。

听了兰艾艾的话，闻桑生怅然半晌，而后感叹："你这女子表面上看八面玲珑，实则用心痴贞，思想单纯。以至于为了一个'情'字替他人百般掩护，可悲可叹哪！"

"所以，你会放了我们？"兰艾艾着急地追问。

"你说的那些我不确定，也没看见。"闻桑生则只是道，"我只问你，现在能带我去见飞鹰吗？我还要和他对质。"

"好。"兰艾艾先走到张树庭身边，将一瓶子酒全灌进了他的嘴里，而后又叫来她的手下吩咐道，"张总长累了，扶他下去休息。"

吩咐完，她立马披上披风，拉着闻桑生的手道："马上和我走，岳建章现住在北城城郊的一处洋公寓里。我知道路，我带你去见他。"

闻桑生能从兰艾艾的语气中听出一种极度的慌张和关切，那种急切明显表现出她对姓岳的是动了真情、付了真心的，她今晚的表现可以用疯癫来形容。

两个人坐上了拉晚儿的人力车，一个多钟头后，那累得半死的车夫终于把他们带到了岳建章所住公寓楼前。

兰艾艾将车夫赶走后，拉住闻桑生的手臂："到了，我带你进去。"

"麻烦轻点，快散架了。"闻桑生先讨饶了一句，而后一边跟随兰艾艾往公寓走，一边下意识地摸向他防身用的那颗手雷。

闻桑生对岳建章的态度是十分矛盾的，他既希望此人就是那个偷取了夜天子《天书》的"枕边刀"，又希望他不是。而且，就算确认了对方的叛徒身份，闻桑生也并不打算上来就告发或者把人家怎么样，反而希望听听这家伙有多大的能力和本事，再思考是不是能与之联合反杀夜天子一局。

毕竟，夜天子才是闻桑生一家真正的大威胁，又有弄死他师父的死仇。这样的家伙闻桑生从没想过与其有什么真正的合作，更清楚自己与夜天子早晚有撕破脸兵戎相见的一天。

怀揣着复杂的心思，闻桑生跟随兰艾艾来到岳建章的公寓门前，兰艾艾焦急地敲了几下房门，而后又用忐忑的声音呼唤："建章，是我，开门。"

屋子里没有回应，好奇中闻桑生将耳朵贴墙，也听不见里面有任何人走动或者呼应的传导，这让他的心里产生了非常不好的预感。闻桑生听见兰艾艾又敲了三下房门，直到她准备敲打第四下时，他忽然拉住了她的手臂。

"不对劲。"说话间，闻桑生收起导盲棍，把兰艾艾护在身后，紧跟着一个猛冲，全力撞向房门。

随着一声脆响，公寓的桦木薄皮门应声而破。紧跟着闻桑生便感觉有什么极端细小、如沙尘暴一般的玩意儿从岳建章的房子里疾速喷涌而出。那些小颗粒一样的东西猛然打在他的脸上、手上、头发上，而后又乱撞乱窜，许多还进了他的脖颈乃至嘴里。而当闻桑生被迫咬到了嘴里的"沙子"后才反应过来，那些铺天盖地飞出的玩意儿都是苍蝇。

"啊！"兰艾艾大叫了一声，紧跟着便捂着嘴瘫软在了地上。

闻桑生是看不见面前的景象的，但是他知道屋里一定是一幅极悲惨的死人腐烂的画面，否则他身后的兰艾艾不至于抖得如筛子一般。过了好几分钟后，那些冲门而出的苍蝇终于减少到了常人可以勉强承受的程度，这时闻桑生才迈开腿，跨进了岳建章的公寓。

进门后，他用腿将门关严，把已经恐惧到无以复加的兰艾艾隔绝在了这惨绝景象之外。关门之后，闻桑生在苍蝇的嗡鸣中伸出自己的拐杖，循着苍蝇飞舞声最密集的地方略微探了探。很快，在距离自己不算远的地方，他探触到了一个软软的有些像糨糊一样的物体。而当他碰触到那东西的时候，也随之听见一大片苍蝇嗡鸣着腾飞的声音，品着这声音以及导盲棍传导来的触觉，闻桑生终于确认那是一具尸体，九成九就是岳建章。和青东洋、普洛斯一样，闻桑生晚了一步，在刚刚搞清这个人的"真身"时，就被别人捷足先登。

可这到底是谁干的呢？为什么要一个个干掉夜天子的手下，又为什么总能快闻桑生他们一步？

怀着困惑，闻桑生继续用导盲棍往尸体里边扎碰，进而弄清了尸体的姿势。此时的岳建章呈卧倒的姿势，他的双手紧紧地护住胸口，而在他的胸口下则有一些又厚又大、用蜡布包裹的纸张。尸体的轮廓明白无误地告诉闻桑生，这岳建章临死前应该是抱着这些纸的，而一个人将死还抱着的东西，很可能有重要的信息。

会是什么信息呢？闻桑生第一时间想到的是那威力巨大的《天书》。他弯下腰从衣兜拿出随身的手帕。一面拿导盲棍将岳建章的尸体抬起，一面以手帕捏着那些被其压在身下的资料，将之拽了出来。

　　在让人几欲作呕的气味中，闻桑生怀着忐忑的心打开了蜡纸。很快，他在纸张上品出了更可怕的发现。

　　岳建章压在身下的并不是那《天书》，在这书正中的位置，闻桑生摸索到了一个手指大小的圆洞，那洞贯穿全书，也应该贯穿岳建章的胸口。

　　摸索出书本上的异样后，闻桑生心中的绝望无以复加，他抱起那书，扭头缓缓走出了岳建章的公寓，当闻桑生从公寓出来时，兰艾艾依旧坐在地上不停地颤抖。他将手中的书本冲她挥了一下，缓缓道："人是被枪杀的，飞鹰死了。"

　　"建章……"兰艾艾带着哭腔喊道，但终究没有勇气站起来去看那尸身一眼。闻桑生缓缓迈着步伐，抱着那书向街道的方向走去。

　　"你，你干吗去？"早已没了主心骨的兰艾艾失声问道。

　　"已经结束了。"闻桑生停下脚步，转身回答，"在我的推测里，夜天子有四个手下可能夺取《天书》，你、青东洋、普洛斯、岳建章。按理说我只要找到你们的真身那事情就能了结。但是每一次我找到其中一位的时候，他们都会无缘无故地死去，除了你。"

　　"你，你，你……"兰艾艾质问，"你怀疑我？"

　　"事实如此。"闻桑生扭头回来，叹息一声，说，"其实我也不相信你就是叛徒，我猜不出你在我的监视下是如何主导这一切的，目的又是什么，但是你就是夺了《天书》的叛徒，再不可能有别人。就算有别人，我也推导不出了。"

"你想让我当你的替罪羊，让我替你死？"兰艾艾恍然。

闻桑生没有回答她的质问，而是无奈道："在夜天子找我之前，你有什么未了的心愿就去办一办吧，我也回我媳妇那里聚一聚，大家没几天好日子过了。"

说完，闻桑生再不管兰艾艾，自顾自地离开了岳建章的公寓。路上，闻桑生心情无比沉重，他觉得自己一败涂地，匆匆忙活了几日，绕了一大圈却一无所获。显然他从根子上便错误判断了一切，或许那夜天子送给他的四样礼物本就没有什么深刻的意思。

但不管怎么说，闻桑生已在这寻书之事上输了，也累了，更加无能为力。既然他救不了媳妇和自己的命，便想退而求其次，把事情放下，利用这最后几日的平静多陪陪媳妇，过几天真正的小日子。虽然这样很窝囊，但也好过在惊恐中把自己吓死。

第十二章　变故

挫败感的驱使下，闻桑生步履沉重地在北平复杂的街道上走着。走了很远很远，走到很晚很晚，北平闷热的夜里，闻桑生如丢了魂般走着，直到他忽然听见远处有更夫的罗梆声响起。街道里的巡更人悠长地吆喝："夜深人静，关好门户！夜么虎子，不爬窗户！防火防盗，冷灰热褥！大小神明，不走正路——三更天喽！"

三更天的报喊声让报丧鸟"活"了过来，更让他意识到现在放弃还太早了。光天化日之下，依靠北平公府找不到的东西，不代表在鬼市也找不到。

怀着孤注一掷的想法，报丧鸟摸着手里的导盲棍和岳建章的遗物，突然生出一个大胆的想法。在那个想法的驱使下，他再次振作起精神，挥手拦了一辆拉晚儿的人力车，坐上之后对那车夫吩咐："带我去赖王城。"

"赖王城？没听说过那地方啊。"车夫为难。

报丧鸟一拍车座，不满意道："都是三更天里扮唱的，你和我耍什么里格楞？城门口下车，不让你蹚浑水。"

报丧鸟几句话下来，那车夫全然明白了。而后那人回了一声"好嘞"，便拉着报丧鸟往全北平最大、最黑、水最深、东西最全的鬼市"赖王城"去了。闻桑生决定去赖王城碰一次运气，看能不能抄到他想要的一个物件。希冀着借助那物件，将目前这飞尸案中各种杂乱无章的信息全部拼凑起来，组成一个完整的脉络，让那本消失在迷雾中的《天书》重新浮出水面。

一路上，那车夫拉得很稳。但即便如此，报丧鸟始终死死地握着岳建章的遗物，生怕掉落。

人力车跑了将近五刻的时辰后，在赖王城门口停了下来。车夫离去后，报丧鸟攥了攥拳头，点了只洋烟充作灯笼，迈着微微颤抖的步伐，走进了这巨大的鬼市。

立在"城门"前，报丧鸟照例先侧耳听。赖王城向来是热闹非凡的，虽然因为前一阵的严打，这里已没有了烟土和军火，那些夜么虎子却依旧把街道挤占得满满当当。

北平的鬼市是报丧鸟的主场，在夜幕的掩护下，他一入赖王城鬼市，立刻便如鱼得水般自在。游走的报丧鸟竖起耳朵，尽量装出一个正常人的样子，于那些摊位间来回穿梭摸索，目标坚定地寻找着自己想要的东西。

作为一个眼差的，报丧鸟的动作始终比正常人要慢半拍，但即便如此，他还是耐着性子在每个摊位间问询摸索。直到这赖王城的鬼市即将收尾时，他终于在一处靠着只石头狮子的摊位下，幸运地找到了自己想要的东西。

那是一根拐杖，一根与他新婚夜里夜天子托飞鹰送给他的质感

266

一样大小长短相似的玩意儿。摸到那金属拐杖的时候，报丧鸟心中暗喜。他拿着那拐杖缓缓抬手，问摊主："几个钱？"

"三块大洋。"那摊主回答。

"太贵了吧？"报丧鸟微微摇头，"上好的青龙和响黄杖子也才一块钱。"

那人听到报丧鸟的质问，不耐烦地回答："这东西不是竹子和铜制的，是铝合金的。铝合金懂不懂？从欧罗巴来的新鲜玩意儿，又轻便又结实。"

"洋铁啊，好东西。"报丧鸟一搂袖子，将三块大洋抖搂出来，递给那摊主道，"来一根。"

摊主收了钱，报丧鸟弯腰将那铝合金的拐杖拿起来，仔细"看了看"，闻了闻上边的味道，又借着弯腰的机会摸索了几下这摊主摆出来的其他物件。

很快他发现，这拐杖上有一股淡淡的奇怪臭味，摊主正在贩卖的东西里还有几只特别粗糙的瓷碗、几身颇为破旧的学生衣物，以及一支新钢笔。

品着那股独特的臭味，摸着这摊主连带贩卖的物件，报丧鸟心中略微思考后，很快品出了这摊主的身份，心中一惊。

"怎么会这样……"在震惊中，报丧鸟不小心说漏了嘴。

"你说什么？"那摊主警惕地问。

"没，没什么，这拐杖怎么会这么顺手，太顺手了。"报丧鸟将自己的枣木杖插进裤袋，别在背后，自己则挂着这根新式的铝合金拐杖往赖王城出口走去。

至此，夜天子送给报丧鸟的四样礼物，他全部都"品"过了。随着这根铝合金拐杖的入手，围绕《天书》的种种阴谋与血腥，闻桑生可以说已然全部破解。

现在，他该准备反击的手段了。

和期盼的一样，报丧鸟赌对了。这鱼龙混杂的鬼市里确实有他需要的最关键线索——那根铝合金的拐杖。至此，他已经对《天书》的去向了然于胸，可以找张树庭商量把那真书夺回来了。

不过现在，他还需要做一些准备。从赖王城出来后，闻桑生既没有回家也没有去兰艾艾的玉香亭，而是在五更天时，于路口拦了一辆人力车，冲车夫道："去巡警总衙门。"

"这么早？衙门不开啊。"那车夫困惑。

闻桑生没有多解释什么，而是从兜里拿出一块银圆来，说："去不去？"

在钱面前，人是最有动力的，那车夫看到银圆之后再没有任何犹豫，拉上闻桑生飞奔着就往巡警总长府去了。

很快，闻桑生到了。他一下车，就对着总长府衙的大门使劲敲了起来。

在厚重的铁门上拍了几下后，有值星的人打开了铁门的瞭望孔。可能因为这几日闻桑生来得比较勤，那人见到他后并没有像一般守夜者那般轰撵，反而紧张地询问："这不是闻先生吗？这么早一个人来，难道我们总长又出事了？"

"出大事了。"闻桑生回答，"你们总长让我赶紧提审吴助，来问他一些要紧的事情，这会儿不问，明日恐怕没法儿交差。"

"啊？这么早审犯人。可是闻先生，总长官让您个编外的人提审，他自己呢？他不来，您也得给我们个手谕什么的吧？"看门的人无奈地说。

"手谕？"闻桑生摊开空手，对那人冷哼，"没拿。你们要是想要，现在就去玉香亭的床上找你们总长要吧。"

看门的异常犯难，不过终究没有再和这个狐假虎威的闻桑生执拗什么。随着"哗啦啦"的铁门响动，大门开了，紧跟着一个看守带着闻桑生走进了关押吴助的拘留所。

在那里，闻桑生又一次"见"到了被狱警强行叫起来的南苑航空教员吴助。可能是起得太早的原因，吴助有些恍惚，在闻桑生坐进座位很久之后，才开口："闻，闻先生，您这大早晨的来……"

"我是来给您脱罪的。"闻桑生直言不讳，"想活命，我问什么您答什么。"

"我不想活，我看透了，憋屈的活着还不如死了呢。"吴助出人意料的倔强。

时间紧迫，闻桑生不想和这个色迷心窍的风流鬼计较，只说道："吴先生，我看您是个人才，不想让您受无辜的牵连，所以希望您配合一些。"

说完好话，不等吴助应答，闻桑生直接问："吴先生，您认不认识邮政局的岳建章？"

"认识。"

"很好。"闻桑生又问，"我听兰艾艾说你们总吵架，为什么啊？"

听到闻桑生的这个问题，那吴助一下子火了。他喘着冒火的气息答："岳建章就是个精神病，一天到晚贬损我，他说我设计的飞机在他的飞艇面前就是个蚊子，活该被拆。还说未来空军，必然是由运输飞艇、制空飞艇和航天母舰组成的，这根本就不切实际。"

闻桑生微微皱眉："我不是很懂您说的话，能不能说得简单一些？"

"简单？好。"吴助被闻桑生的提问带起了劲头，虽然他满口答应着要把话说简单，实际上他却如洪水决堤般对闻桑生讲述了很多专业技术，从飞机的升空原理到飞艇的升空原理，从动态阻力到静态阻力，从流体力学到柔性体理论。有关飞艇和飞机的技术拆解，他似乎全都和闻桑生说了一遍。

最后，意犹未尽的吴助还问闻桑生道："闻先生，听懂了吗？不懂的话我还可以给你讲讲我的论文。而且我正在设计最新式的轰炸机和运输机，要是有机会来南苑体验一把，你就明白飞机远比那飞艇要好得多，未来空军肯定是飞机的天下。"

闻桑生没学历，又是个眼差的，故而对于吴助的话他没有听太懂。不过他始终没有打断吴助的话。因为他知道，那些东西都是高深的科技，都是吴助的梦想和志向。

闻桑生虽盲，却也知道三军可夺帅，匹夫不可夺志。待吴助感慨完，他回答："您说的我应该略懂，不过今天我找您来不是为了细论这些，而是要告诉您一个消息。"

"什么？"

"您的对手岳建章死了，被人用枪打死的。"

闻桑生听见吴助的手重重地从桌子上划拉了下去，手上的铁镣掉在凳子上。

吴助沉默着，很久很久后才开口："可悲，一代英才就此陨落，我国的航空飞艇事业彻底完了。"

吴助的话里透露出一种悲哀，仿佛死的那个人并不是他的对手，而是他最崇拜的智者。

"您是个重情义的人。"闻桑生恭维了吴助一句，而后又言，"我国的飞艇事业是完了，但我不想让我国的飞机事业也完蛋。所以您得活着，为了志向，为了岳建章，也为了兰艾艾！"

吴助听到"兰艾艾"后骤然哀伤："她想让我去死，我也愿为她死。"

"她现在也快步岳建章的后尘了，只有您能救她。"闻桑生将岳建章的遗物拿出来，放在审讯桌上，说，"兰艾艾卷入了一个特别麻烦的案子里，这个案子能不能破，能不能找到杀岳建章的真凶，全靠您。"

吴助沉默了一会儿，问："我能做什么？"

闻桑生将岳建章的遗物推给吴助："我也不知道，但您面前的东西是岳建章死时抱在怀里的物件。能让他死命护住的东西，在我想来必然是非常重要的。您有眼睛，有学问，请帮我看看上边写了些什么，对于侦破杀人案，对于救兰姑娘的命又有什么作用。"

"好。"说话间，吴助快速将那微微散发着尸臭的书拿了过去，轻轻翻开。

闻桑生感觉吴助的呼吸变得相当急促，应该是他从这些纸张间看到了什么惊人的东西所致。

吴助放下岳建章的遗物，连话都说不利索了。好半天，他也只是在重复着几个字："这，这……这是……"

闻桑生忙劝他："您别急，慢慢说。"

吴助过了很久后才继续道："这是一份设计蓝图，是岳建章设计的一艘名叫'劈天'号的巨型硬骨飞艇的图纸。"

闻桑生忙问："是不是按照这上边所写的东西取材，就能做出那架飞艇？"

"对！不过……"吴助用惊叹的声音告诉闻桑生，"这已经不能算是一架飞艇了，这是一个混合力的怪物。"

闻桑生费解："怪物？此话怎讲？"

"你等等，让我看完。"吴助开始专心地研究那份图纸，在之后很长的一段时间里，闻桑生只能听见他翻纸页的声音。

终于他将手里的图纸摊在桌子上，发出了一声赞叹："这是艺术级别的设计，岳建章，这回我服了！"

"我不懂，"闻桑生焦急地问，"您能不能告诉我这上边到底写的什么？这个'劈天'号飞艇到底厉害在什么地方？"

吴助抚摩着那设计图，说："'劈天'号飞艇是目前我见过的最先进、指标最高、最庞大的硬骨飞艇。它有一百六十米长，三十米宽，升限一万米，铝合金的骨架，在骨架之间分布着两层共六十四个气囊来保持悬浮升力，两层气囊里内层是氢气，外层是氦气，经济实用安全可靠。除了主构造，它还安装了阻尼器、悬挂环、探照灯、增压吊舱和囊干路管道，并用防火布和特种橡胶做了加固防弹处理。"

"一百六十米？"闻桑生诧异，"什么概念？"

"就是从大栅栏走到张一元茶叶店还要再往前许多的距离。"

"这么长！"闻桑生惊愕。

说完大结构，吴助又告诉闻桑生，这个飞艇最可怕的地方不仅仅是庞大的体积，还在于它安装了马力强劲的四引擎矢量升力系统。这种动力系统由四个能变换角度的矢量桨叶推进器组成。每个推进器以燃油驱动，采用了非常时髦的涵道式设计，并且做了消音处理。

说完那些闻桑生听不懂的专业词，吴助用佩服的语气感叹："这不是一艘单纯依靠浮力的飞艇，而是一艘有四升力源的混合动力飞艇，有四个燃油螺旋桨提供直升和水平动力。简而言之，它能像鹞子一样悬停在空中，而且噪声极小，再加上黑色的外壳，完全可以在暗夜里实现隐身。"

略微沉默后，吴助比喻道："这东西像一个空中巨人，速度快还极抗揍。往往地面上的人都全军覆没了，还不知道自己被谁打了。"

最后这几句话，闻桑生听懂了。他品着吴助最后的形容，又问："它……有武器吗？"

"武装到牙齿。"吴助接茬，"它有四个副吊舱，里边各有一架刘易斯航空机炮，气囊顶端有一个警戒炮位，主吊舱下边还有伸缩式悬挂臂，能在二三百米的空中把地面的物体快速抓起来，也能借此悬挂十吨左右的炸弹。"轻轻拍打着图纸，他又特别强调，"但这东西最可怕的不是这些，而是它的副油箱和点火器。"

闻桑生忙问："干什么用的？"

"烧人的。"吴助回答，"如果出现紧急情况，这飞艇可以把副油箱里的油料全喷射在地面，顺带点着，让地面变成一片火海。"

随着吴助的描述，闻桑生心中竟然涌起了一丝绝望，不过他还是问道："这东西和段大帅、吴总长的亲卫军比哪个更厉害？"

"一个天上，一个地下！"

闻桑生听懂了，故而感叹道："照您这么讲，这东西无敌了。"

面对他的感叹，吴助却冷笑着回答："厉害是自然，但无敌未必。"

"哦？"闻桑生抬头，"您，您还有办法？"

"依照国内的技术，对付这东西有两个办法。"吴助道，"第

273

一，釜底抽薪，没起飞之前就派人炸掉控制仓。"

"这个主意好。"闻桑生连连点头，又忙问，"第二呢？"

"第二，用我的飞机试试，或许有三成把握能在爬升阶段把它打下来。"吴助颇为忐忑地说。

"为什么只有三成？"

"我们南苑的飞机是轻型飞机。虽然速度比这玩意儿快，也比它灵活，但是火力差，未必能给它造成致命伤害。"

"哦，略懂了。"闻桑生点头，"吴先生，我还有一样东西想让您帮我看看。"

"什么？"

闻桑生将手中那支刚从鬼市上买来的拐杖递给了吴助。

"给掌掌眼，"闻桑生问，"这东西是飞艇上的部件吗？"

吴助轻轻敲打了几下后，立刻肯定地回答："这东西应该是用空艇桁条改造的。"

"什么条？"

"桁条。用它能搭建桁架，桁架好似骨骼，是构建飞艇的骨架。"

听着吴助的解释，闻桑生的嘴角流露出一丝如释重负的笑意。而后，他收起岳建章的图纸，拿回自己的拐杖起身准备出去。

在出牢房前他告诉吴助："吴先生，听我一句劝，您可得好好活着，因为未来的天空，注定是你们这些人的。"

张树庭从混混沌沌的梦中苏醒过来，首先闻到了一股妖艳扑鼻的香水味，紧跟着就看见自己身边睡着一个陌生女人。

张树庭的脑子有些痛，记忆中许多东西都零零碎碎的，他略微眯了几下眼后，便再次进入了梦乡。正迷糊着，他忽然听见闻桑生叫自己："张总长，该起来办大事了。"

张树庭被闻桑生的喊声惊起，怀里的人也被他在慌乱中推到了地上。此刻，闻桑生正提着一根金属的拐杖，抱着些发黄的书卷，立在张树庭床前，直勾勾地"盯"着他。

"你吓死我了。"张树庭在看清楚站着的人是闻桑生后，惊慌尴尬。在他说话时，那个女人已然匆忙拿衣服走了，闻桑生则无奈地指指自己的眼睛，"什么都看不见，想当钉子也当不成呀。"

"行行行，别狡辩。"张树庭一边翻找衣物和那本《天书》，一边质问闻桑生，"大早晨的掀别人被窝，有急事？"

"您英明。"闻桑生恭维了他一句道，"事也不大，只不过今天如果不办，你我明天脑袋就得搬家。"

"什么意思？"张树庭正提裤子的手一紧，语气也没了之前那种轻浮。

"张总长，您得到的《天书》是假的，不信您自己看看。"

张树庭转头望向自己放在床上的保险箱，畏声道："我，我不敢。"

闻桑生没有和张树庭磨叽，他径直走过去，从张树庭满是香水味道的衣服兜里找到钥匙，亲自取书，又把那《天书》摊在张树庭面前。

"我不看。"张树庭猛然闭眼。

"如果书是假的您一样得死，所以还是看一眼吧。"闻桑生催促。张树庭犹犹豫豫，最终还是战战兢兢地将眼睛睁开。

书里一个字都没有！

"没字！"张树庭如泄了气的皮球一般瘫坐在床上，"我抓错人了？"

"我今天凌晨假传您的命令回总长府审问了吴助，得出了些可怕的结论。"闻桑生也不管张树庭愿不愿意听，便径直讲述，"我从他的话里推导出，此人只是个替罪羊。真正的飞鹰是个叫岳建章的家伙，他制造了一种叫飞艇的玩意儿用来害人。"

在这之后，闻桑生将他寻找岳建章，得到飞艇设计图，又通过这设计图了解到的有关"劈天"号的基本信息都对张树庭讲了一遍。

最后，闻桑生道："岳建章这个飞鹰死了，他设计的飞艇被人抢了。现在这飞艇在谁手里，谁就是飞尸案的始作俑者，也就是拿着《天书》的人。"

听完闻桑生的话，张树庭大概明白了八九分。不过他还是犯难："可你说的飞艇来无影去无踪，我们去什么地方找呢？"

"飞艇不可能总在天上飞着，而且它一百多米，纵然晚上人们看不见，白天也必然会看见。就是目标如此明显的玩意儿，自飞尸案以来却从没有平民目击的消息，所以我想那东西此时应该就被藏匿在北平城里，至于具体的地点我已经想到了。"

"什么地方？"

闻桑生吐出三个字："鬼打颤。"

"鬼打颤？"张树庭惊讶道，"特别监狱守卫森严，怎么可能藏飞尸案的凶器，你开什么玩笑。"

"只可能是'鬼打颤'。"闻桑生语气坚定，"吴助和我说过，那飞艇有一百六十多米长，虽然不需要跑道，但是若把它藏匿起来则必要要有巨大的房子。而且还必须得有许多人员为它提供各种维护的原料设备，才能让那大家伙运转起来。"

说完这些，闻桑生推测："全北平城，有巨大场地的除了故

276

宫、火车站，就只有关押罪犯的'鬼打颤'了，故宫和火车站都是人多眼杂的地方，自然不可能藏匿飞艇。只有'鬼打颤'是一眼看不见里边的监狱，最适合藏匿东西。"

说完"鬼打颤"的疑点，闻桑生又提示："而且'鬼打颤'最近又在以扩建的名义圈地盖房，还把犯人充当劳工。完全有可能是在借此名义建造足够藏匿那大飞艇的建筑。"

经闻桑生一提醒，张树庭立刻感觉他说得不无道理。特别是当他回想起前几回去"鬼打颤"时在那监狱门口看见的钢筋水泥油毡，以及那些不断搬运建筑物料的囚犯，更是感觉这其中有大猫儿腻。可即便如此，张树庭还是对闻桑生说："您的推论太过天马行空，万一那飞艇不在'鬼打颤'，我胡乱进去搜查，难免会得罪……"

"我这不是推论，飞艇一定在那里边，我有实证。"闻桑生将手中那支从鬼市里买来的、由桁条改造的拐杖递给张树庭，"这东西就是证据。"

"一根拐杖能说明什么？"张树庭费解。

闻桑生告诉张树庭，这拐杖是飞艇上专用的零件桁条改造而成，它从什么地方流出来，就说明飞艇在什么地方。虽然闻桑生是在鬼市里找到这玩意儿的，他买这东西的时候，却从这东西和那个摆摊的夜么虎子身上闻到了一股德意志油毡的臭味。那气味和"鬼打颤"扩建所用的建材气味一模一样，是闻桑生跟着张树庭数次进出"鬼打颤"时，早已烂熟于心的特殊臭味。

"除了气味，我还在那夜么虎子的摊位上摸到了几身带枪洞的学生衣服，还有钢笔。除了'鬼打颤'，我实在想不出还有别处能流出这些东西来。"

听了闻桑生的话，张树庭失望地吼道："这些狱警，越来越过分了，连死人的东西也偷出去贩卖。"

"这就是鬼市，那里卖的东西别说你我想不到，我估计连卖的人很多时候也不知道来路。"闻桑生毫无感情地回答。

闻桑生的话颠覆了张树庭的想象，但在缜密的思维和确凿的证据面前，他又无法提出任何怀疑。张树庭困惑地问："可是青东洋已经死了，这'鬼打颤'里边到底是什么人在操纵着这一切呢？"

闻桑生摇了摇头，颇为无解地道："这个人把真身藏得太好了，我也猜测不出。吕焕文、狱警、某个囚犯，任何人都有可能是幕后的黑手，任何人都有可能是那个阴狠的刀鳅。但不管是谁，他现在一定盘踞在'鬼打颤'里，并且把你们的监狱改装成了藏匿飞艇的魔窟。"

"啪！"听到这里，张树庭重重地把手中的假《天书》一摔，愤怒地说，"玩弄长官，劫持监狱，装神弄鬼，杀人越货，罪无可恕！我现在就去给吴总长打报告，让他集合部队，灭了'鬼打颤'。"

"别去。"闻桑生几乎是立刻就阻止了张树庭的行为。

"为什么？"张树庭不解。

"因为他有飞艇。"闻桑生按照吴助的话，描述了那武器的厉害后，又告诉他，"'鬼打颤'本就易守难攻，现在又有飞艇这恐怖的玩意儿，如果咱们告诉吴总长，让他带着大部队浩浩荡荡地去'剿匪'，那恐怕会和我老丈人当年一样得不偿失。就算勉强能打下来，那刀鳅带着自己的人往天上一飞，恐怕咱们还是不能捉住他。"

闻桑生说完他的担忧，又建议："所以，咱们不能声张。"

"那咋办？"

"我有办法。"闻桑生说，"入夜之后，您先派侦缉队在'鬼打颤'外边埋伏好，咱俩再以褒奖飞尸案立功人员的名义，带上十几个人进'鬼打颤'来个'中心开花'。先把吕焕文等管理人员控制起来，再让您的部下冲进去，里应外合地控制整个监狱。"

"这个妥帖。"张树庭起身大喊，"我现在就回总长府调兵遣将，除了你这个，我再加一个备用方案。"

闻桑生之所以不想通知吴光真，除了怕打草惊蛇，还因为他心里始终惦记着用《天书》换回自己媳妇的命。如果让陆军部直接插手此事，他调包《天书》的难度无疑会增加许多。

张树庭现在是个只剩下二十四小时命的人，故而做事情极为勤快。但即便如此，当他安排自己最精锐的百十个部下，带着武器在"鬼打颤"外埋伏好时，也已然到了入夜前的黄昏。

一切布置妥当后，张树庭开着汽车带着闻桑生和十个最信任的部下，按计划来到"鬼打颤"的门口。下车前，他对闻桑生道："闻先生，这一去危险，您眼睛不便，就在外边等消息吧。"

闻桑生是个盲人，按说不应该去闯"鬼打颤"，但唯独这次他感觉自己不得不去。一来，他实在不放心张树庭，怕这莽撞的家伙再受蛊惑从而失手；二来，他感觉"鬼打颤"中的那些刑徒罪犯也实在无辜。有他从中帮护，若两方人火拼起来，想必能够少死些池鱼。甚至他如得着机会，还能劝劝张树庭，趁乱帮着弄出些吴助那样的奸人栋梁来。

综合想过后，他当即否定道："飞尸案是我全程和您办的，如果您这次不带着我，我怕里边的人起疑心，而且里边情况不明，我去了也能帮您多提防。"

"还是你想得周全。"张树庭拍了拍闻桑生的肩膀，说，"兄弟，你的帮助，张某没齿难忘。"

闻桑生勉强笑了笑，只说道："下车吧。"

张树庭打开车门，带着亲随走到"鬼打颤"门前。待亲随们两边立定后，他对门口站岗的狱警喊话："去，把你们'代科长'吕焕文叫来。"

"是！"一个狱警跺脚敬礼，而后匆匆离去。

不到十五分钟，闻桑生就听见那吕焕文迈着急匆匆的脚步从"鬼打颤"的正门里出来了。他一见到张树庭便激动地喊："张总长大驾光临，吕某人有失远迎。"

"哪里话，我是来慰问的，该我迎你才对。"张树庭笑呵呵地说着话，一只手拉住吕焕文，另一只手拉住闻桑生，在亲随的拱卫下，往"鬼打颤"内部走去。

进入"鬼打颤"监狱的这一路上，不知道是气氛的原因，还是闻桑生心中太过紧张，他总觉得今日整个监狱给人一种肃杀之感。冰冷的空气中，一行人穿梭过牢房和监狱，最终到了青东洋曾经用过的办公室。进入办公室，张树庭问吕焕文："焕文，不是让你去请主管的班组长了吗，怎么不见人？"

"哦。"吕焕文回答，"傍晚得给犯人点卯，点完卯他们才能下岗，这还是当年您定的规矩。"

"行，那我等会儿。"张树庭坐进了皮沙发中，悠哉悠哉地翻看着什么。

一时间，整个办公室安静下来。异样的安静中，闻桑生紧紧抓着导盲棍，警惕地听着周边的动静。

须臾，闻桑生听见办公室的走廊外边响起了一串脚步声。随着脚步的接近，闻桑生听出那脚步声很杂很重，不像是正常人走路会发出的动静。为什么脚步如此沉重？闻桑生听着那动静，略微思索，紧跟着他忽然明白了这些走过来的人为什么会发出那样沉重却又急促的声音。

"坏了。"闻桑生大喊，"我们被包围了。"

在闻桑生大喊的时候，办公室的门被那些人从外边踹开了，紧跟着他听见有人吼道："都不许动！"伴随着吼叫，门口有许多枪械上膛的声音随之响起。听着这声音，闻桑生心凉了。和他刚才猜测的一样，来的这些人都拿着"花机关""大壮筒"之类的重武器，所以脚步才特别沉重，身上也才有子弹鼓和弹夹的碰撞声。在机关枪面前，张树庭和他的手下根本不需要开枪，便已然一败涂地。

突然的袭击令张树庭惊了一跳，他慌张地坐起身体，质问陪着自己的吕焕文："吕焕文，你什么意思？谁批准你们拿机关枪对着自己上司的脑袋了？还全是重家伙，这是你们'鬼打颤'该有的火力吗？"

此时的吕焕文一改先前的谦卑，阴阳怪气地回："张总长，我还要问您呢。带人偷偷包围我'鬼打颤'，是不是想造反？"

"你血口喷人。"张树庭愤怒地说。

"全带走。"随着吕焕文的话，"鬼打颤"的狱卒立刻动手，将张树庭一伙缴械，强押着拖出了办公室。闻桑生夹在这些俘虏中，被人拽得七荤八素。

不知道走了多少路，穿过了多少牢房和过道后，他们在一处铁牢里停了下来。随即，狱卒将他们重重地扔在冰凉潮湿的地面上，而后闻桑生听见一个非常熟悉的声音冲他和张树庭喊道："哎哟，二位别来无恙啊。"

"青东洋！"听着那人说话，闻桑生稍微一愣，但随即他咬牙切齿道，"你居然还活着？"

"啪！"一边的吕焕文反手给了闻桑生一个耳光，打得他脸上一阵火辣辣地痛。

"复活"的青东洋制止了自己的副官："别再打了，他这身皮囊还有大用。"

张树庭这时也反应了过来，咬牙切齿地对青东洋说："你装死？所有的事情都是你干的，你杀了汪节，偷了飞艇，夺了《天书》。"

"对。"青东洋语气调侃地说，"我还纳闷儿你们怎么这么蠢，现在才反应过来？按理说我放在汽车里的尸体和我长得也不太像啊。还有你……"青东洋走到闻桑生跟前，伸手抓着他的头发道，"我听旁人说，报丧鸟可是很可怕的，是鬼市里脑子第一好使的人，但也没能发现我是诈死啊。"

"夜天子都没看出你这家伙长着反骨，更何况是我这个眼差的。"闻桑生叹息着，而后又问青东洋，"我只想知道，你有什么目的？你拿那《天书》到底要干吗？"

张树庭附和闻桑生："瘦猪，公府待你不薄，你也不是那缺钱的人，为什么要为鬼市上的夜么虎子效力？你现在这样子，怎么对得起长官的栽培？"

张树庭的话似乎刺激到了青东洋。那家伙突然阴笑了起来，而后用一种极为自嘲的语气说道："我在二哥眼里就是一只白眼狼，但是我这白眼狼活到现在不容易，也没指望谁拿正眼瞧自己。"

略微沉默后，这个始作俑者拿出一根烟，点燃后猛吸了一口。

吞云吐雾间，他以拉家常般的语气对张树庭说道："二哥，你一生气就爱叫我'瘦猪'，可你知道我这外号是怎么来的吗？我今天告诉你，权当你临死之前，兄弟最后送你的一番知心话。"

与张树庭光鲜阔绰的身世相比，青东洋简直就是生在粪坑里的蛆虫。

青东洋告诉他们，自己虽是津门的盐民出身，但在他五岁那年，因其父亲得罪了盐枭，他的家大半夜就被恶人抄了，他也被恶霸掳走。一夜之间，青东洋便从孩子成了童隶，变成了被人随意贩卖的商品。他被人辗转卖了三回，从五岁一直到十二岁，每天睡觉都被戴上防逃的铁镣铐，至今脚踝上还有那镣铐留下的伤疤。

十二岁那年，青东洋用一根偶然捡到的断锯条磨了一把钥匙，拿那钥匙捅开了困了他七年的铁镣，逃出了主家的牛棚，成了自由人。重获自由的青东洋为了活命什么都干，他要过饭，捉过蛇，偷过鸡，拿过锄，最后加入了段大帅的部队，在张树庭麾下做了个拾马粪的杂兵。

那个时候，青东洋受老兵欺负天天挨打，还因为身材干瘦吃得多，被人起了个"瘦猪"的外号。不过更多的时候，那些老兵并不那么叫他，而是省掉一个字，直接称呼他为"猪"。

青东洋当杂兵的日子里，几乎没过过一天不受气的日子，也几乎没有哪个月不挨打。不过也得益于那些苦难，他成了一个极能忍耐，极能察言观色，见风使舵的人，更明白了他这样的人如想成事，第一要狠，第二要不择手段地往上爬。

就这样，青东洋把自己变成了一个不折不扣的小人，而这个小人也在一次次的摸爬滚打中，等待着自己命运的转折点。

当兵的第三年，青东洋随张树庭行军时遭遇了匪徒伏击。那时的他灵机一动，突然扑住了正在指挥反击的张树庭，并趁乱用手里的盒子炮给了自己手臂一枪，用这自残的创伤创造了一个"舍身救人"的军功。借着那个被制造出来的军功，青东洋搭上了张树庭这条线，逐渐从杂兵做到马弁、连长、旗官，最终和张树庭等人拜了把子成了兄弟。

后来，以隐忍著称的青东洋回到北平后，被主宰北平鬼市的夜天子看上了，成了他的走狗。而也正是夜天子告诉他兰艾艾认了他的顶头上司做干爹，多巴结她可以让他升官，他这才又发挥自己善于逢迎的长处，舍下脸面，忍着非议，拜那兰艾艾为干娘，并进而靠这女人的关系，成了后来的青科长。

青东洋管理"鬼打颤"和特别科后，有了自己的武装，接触了更加先进的科技，终于飞黄腾达。也正因此，他生出了想取代夜天子管理鬼市，再依靠鬼市的资金取代吴总长和段大帅的野心。

于是乎，自以为成了事的青东洋先利用刀血药和鸦片这类的毒药控制了"鬼打颤"的狱卒，让他们变成自己的私兵，又利用特别科的侦查手段找到了飞鹰的"鸽子窝"，盗了他的飞艇。进而又用飞艇抓起李宏吉的汽车，到处撒小人扮神鬼主导了后来的一切。

张树庭听完青东洋所说的真相后质问："别人我都理解，你杀汪节干什么？"

青东洋冷笑："汪节不死，公府不乱。公府不乱，我又怎么能把一切都栽赃到夜天子的头上。"

"借助公府搅鬼市，利用鬼市抵抗公府。你棋高，但……"闻桑生不屑地对青东洋说，"同时惹了公府和夜天子，黑白两道怕都容不下你了。"

听着闻桑生的警告，青东洋却越发得意："不不不，我谁也没有惹，因为根本没其他人知道这里发生的一切，只要我把你们两个知情的都弄死。"

"弄死我们就没人知道了？"张树庭冷哼，"我可是公府的巡警总长，门外边有百十号弟兄看着我进了你的监狱。我要是出不去，你也得完蛋。"

"是吗？"青东洋走到张树庭面前，用充满奚落的声音说道，"二哥，你们要是突然消失了呢？你要是第二天被人发现陈尸在白洋淀或者津门海河的大桥上，你感觉公府的人会怎么想？是我杀的你，还是《天书》杀的你？"

听着青东洋的话，闻桑生呼吸一窒。他这时才明白自己中计了。他们的整个调查都反过来被青东洋所利用，成了为他"脱罪"的筹码。

青东洋依靠诈死，将四人中唯一幸存的兰艾艾塑造成了盗取《天书》的罪魁祸首，给了夜天子一个假象作为"交代"，现在又要利用飞艇将张树庭和他摔死。一旦得逞，那么公府或以为张树庭是翻看了那致命的《天书》引发了天谴，或以为又是夜天子利用神力制造的报复，总之是怀疑不到他青东洋和"鬼打颤"头上的。

这样一来，青东洋便在公府和夜天子那里都实现了脱罪，彻底成了游走于黑白两路之外的"鬼"。他可以从容利用自己擅长的以药物控人的本事，一步步蚕食鬼市和公府，最终实现一统北平的野心。

青东洋的设计不可谓不深，就连闻桑生都不由地佩服："你处处棋高一招，每每算在我们前边，你狠。"

"闻先生，不是我狠，而是你狠。"青东洋用佩服的语气告诉他，"其实一开始你和二哥调查到兰艾艾的时候，我以为自己暴露了，心里害怕得紧，甚至还一度想杀了你们灭口。直到我在'鬼打颤'里听见你和兰艾艾的谈话之后，才明白原来你这眼差的是夜天子派来调查我的人。所以我才能将计就计，把怀疑的矛头推向柔蛟兰艾艾。"

"什么？"张树庭听到青东洋的话，震惊地冲闻桑生道，"报丧鸟，你也是夜天子的人？"

"不可能。"闻桑生同样震惊地说，"我在'鬼打颤'里单审兰艾艾的时候，你不可能偷听，那审讯室不透音，而且我还让张总长盯着你。"

"闻先生，这世上不光只有洋匠师会玩科技，我也行。"青东洋非常得意地说，"看在你快死的分儿上我就告诉你，这世上有一种叫录音机的机器，只要通上电磁，它就能把人说过的话录下来，我想听几遍就听几遍。"

说完录音机的神奇，青东洋又讲："我给兰艾艾当干儿子，自然也少不得在她那里下功夫。比如她家的电话，我就专门安装了监听的设备，你们说的那些计划套路我全听得到。"

"又是洋玩意儿。"听着这些，闻桑生彻底无奈了。

"好啦。"青东洋扔掉了手里的烟蒂，说，"天彻底黑了，我该送你们上路了。不过你们放心，我不会让二位受太多苦的。而且会让二位看够飞天的景色，保证你们终身难忘。"

今夜，张树庭可谓一败涂地。他以为救过自己命的兄弟其实是个为达目的不择手段的阴谋家，他颇为信任的闻桑生竟然是夜天子派来夺《天书》的暗桩子。他曾经经营过的"鬼打颤"，也被改造成了给自己送终的飞艇基地。一连串的打击下来，张树庭绝望至极。

绝望的张总长在两个狱卒的拖动中，和闻桑生一起毫无生气地向前走着，走过了一条他熟悉的长廊后，又拐入一处他并不熟悉的、新建的过道。在那处长廊两边，张树庭看见了许多嘴被麻绳缝起来的可怜犯人，看见了许多他叫不上名字的机械设备。紧接着，走廊突然变得开阔，终于在这走廊的尽头，张树庭看见了一个巨大的房间。

张树庭面前的房间有两百米长的样子，主体以混凝土构建，房顶还有机械天车和玻璃混钢的顶棚，透过那顶棚，依稀能看见星星和月亮。这房子虽然有六七层楼高，但因为主体部分半埋在地下，形成了一个巨大的地坑，故而从外边不易看出，而张树庭此时站立的地方虽然是地面的那层，可也恰就等于这房间的最顶处。

眼前的大房子已足够让人震撼，但更让张树庭吃惊的是，就在这半埋地下的棚房之内，有一只巨大的椭圆形"气囊"静静地停着。他发现那巨型气囊通体黑色，只在最顶端的部分标记着暗红色的圆形图案，仿佛一只巨大的血眼在盯着他，让人不寒而栗。那图案不是别的，正是夜天子的标志——劈天眼。

"'劈天'号。"张树庭被眼前的景象震撼，并说道，"这就是岳建章的发明？"

"对。"青东洋笑着回答，"飞鹰如果肯和我合作，帮我读懂那《天书》，我不会杀他，反而还会让他造更多的飞艇出来，可惜了。"

说完岳建章，青东洋又告诉张树庭："话说回来，那《天书》现在就放在飞艇里呢，一会儿咱们进去之后，张总长可得帮我看看，一来了却您一桩心愿，二来您留过洋，学问大，或许能帮我把里边的'天机'给参悟出来。"

说完，青东洋的人将张树庭与闻桑生推进了一个铁笼子。随后，张树庭看见吕焕文推动了这铁笼子里的一个电闸，那笼子一声嗡鸣后，整体缓缓下降，带着他们慢慢往飞艇的底部开去。在震撼人心的景象面前，张树庭问青东洋："半年多你弄了这么大的工程，还不显山不漏水，怎么办到的？"

青东洋大笑着说道："有皮鞭和现代科技，事情就简单多了。"

张树庭狠狠瞪了青东洋一眼，道："你就是个王八蛋。"

"你就是好人吗？"青东洋忽然对他大吼，"张树庭，你就是一个窝囊废。要是有你的身世背景，我现在会是总长、总统、皇帝！我绝不会变成现在这副人不人鬼不鬼的模样，更不会被人骂成猪。"

"呸！"张树庭吐了青东洋一口唾沫。

"嘿嘿……"青东洋冷笑了两声，擦了擦面颊，但没有还手。张树庭最讨厌的，就是他那贱兮兮的笑容，让人恶心。

当电梯落到飞艇仓库底部后，青东洋命人将闻桑生和张树庭弄上了飞艇下的操作室。

飞艇的操作室远不如飞艇的艇身大，但是目测也有四五十平方米的样子。四五十平方米的地方，青东洋和他的人自然是不能都进去的，因而除了张树庭与闻桑生，青东洋只带了吕焕文等十个拿手枪的手下。

飞艇吊舱里，青东洋先走到这艇内镶嵌的一处保险柜前，将柜门打开，而后把一本金黄色的册子从中拿了出来。

"张总长，"青东洋捧着册子走到张树庭面前，缓缓打开，递到他的眼前，"这就是你梦寐以求的《天书》，临死前看一眼吧，不留遗憾。"

青东洋说话的时候，本已万念俱灰的张树庭早将眼睛看向了那《天书》。很快，他看见上面写满了密密麻麻的字，还有各种绘图和说明。须臾，张树庭脸上不自觉地露出了惊讶的神色，仿佛他看懂了那《天书》里的内容一般。

张树庭看书时，闻桑生一直竖起耳朵听着，他听到张树庭的呼吸变得急促了很多。

"怎么样，"青东洋期待地问，"看出什么天机了？说出来我就饶你不死。"

张树庭回答："没，这书上的字我一个都不认识、"

青东洋将书合了起来，颇为失望地回道："那我送二位上天。"

说话间，青东洋向一个方向走了几步，紧跟着冲他的人道："艇长，起飞。"

接到命令后，一个人大喊："地面注意，我是艇长，停止泊锚，开坞闸，松系留连接头……"

随着那艇长的喊话，闻桑生听见周遭响起一连串奇怪的声音，那声音仿佛将天撕开了一个窟窿般，又有几分像神鬼的哭号。而在那一连串声音渐渐变小的时候，闻桑生又听见那人喊道："方向舵正常，顶棚正常开启，起航！"

闻桑生感觉到站立的地面忽然颤抖了一下，紧跟着有一种被人向上举的感触从脚下传导而来。

在这个奇妙的过程中，青东洋假仁假义地安慰张树庭："二哥，你不要害怕。我对你和汪节一样，会先把你冻死再扔下去，保证不让你受罪。你知道吗？这天上的温度特别低，六千米的时候就零下四五十度了，在那个温度下只需要五分钟你就没知觉了，就是摔成碎块也感觉不到痛。"

在青东洋近乎变态的描述中，那个不停报告术语的艇长仍旧有条不紊地喊道："成功出坞，高度五十米，高度六十米，高度……"

"那是什么？"正在这时，忽然有人打破了艇长的喊话。而几乎在同时，闻桑生听见周遭突然响起了一连串"嗒嗒嗒"的刺耳尖啸。尖啸声在刺激着闻桑生耳朵的同时，也引起了飞艇内人的警觉："是飞机！"

"好快！"

"飞机！"青东洋喊出这两个字的时候，声音是颤抖的。当第二串机关炮的嗒嗒声配合着刺耳的尖啸击中飞艇的吊舱时，愤怒的青东洋抓住张树庭质问："那是南苑的飞机，你是不是把吴助放了？"

"哈哈哈！"张树庭兴奋地笑着，"你想不到我有备用方案吧，想不到我这个傻子也有聪明一回的时候吧，咱赌一把呗？"

"你个……"青东洋咒骂，但是他喊话的声音被那飞机机关炮的第三次攻击给掩盖了。

在飞机机关炮的呼啸中，闻桑生听见那吊舱有玻璃破碎的声音，同时他头顶还响起了"呲呲"的鸣叫，就像皮球破了洞在放气。

"主上，漏气了怎么办？"飞艇的艇长失声大吼。

飞机三次攻击过后，青东洋的呼吸反而平稳了下来，他仿佛从最初的惊慌中恢复了一些理智。

他冷哼："不怕，那飞机是南苑的教练机，没多大威力，拿机关炮给我反击，你们不是有五门吗，现在不用，留着以后打

290

鸟啊。"

"可是飞机太快了，暗夜里难以瞄准。"有人回答。

"地面和飞艇探照灯全开。"青东洋命令。

"在市区开咱们会暴露的，主上。"

青东洋用丧心病狂的声音吼："我们已经暴露了，快开，全力反击！"

"啪！"随着一声弹簧般的响动，闻桑生感觉到头脑中响起了"嗡"的一声鸣叫，紧跟着便又听见那艇长开口道："发现目标，机关炮开火，疾速射！"

随着这人的喊话，闻桑生听见了"哗"的一大片响动。那声音仿佛夏日的暴雨一般让人分不出声源的东南西北，却又像鸣雷一般震颤的闻桑生每寸皮肤和毛孔都疼痛不已。

那震撼全身的声音没有持续多久，但结束之后，闻桑生的耳朵里许久只能听见"嗡嗡"的鸣叫。

当鸣叫声音渐渐小些后，闻桑生依稀听见有人用兴奋的声音大喊："击中啦，飞机冒烟啦！"

"报告，下边有士兵在冲咱们开枪。"

"敢和我作对？放副油箱。"青东洋阴阴地说道，"用油把他们都烧死，我要火烧'鬼打颤'。"

"畜生！"张树庭疯狂地吼道。

一阵悠长的液体倾泻声缓缓响起，那声音响了很久很久之后，闻桑生感觉脚下变热了，而后他敏锐的耳朵在依稀间听见下面传来惨叫，就像突然到了地狱一般。

"哈哈哈。"青东洋在隐约的惨叫声中狂笑，"看见了吗，老子是无敌的，老子就是天！"

青东洋一个"天"字出口，透着无比的疯狂和自负，也让闻桑生感觉到无比的绝望和恐惧。是的，青东洋现在是无敌的。虽然他暴露了，虽然他已经不可能在夜天子和公府面前隐藏自己，但是有飞艇这无敌的存在，他又有什么可惧怕的呢？

吴助的飞机、张树庭的亲随，都不是这怪物的对手，现在不要说闻桑生和张树庭，就是去杀吴光真、段大帅，也只是弹指一挥的事情。

事已至此，似乎已无可逆转。可就在这个关键的时候，闻桑生听见在那青东洋的身后，忽然有一个女人的声音冷冷地说："真不巧，老娘是劈天的人。"

几乎是在那女人说话的同时，闻桑生便惊愕地听出来，她是自己的媳妇单飞燕。

"你！"随着单飞燕的喊叫，青东洋一声惊愕，同时抽枪。

"啪！"闻桑生听见青东洋身后的单飞燕重重地给了他一脚，被踢出了飞艇的吊舱，身子撞碎的玻璃碴儿四处乱飞。

而后，闻桑生听见单飞燕的方向响起了两声枪响，紧跟着又有一个人撞碎玻璃飞出了吊舱。随着那疾速变小的声音，闻桑生听出这次飞出去的是吕焕文。

"别，别开枪，我们也是被逼的。"在两个罪魁祸首都掉下飞艇后，那艇长失声喊道。

"开回去，落下去。"单飞燕命令。

"女侠，我爱你。"张树庭肉麻的喊话。

"啪！"单飞燕给了张树庭一个嘴巴子，并大喊，"这么危险的事情还带着他，我男人若有个三长两短，我就废了你。"

在一片混乱的喊叫声中，闻桑生蒙了，他想破脑袋也想不出这天上的飞艇单飞燕是怎么上来的。当单飞燕帮他解手铐的时候，闻桑生问道："燕子，你是神仙吗？为什么你能飞上来？"

"我哪里能飞上来。"单飞燕解释道，"你一直不回来，我怕你有事，就偷偷跟着你。这怪物飞起来的时候我从它的窗户里看见你在里边，就从房顶上抓住它的缆绳爬上来的。"

"你跟了我三天，那我怎么没发现？"闻桑生惊诧。

"我不能让你分心，所以跟得很远，尽量在高处待着。"单飞燕捧着闻桑生的面颊，嬉笑道，"要不是我跟着你，你还不得飞到月亮上去。"

"好了，好了，腻歪的话回去再说吧。"张树庭打断了闻桑生和单飞燕，并激动地说，"你们二位都是公府的英雄，回头我一定……"

正在他的话说到一半的时候，闻桑生听见青东洋的声音在飞艇的边缘响起："一定得死，都得陪我死！"

当闻桑生听见青东洋那阴魂不散的声音时，便意识到发生了什么。

这个王八蛋没有被踢下飞艇，而是如黏人的狗皮膏药般抓住吊舱又爬了回来。

回来的青东洋让所有人的呼吸为之一窒，随后闻桑生听见张树庭以惊恐的声音对他吼："青东洋，把手榴弹放下！"

"我什么都没啦！哈哈！"

"不至于，你听我……"

"砰！"随着一声巨大的爆破音，闻桑生感觉到一阵剧烈的颤抖。他最后听见的是一句"失控啦"的呼喊。

随后，闻桑生便感觉到天旋地转，感觉到张树庭猛地冲向控制台朝飞艇的艇长大声喊着什么，感觉到单飞燕的手与他紧紧拉着，两个人的身体下坠，又渐渐飘浮到了空中。当闻桑生再次有知觉时，他第一时间感受到的还是自己手中握着的单飞燕那娇小的手掌。而后，他才渐渐感觉到自己浑身上下火辣辣地痛，感觉到四周浓重的油料气味和袭人热浪。

"哥，你醒了？"几乎在闻桑生爬起来的瞬间，单飞燕便用无比疲惫的声音说道。

"燕子，咱落地了。"闻桑生急忙顺着声音爬向媳妇，"你怎么样？"

"我，我胸口有点痛。"

"胸口？"闻桑生顺着她的声音急忙摸索，而后很快便在单飞燕的胸部摸到了一件足够让他绝望的东西。那是一根桁条，那铝合金的部件此时直直地贯穿了单飞燕的胸腔，不知道深入多少。

闻桑生摸着那只桁条的手越来越抖，感受着被刺穿处不断渗出来的血，他结结巴巴地说道："燕子，你，你……"

"是不是破了？"单飞燕的声音越发疲惫。

"是。"闻桑生忍不住哭道，"有点……"

"没事的，我是猎户出身，小伤……"单飞燕的呼吸越来越无力，又喘息了须臾，她对闻桑生道，"哥，我累了，想睡……"

"不行，不能睡！"闻桑生颤抖着将单飞燕抱住。

"哥，你要是带着弦子就好了，"单飞燕气若游丝，"我想听《悲欢令》，想听……"

渐渐地，单飞燕没了声音，没了气息，没了体温。

在灼热如地狱的气浪间，闻桑生抱着单飞燕，颤抖着，哭泣着。即便他那被乌鸦啄瞎的眼睛，已流不出一滴眼泪。也不知道哭了多久，闻桑生忽然感到有人重重拍自己的肩膀。

"人死不能复生，节哀。"说话的是张树庭。

闻桑生丝毫没有松开单飞燕的意思，并对张树庭哀求："杀了我吧。"

"我不杀无罪之人。"张树庭回。

"我有罪。"闻桑生回答，"你也听青东洋说了，我是夜天子的人，我其实是为他寻书的，我辜负了你的信任。"

张树庭没有立刻说话，而是在点燃了一支烟，猛吸了一口后缓缓道："青东洋是王八蛋，王八蛋的话我听不懂。"

"我求你杀了我。就算你不杀我，你背后的真主子也会杀了我的！"闻桑生再一次向张树庭请求。至于张树庭背后的真主子是谁，闻桑生虽然碍于周遭眼线潜伏没有说破，但他心里已经很明确了。

因为刚才在飞艇坠落的时候，闻桑生听见张树庭跑到艇长那里做了许多复杂的操作，和艇长沟通了许多复杂的术语。虽然不知道那些术语具体是什么意思，但是他听出张树庭与飞艇艇长所说的词一样，都是些洋文中夹杂高度、数字、压力之类，用于挽救飞艇坠落的指令。

而这年头会开飞艇还懂得施救的，也就只有天子会的成员了。

听着闻桑生的话，张树庭先是一愣，随后重重地给了他一巴掌，再之后他将一个书本样的东西扔在闻桑生面前。他开口："闻先生，你不能死的，因为但凡为了这本《天书》而死的人，都死有余辜。但是你媳妇不是，你媳妇是为你死的，你如果也死了，对得起她吗？"

闻桑生沉默了很久。

"行了，你报丧鸟得好好活着，必须活着，你死了就说明你无情无义。"说完，张树庭将地上的《天书》捡起来扭头而去，闻桑生则抱着单飞燕的尸体呆坐着。

不过在张树庭的脚步声即将消失的时候，闻桑生还是冲他道："树庭，我谢谢你陪我走这一路。虽然咱们两个的路不相同。"

听到闻桑生的话，张树庭停住脚步，只发出了一阵苦笑。

第十天，夜。

在单飞燕的灵堂前，闻桑生拿着那桁条制作的拐杖以及一颗藏在袖筒中的手雷沉默地等待着。他与夜天子的十日之约，会在今晚了断。他知道，夜天子绝不会以真身赴会。即便如此，闻桑生却还是紧紧握着那颗手雷，静静地等待着。他期待能为媳妇和师父报仇，哪怕这样的机会十分渺茫。等待中，时间一分一秒地过去。

许久许久后，闻桑生听见在屋院外的街道上，响起了更夫打鼓报更的声音。

"咚，咚咚。"

一慢两快的鼓点后，巡更人悠然吆喝："天干物燥，小心火烛！良人良妇，守好门户！防火防盗，冷灰热褥！神仙高坐，老鼠上路——三更天喽！"

伴随着三更天的鼓点，报丧鸟家的正门被人从外边缓缓地推开。很快门的方向响起了一连串脚步声，报丧鸟对那脚步声颇为陌生，感觉既不是张树庭也不像木头人，反倒像是一个打赤脚的落魄乞丐，一走三颤。在那脚步停下后，闻桑生质问："你又是谁？夜天子为什么派你来？"

"是我。"来人回答了他两个字。即便只有两个字，闻桑生却还是听出了对方的身份。

"柔蛟？"闻桑生诧异，"夜天子为什么派你过来？"

柔蛟喉头艰难地蠕动了几下，而后回答："主上曾与您说过，今日要送您一份大礼。"

说话间，她坐进了闻桑生的怀里："我就是主上送给您的礼物，求您千万收下。"

"不……"报丧鸟本能地拒绝。

"别说那个字。"柔蛟捂住了闻桑生的嘴，而后含着泪恳求，"闻先生，我和我弟弟都被主上灌了刀血药。您如果不要我，我……"

她没有把话说下去，但是闻桑生全懂了。在夜天子面前，他没得选择。但是在他心里，却有一股无法平息的怒火，他这只乌鸦在怒火中迎来了第二次涅槃。